花山鸿儒文库

第一辑·小说卷

天边外

陈武 著

花山文艺出版社

河北·石家庄

图书在版编目（CIP）数据

天边外 / 陈武著. -- 石家庄：花山文艺出版社，
2020.6（2021.1重印）
ISBN 978-7-5511-1589-6

Ⅰ．①天⋯ Ⅱ．①陈⋯ Ⅲ．①中篇小说－小说集－中
国－当代②短篇小说－小说集－中国－当代 Ⅳ．
①I247.7

中国版本图书馆CIP数据核字（2020）第008632号

书　　名：**天边外**
　　　　　TIANBIAN WAI

著　　者：陈　武

责任编辑：梁东方
责任校对：贺　进
美术编辑：胡彤亮
封面设计：琥珀视觉
出版发行：花山文艺出版社（邮政编码：050061）
　　　　　（河北省石家庄市友谊北大街330号）

销售热线：0311-88643221/29/31/32/26
传　　真：0311-88643225
印　　刷：三河市华东印刷有限公司
经　　销：新华书店
开　　本：650×940　1/16
印　　张：19
字　　数：300千字
版　　次：2020年6月第1版
　　　　　2021年1月第 2 次印刷
书　　号：ISBN 978-7-5511-1589-6
定　　价：58.00元

目录

天边外

1

我第一眼看到她时，她正用一双惊诧的眼睛看着我。

在西藏，在拉萨，在八廓街，惊诧的眼睛我见过不少，那些第一次进藏的人，大都是这样的目光，他们对什么都好奇。而她惊诧的目光亮亮的，只是表示对我的好奇。她看着我从长长的楼道的一端走来，目光一直没有离开。

我也在看她。

她瘦小，皮肤黝黑，嘴唇特别丰满，特别红润。她背着一个双肩小包，用那样的眼睛（好奇、惊诧、疑虑）一直盯着我。这时候我已经找到我要找的 303 室了，竟然就在她身边。我也停下了，跟她笑笑。她没有反应。我又朝门边靠近一步。我站在门的左边，她站在门的右边。她是那样放松地站着，胯部和腰部就形成一个很大的弧度，这样的姿势很有女孩子味。她审视我片刻之后，才说，你不是老K？我说不是。她说我叫名名，是唱歌的。我说啊，我知道了，你就是传说中的流浪歌手，是吗？名名说，就算是吧。我也自我介绍说，我叫维也纳，是个……是个自由撰稿人，其实，应该是非自由撰稿人。我对名名一笑，继续道，我还以为你是老K呢。名名大声说，不会吧，我要是老K，还在门外傻等？我呵呵两声。名名更疑惑了，说，你也要去藏北？去那片无人区？她不等我回答，又说，你说你叫什么？维纳斯？嘻嘻嘻，有叫维纳斯的吗？我说有啊，有叫维纳斯的，她是女神。我不是维纳斯，我叫维也纳，维，也，纳，这是我的笔名，你才是维纳斯呢。名名就咯咯笑了。名名边笑边说，那么你意思是说我是女神喽？谢谢呀，哈哈！真有趣，我以为你是老K，你呢，以为我是老K，我们俩都不是老K，你叫维也纳，我叫名名，维也纳可是音乐之都啊，名名就是不知名的名，没有名的名，不过我们做音乐的人，做梦都向往维也纳啊……是不是维也纳？嘻嘻，嘻嘻嘻嘻……维也纳……有意思。

名名说话节奏很快，一句赶不上一句似的。最后的傻笑，说明她还单纯。她说有意思，我觉得不是在说我，像是在说她自己（她才是个有意思的姑娘呢）。她说过之后，突然就把目光转移了。

我也随着她的目光，向楼道的一端望去，那里空空的，老K还没有露面，他是什么样子呢？他约了多少人？还有名额吗？我发现我和名名有个共同的担心，就是，不知能不能赶上和他们一起去藏北无人区。名名突然目露犹疑，那是怕不多的名额被我争走了吧？我不也是有同样的疑虑吗？我们一时间成了对手。我以为她不会理我的，至少要把我晾在一边，没想到她又问，你去过藏北？我摇摇头。她含糊地嘟囔一句，我也没去过——你是认真的吗，维也纳？我啊一声，说，你是说去藏北？当然。她又嘟囔一句，好吧。

我们在小宾馆一个房间的门边站着，像两尊门神，而且是各怀心事的门神，会有几分钟的沉默，又会连续地说话，说话也是海阔天空的，对藏北无人区的猜测，说那里的牦牛、野驴、藏羚羊，说去藏北，去可可西里地区，最佳出发地并不是拉萨，而是那曲（那曲在哪里呢？其实我也不知道）。或者从青藏线的五道梁出发也不错，顺道还能看到长江源头的岗加曲巴冰川脚下的冰碛湖。我还说了我自己，告诉她我在大昭寺附近的一家个体小旅店，住了一个星期了。我是应出版社之约，写一部关于西藏，关于藏北无人区的大散文。我告诉她我不久前出版了一本关于黄河源头的长篇散文，叫《生命的西部》。我说到这里就后悔了，我看出来她对文学并不感兴趣，对我跟她介绍的经历也表现得索然无味。而她对自己的行踪和身份也没有向我作进一步的说明。但我能感觉到，歌手嘛，音乐人嘛，无非是去采风，去收集民间音乐，去欣赏自然界发出的各种奇异的声响，溪流声啊，风刮过树梢的声音啊，等等，这会启发他们的灵感。我知道西藏的民间音乐和自然界的声响很有特色，她选择藏北无人区，更是特色中的特色。她在听了我的各种陈述之后，说你真是作家？我点点头，心想，信不信由你。她说她不太喜欢阅读，对作家和作品都怀疑。她说她喜欢阅读大自然，对大自然这部书更感兴趣。她说她梦想做一个自由行走家，走遍世界的每一个角落。她说她不想做音乐家，做音乐真是一个无止境的事业，可命运恰恰又安排她和音乐结缘。她的话里，还是透露出她的理想——有时候说不想，就是想。

　　话一多，我们的关系就拉近了很多。我想，在半小时之前我们还是陌生人呢。我们都是看到贴在这家宾馆门口的字条才来找这个神秘的老 K 的。老 K 也要去藏北无人区，他在字条上说，谁要去藏北无人区，请到 303 室报名。应该说是因为老 K 的字条才让我们以这样的方式认识的。面对这个叫名名的女孩，我试图了解她个人更多的背景情况，但是她把我的话绕过去了。女孩子么，矜持一点也属当然。一时间，我们再度没有话。回到本质状态中的她，脸上又呈现出忧心忡忡的神色来，还有莫名的恍惚和犹疑。

　　他们不会走了吧？名名跟我说话时睁大着眼睛。

　　不会，要是走了，门口的字条他该撕下来的。

　　他要是忘了撕呢？

　　有这种可能。

　　那，我们这样傻等也不是个事啊，我们到楼下大厅去坐坐吧。

　　可以啊。

　　我拖动着我的行李箱。这时候我才发现她只有那个双肩小包，没带其他行李。

　　你东西呢？我说。

　　在宾馆啊。她说。

　　这样吧，我们去吃饭，然后去宾馆把你行李拿上，怎么样？

　　那可不行吧，带你去我住的宾馆？你要是骗子呢？你要是把我东西都骗跑了我就去不了藏北了。再说，再说老 K 还不知道带不带咱们呢。

　　你说的也对，我们就到楼下喝茶吧。

　　我不想喝茶，我想吃饭，我都要饿死了。我不让你去帮我拿行李，并没有说不和你去吃饭啊，又不是要赖你请客的，AA 不行啊。

她说话的口气有点调皮，脸上也是笑笑的，鼻翼那儿荡漾起细小的迷人的小皱纹，仿佛在一瞬间又换了个人似的，样子十分的可爱。她说完，一笑，盯着我，又说，咱们说好了，我们俩就是一伙的行不行？老K有名额，我们就一起去藏北，要是名额不够，就都不去，行不行？

2

我们在青年路露天小吃街吃清真烤肉串。一连吃了好几把，感觉还是吃不饱，又到山东饺子馆吃水饺。

吃水饺时，我们还是围绕着藏北无人区说了许多话。她似乎比我了解得多，说那儿有成堆的白骨和成群的野狼（我不太相信），有一望无际的高原和远方白雪皑皑的群山，有终年无人涉足的戈壁滩和在半空中翱翔的老鹰。听说那儿的老鼠也会吃人。她说这些话时，并没有表现出女孩子的恐惧，而是充满着神往。她说，要是能躺在几亿年前的白雪上让老鹰一块一块撕去吃了，你说是不是无比的幸福？我说，让老鹰吃了你会觉得幸福？为什么呢？她就笑了，有点腼腆，还有点羞涩，说，你不懂。好吧，我确实不懂。接着她又说音乐了，她说其实一切人为制造的音乐，都是喧哗与躁动的，都充满烟火气和铜臭味，都没有自然中响起的音乐纯粹和唯美，那才能净化心灵呢。至此，我对名名已稍有了解——她是个耽于幻想的女孩，可爱，冲动，冒险，也一点点让人好奇和感动。但是她让我真正好奇和感动的，还是她走在路上那随意而调皮的步态，那是一种近乎梦游般的懒散的步态，不三不四，歪歪扭扭，蹦蹦跳跳，让人感觉她有一种什么都无所谓的境界，这种境界，可以看成是至高无上的不染凡尘，也可以看成是人间的俗世炊烟。她胸部小巧，不太让人注目，由于一副懒懒散散的躯体，就显出了几分沉甸。她目光纯净，没有一丝灰尘，一喜一怒、一疑一惑，都能从眼睛中呈现出来。我觉得能在遥远的拉萨，遇到这个特别的女孩，一定会丰富这次旅行，或许可能，她也是我这本书里的一个人物呢。

话说多了，精神也就放松了。名名把她大格子男式衬衫的两个衣角扣起来，又松开，再扣起来再松开。她玩了一会儿，突然说，吃了不少啊，烤串啊，饺子啊……告诉你啊，我曾经想开一家饺子馆呢，就像这个味道的饺子——还不错吧？我经常来吃。我说我也常来吃，可是，不便宜啊。她说，哪有便宜的？八朗学对面的四川小吃店你吃过吗？那儿便宜，不过会辣死人的，辣死人又不偿命！我又敏感地想起了什么，说，你住八朗学？名名笑笑地说，你老关心我住哪里干吗？哈，暂时还不能告诉你。名名脸上洋溢着笑意，她看着我，带有那么一点点审视的味道，继续道，看起来你不像个坏人，嗨，算了，就算你是坏人，本姑娘也认了——就对你说了吧，我住在攀多旅馆，知道吗？攀多旅馆，就在香巴拉酒店旁边，那条路上还有个雪域宾馆，还有个沸点网吧，还有个旅行者酒吧，我还常到旅行者酒吧去喝一杯呢。你去过旅行者酒吧吗？我说没有，不过那一带我去过，旅行者酒吧我也晓得，有空得去体验一回。她说，那是个好地方，你应该去体验一回，喝酒喝咖啡什么的，你不喜欢啊？我说也不是不喜欢，好像没那心情似的。一个人，喝什么酒？她惊讶道，一个人才好呢，可以瞎想想，发发呆……酒吧是好地方啊，你怎么这样没情调啊，等去藏北回来，我请你去喝一杯，那是现代人的……叫什么来着？对了，泡吧嘛，是一种正常的生活形态好吧。

这样的聊天，已经像个老熟人了，难道不是吗？照这样聊下去，就是不想去藏北无人区去探险也未可知啊，我便有意克制一点，不去接她的话。她也看出来了，继续摆弄一会儿衣角，说，你说你住在哪儿？她说的突然，像突然想起什么，眼睛又盯住我了，仿佛我住在哪里特别重要似的。我告诉她，房子我退了，今天退的。我说，我住在一家叫白夜的个体小旅店，白夜，又是白天又是夜晚的意思，很小很小的小旅店。她说，不对，白夜就是白夜，不是又是白天又是夜晚的意思，夜晚是夜晚，白天是白天，白夜是白夜，看来你是没经历过白夜的夜，是不是？我又被她密集的话绕了进去，我确实没经历过白夜的夜，便不好意思地不吭声了。她安慰我道，没什么难为情的，说明你旅行的地方太少了，你要是去过北方的北极村，你就知道什么是白夜了。我老实承认道，没去过。她哦一声，说没去过不要紧，你还去过黄河源头呢，我也没去过。

饺子馆里只有我们两个客人，老板坐在吧台打瞌睡了。我们这时候都不急于去找老K了，仿佛去不去藏北，变得无关紧要了。

西藏的天很蓝，无论从哪里望出去，只要能看到天，都是蓝的，清清爽爽的蓝，让人愉悦的蓝，就像此时的心情。蓝汪汪的，不得不平静，哪怕你面对的是一个烂漫而可爱的女孩，也不会心生杂念，也会像蓝天一样纯洁而干净。

我们说过了藏北，说过了吃，说过了住，继续再说下去也没劲了，但还是说了一些别的话，海阔天空的话，具体的某一件事，或对某一件事的看法，又互问了对方，何时来的西藏，各自的朋友啊，朋友的朋友啊，等等，都是毫无目的和牵强的。最后，还是回到了去藏北无人区探险的行动上。名名担心地说，要是老K那边没有名额了，怎么办呢？我说，要是没有名额了，我就是下一个老K。名名乐了，说，那我第一个报名。说到这里，名名还主动跟我击了个掌。名名说，好吧，我们去找老K。

在去找老K之前，名名主动邀请我跟她去拿行李了（是放弃戒心了吗）。我觉得，有了这么长久的谈话，或者说，她能听我胡吹神侃，我能听她喋喋不休，说明我们有许多气味相投的地方，说明她和我一样，也认可了我这个临时交往的朋友了。这当然再好不过啦，这会有助于我们下一步的藏北之行，至少会有个谈得来的伙伴了。

没想到名名所住的攀多旅馆，和我刚刚退房的小旅店相距不远，怪不得我老觉得她有点面熟，说不定我们就在大街上邂逅过呢。

我们拿着行李，再次来到老K住的吉日旅馆。

老K贴在旅馆大门玻璃上的纸条还在：合伙租车去藏北，自愿者请到303室找老K。

3

老K的房间里已经有好几个人了。

一个矮小的青年站起来迎接我们。他说，去藏北？我和名名一起说是。他说你们两人是一起的？名名说是，我也说是。他提高了声音说我是老K，欢迎你们加入我们的死亡之旅。名名说为什么叫死亡之旅呢？我们想活着回来。老K说，到了藏北，生死不是由你说了算，而是听天由命任其自然。这是生死合同，你们每人一张，看看，后悔现在还来得及。名名说看什么呀，我们来就是去藏北的。我也学着名名的样子把生死合同放回到床上。老K说，那好，我介绍一下，这位，是画家，来自吉林。我看到，坐在床上，留板寸头的大个子跟我冷冷地点一下头。他的样子并不像画家，倒像我想象中的老 K。而老 K 一脸的大胡子，披肩的长发，倒和画家的身份相匹配。老 K 说，可以自报一下姓名吗？画家说，就叫我画家吧。老 K 继续介绍说，这位，摄影家，来自海州。我看到，坐在床的另一头，是个很有气质的姑娘，长相很大气，穿着打扮是一副雍容华贵的样子，她并不像一个要去藏北的旅行者，倒像是准备出席某种盛会的淑女。她跟我们一笑，算是打了招呼。老 K 说，你呢？是不是也叫摄影家？她说我叫白莲，叫我白莲好了。老 K 说这个名字好，多有诗情啊。老 K 继续说，这样，藏北之行是我发起的，我不知道各位去藏北有什么目的，这个我们都不去管它了，有些话我还是要多说一下，生死合同一定要签，因为我们是去高寒的高原无人区，往返至少得二十天时间，这还是在一切顺利的情况下，那里空气稀薄，险象环生，到处隐藏着死亡，人人必须保证一副健康的身体，如果谁生了病，哪怕就是小小的感冒，也会危及生命。我们五人互不相干自由组合，不对任何人负责任，谁要是病了，就丢下谁，就是说谁死在藏北活该。老 K 又把散落在床上的生死合同收拢起来，每人重新发了一张。合同上，文字很简单，和老 K 说的那些话差不多。画家说，我同意。老 K 问我，你呢？我说，同意。名名也说同意。女摄影家白莲笑笑说，这有什么，我签字。老 K 又说，对了，你们两个，还没有介绍，自我介绍一下吧。于是，我和名名就像他们一样，笼统地把各自介绍了一下。

接下来，大家都在合同上签字。我们是从不同的地方拿出了笔。白莲的笔就在随身的小包里，她是第一个掏出笔来的，也是第一个签好字的。她是摄影家，我在心里想，确实，去了一趟藏北，确实应该有一个摄影家，好留下我们探险的影像，否则，真要是死在藏北，谁会记得我们？呸呸呸，快嘴，谁死啊？谁都不死，我们都要留下漂亮的照片，我们都会活着回来的，而且大家都是快快乐乐满载而归。留着板寸头的大个子画家随手拎过一只怪异的包，从包里抓出一把笔来，随便挑一支，并不像白莲那样认真地拿过合同垫在腿上庄严地签字，而是随手在合同上绕了两个圈，写好了，感觉像是大明星的签名，既潇洒，又草草了事随心所欲，仿佛那不是严肃的生死合同，而是他卖画的一张收据，签上名就领到钱一样。他那一把长长短短、粗粗细细的笔，引起我的好奇，我想，不愧是画家，这么多笔，应该是专画速写的速写笔吧？他会以我为模特，画一张吗？他的样子有些拒人于千里之外的意思，脸上的线条坚硬，鼻子和嘴唇都是有棱有角的，脸上挂着一副冷峻的表情，大约不容易相处。名名不知什么时候已经把笔拿在手里了，她没有像白莲和画家那样性急地签字——她在看我。名名的眼睛里闪着特异的光，亮亮的光，神色中有些疑惑，有些恍惚，看样子，要是我不签，她也不签了。就是说，从名名的眼睛里，我看出了她的一点小心情——她把我当成她一伙的了，在等我先签。要是我不签，她说不定也不签了。我的笔是放在口袋里的。我看到名名傻傻地看我，一笑，说，有笔吗？名名赶快把笔塞到我手里，像是把一个烫手的山芋甩给了我。我想说我有笔，但我没说。名名的手很小，很冰，她在塞笔给我时，我感觉到她手的冰凉。我声音略大一点地说，好，我来签。老 K 说话了，他说，不行，各签各的，不能代签啊，一定要本人亲自签，一起的也不行。老 K 的话，至少传递了两个信息，一个信息是，他也把我和名名当成是一伙的了，说不定，他把我们当成了一对情侣或类似于情侣那种关系的人也有可能，而不声不响的白莲和画家也这样认为的。第二个信息是，这的确是一件严肃的事，的确不能代签，而我也没有帮名名代签的意思，这毕竟是一份生死合同啊。我说，不代签，她签她的，我签我的。我也像白莲那样，看了眼生死合同上两行简单的字，把合同垫在膝盖上，庄重地签上了我的名字。我是用名名给我的笔。签好后，我把笔递给了名名。名名没有再推辞，她学着我，也签上了名。

老 K 又和大家合计了一些琐碎的事。说是合计，其实都是老 K 拿主意，主要是该带哪些东西，不该带哪些东西。最后约好明天再见。

天傍晚时，我和名名又回到了攀多旅馆（本来我们以为今天就成行的）。我们各自登记了一个大床间。老板不是藏人，他操一口地道的东北口音，隔着吧台疑惑地看着我们，意思很明显，怎么会不住在一起？至少会省一笔费用啊。名名可能也猜着了，她跟还我扮个鬼脸。

我和名名各自安顿去了。

我的东西简单，拿进房间就算完成了。想着即将到来的冒险，我心里有点没底惴惴不安的，但想到有名名做伴，又心定了。

不多一会儿，名名来喊我出去吃饭。

走在路上，我说，晚上喝啤酒怎么样？我请你。

好呀。你能喝多少啤酒？名名一副挑战的口气，我这才感觉到，认识大半天以来，她一直都是挑战者的姿态。

我喝不了多少，三瓶五瓶吧？

那我们有得一拼了。

这回她没有怕我把她灌醉，没说我图谋不轨、趁机下手之类的话。

哈，感觉我喝不过你。我说。

别谦虚。她向前跳一步，转过身来，说，我知道一个叫雪原酒家的馆子，是地道的藏菜，你吃藏菜吧？敢不敢？

这有什么敢不敢的。我想，你都能吃，还问我敢不敢，这不是故意杀我的信心吗？我说，敢，吃藏菜去！

雪原酒家就隔着一条马路，店铺很小——拉萨这种街边小饭馆都不大，都是走大众消费的路子，绝少有宰客的现象，我来这么多天，吃出经验来了。

我们选择唯一一个靠窗的位置坐下。我们来得早了些，饭店只有一个客人在吃饭。年轻的服务员又像是老板娘，一个典型的藏人，她递上一份简单的菜单，说一口还算标准的普通话，问我们吃什么。名名并不看菜单，她仰着脸问，有余灌肠吗？三肠的，来个大盘。另外，再来一盘蒸牛舌，先上两个菜，不够再要。四瓶啤酒，常温的。

菜和酒很快上来了。看来名名真的吃过藏菜，很可能就在这家吃过。她看我面色不对，跟我介绍说，余灌肠又称三肠或五肠，是以新鲜羊小肠为衣，分别灌以羊血、羊肉、青稞面或豆面，分称血肠、肉肠、面肠，合称三肠；另有灌羊肝、羊油的两种肠，分别称肝肠和油肠，与前三肠合称为五肠。我们这是三肠的。这盘是蒸牛舌，不用介绍了吧？来，吃块尝尝。她没有拿筷子，而是下手，捏起一片牛舌头，我先是想拿盘子接着，又想拿筷子接。名名说，直接吃了吧。我只好张开嘴，一口咬了牛舌头。我的舌头和牛舌头就这么在我的口腔里相遇了。立即，牛舌头奇怪的香味，在我的口腔里弥漫开来。名名一直看着我，说，怎么样，好吃吧？来来来，喝口啤酒勾兑一下。名名端起大啤酒杯。我也端起来，喝了一大口。其实牛舌头并没那么夸张，只是那种味怪怪的。我们就这么你一杯我一杯地喝起来。两个菜很快就扫荡了三分之二。我说，再来个菜

吧？名名说，这还有呢，营养够了就行，让你省点钱。说话间，窗
口有人走过，我和名名一眼就看到走过去的大个子正是那个画家，
我们要结伴去藏北的画家。名名跟我做个鬼脸，说，要不要叫他来
喝一杯？算了，画家都是古怪的家伙，不理他。名名显然沉浸在她
的话语的惯性里，继续她的好奇，说，还有那个白莲，你说她真的
和他们都不认识？我说，和谁？名名说，老 K 啊，还有这个画家。
我说，应该不认识吧？名名说，也是也是，嘻嘻嘻，还是我们好，
自来熟，嘻嘻嘻，来，喝！

　　真没想到，名名喝多了。我们每人先喝了两瓶。我也就是两瓶
的量。可名名还要喝，又要了两瓶，说，就这么多啦，你一瓶我一
瓶，不许赖啊。可我并不想把第三瓶喝完。因为明天还要跟老 K 他
们一起租车子——这是在老 K 房间里约好的。名名看我要赖，极不
开心，她看不下去了，说，来来来，我给你代一杯。这一杯可不少，
一瓶啤酒也就是三杯。就是她多代的这一杯，醉了。名名在回去的
路上摇晃起来，脚下不稳，身体发飘，老要往我身上倒。我要扶她。
她不允，把我甩开了。她是醉而清醒，我怕她骂我想占她便宜，只
好离她很近地保护她。快到宾馆门口时，她还是抱住了我的肩膀，
语无伦次地说，我……没醉……找地方再，再喝一杯……

　　名名把酒杯端起来，在我杯子上碰一下，嗨，发什么呆？想啥
呢？喝多啦？

　　我突然醒过神来，从想象中回到现实世界，看到名名用大眼睛
瞪着我，她脸色微红，本来就是栗色的皮肤，再洇上一层红色，显
得含蓄而美丽——她并没有醉，也没有给我代一杯啤酒。我的想象
太低极了，太没出息了，为什么巴望名名醉？分明是没安好心嘛。

　　你在回忆吗？才这点啤酒，能装多少回忆？咖啡是梦想，香槟

是浪漫，啤酒呢，只能是回忆啦。名名嘻嘻地笑道，来，再碰一杯，为我们的相识，也为以后能常常回忆。

4

　　一辆经过改造的、破旧的东风140汽车，载着我们一行五人，离开了拉萨市区。

　　关于这辆汽车，我们还有过争执，大个子画家主张租丰田62越野车，他说他到大昭寺租车点问过，一万八千块可以包租二十天，油费另算，送我们到藏北无人区。老K说价钱太贵了，租辆东风140只要八千块钱。画家坚持的理由是，东风车性能不保险，而且是改造的，丰田车价格虽贵，可以确保安全。老K的理由也不能说不充分，他说只要驾驶员愿意去，说明他就有把握，我们可以在租车合同上写上一条，如果因为汽车故障而影响行程，要罚款。画家还是不同意老K的观点，说那太让人担惊受怕，即便是他不要我们一分钱，把我们扔在藏北回不来，那还有什么意义呢？画家的话得到摄影家白莲的赞同，白莲说我们去藏北冒险，可不能把赌注压在汽车上，我同意找好车。画家一看有了同盟，又是一个女同盟，说话就更有了底气，他又进一步阐明了他的观点。可老K还有更厉害的理由，他说，有一点你们都忽视了，我们是五个人，有许多行李，还有帐篷、自动充气的海绵睡垫、睡袋，还要带许多吃的以及做饭的一切用具，汽车还要带充足的燃料和水，丰田62越野车根本装载不了。老K这一招果然厉害。我们看到，画家没有话了。白莲说，可以租两辆车呀。白莲的话显然不现实，连画家都没有响应。两辆车要多少钱？这时候我想我该站出来说话了，我不能表现得一点主见都没有，何况名名还轻轻地拉了一下我的衣袖呢，她就是暗示我该发表意见了。精明的老 K 注意到了这个细节，他说维也纳，你说呢？我说，东风汽车不是不可以，只要确保我们能够安全返回就行。名名说什么车我不在乎，只要安全就行。谁知老 K 马上就跟我们翻脸了，老 K 说，你们没来过西藏是不是？谁能确保安全？再好的车也不能，就是丰田越野也不能，就是直升机都不能——这本来就是一场赌。我赶快说我的意思是相对而言。后来我们都默认了老 K 的决定，因为，只有老 K 仿佛还有点经验。

老 K 出去找车子的时候，我们开始购物。主要以食品为主，还买了手电、电池和火柴，各种维生素药片和成箱的葡萄糖，老 K 叮嘱我又买了一口高压锅、汽油喷灯和炉灶气。有意思的是，购物时，基本上分成两组，我和名名一组，画家和白莲一组。我发现，名名不但没有帐篷，她连睡袋都没有，我帮名名挑了一个好的雪山睡袋，这种韩国产的 pro-giang 专业登山睡袋，能适应零下十度到零下十五度低温，性能非常好，只是价格太贵，我看到名名在付钱时有点心疼。我建议名名不要买帐篷了，可以到大昭寺广场租一个。租帐篷也不便宜，我试探地对名名说，你不像一个藏北旅行人，你像一个邻家女孩。名名说，才不了，你以为我不能吃苦啊，你以为我会拖累你啊，人家是觉得，我们可以合用一个帐篷么。名名的话不是不可以考虑，问题是我们对藏北都不了解，为了保险起见，还是各人都带帐篷好。老 K 也是这样叮嘱我们的。可是名名说合用一个帐篷是什么意思呢？也许什么意思都没有，是我把事情想歪了。我和名名东奔西跑购物时，看到她累累巴巴背着东西一拐一拐走路的样子，很让人心疼。

因为想找一辆又便宜又实用的车，我们在拉萨又耽误了两天。

后来就是这辆东风 140 了。这辆车外表虽然破旧，发动机却是新的，驾驶室经过改造，空间大了，加了一排坐。老 K 对我们说，他找人检查过了，刚换的发动机。让我们惊喜的是，驾驶员是个叫扎西的藏族小伙子，他只要我们七千块钱，油费另算，比原先预想的又省一千块。

第一站我们到一个叫曲措的地方宿营。这里是一个小镇，离拉萨也就一天的车程。说是小镇，其实也就百十来户人家。在小镇上我们下车乱望了几眼，只有短短的一条小街，街上有小饭店，还有小卖部，再一看，我们车就停在一家小旅店前面。店主并不出来跟我们热情，这在内地是不可想象的事情。我们围着车溜达，画家在抽烟，名名和白莲到小卖部去看看。我感觉海拔升高了不少，老 K 确认海拔在 3800 米左右。我对这个海拔没有概念，没感觉到绝对的高度。老 K 过来问我，我们是扎帐篷还是住旅店？我说随便。老 K 望一眼抽烟的画家，画家也向小卖店走去了。我和老 K 也跟过去。老 K 像是对他们三个说，天快黑了，我们先住下来，好好休息。名名说，玩玩啊，急什么啊。老 K 宽容地跟我笑笑，好像在说，瞧你把她娇的。老 K 转身往那家小旅店去了。我看到小卖部里除了几样生活日用品，没有什么可买的东西。我对名名说，你以为到藏北去，都像今天这么轻松啊。名名说你当我不知道似的。画家和白莲听到我们的话，对视一眼，会心一笑，好像两人有着共同的默契，这种微妙的情景来得很突然。我猜想，他们两人在拉萨购物时，一定也像我和名名那样混熟了。这样最好，画家和白莲，我和名名，老 K（或许还加上司机），呈现一个三角关系。三角关系稳当啊——这是一个顶好的现状。

老 K 从小旅店出来了，他站在车屁股的阴影里跟我们拍拍手。

我们都围上去。老K说大铺每人一晚五十五块钱，有太阳能热水可以洗澡，住还是不住？名名抢着说，当然住，不住还能睡大街啊？我还想洗个热水澡呢，今天不洗，以后可能没机会洗啦！我们都笑起来，笑名名的抢话和天真——因为到了西藏，不可能像在内地一样天天洗澡的。画家也轰轰地笑着说，我们不是有帐篷嘛。名名说对呀，我们为什么不睡帐篷啊，那就睡帐篷吧，我还没睡过帐篷呢。我们又笑起来——总之，名名的话都让人觉得好笑。画家没笑，说，我们要有一个权威，便于行动，老K，你以后直接决定就是了，别商量来商量去的，我们都听你的指挥得啦，维也纳你说呢？我说我同意，老K你就是我们的头了。老K也当仁不让地说，你们信得过我，我就多招呼点吧。老K又一本正经地调侃道，你们四人都不适合做头，互相会有牵扯，我是说情感上的，是不是啊？特别是维也纳和名名。名名说，我们怎么啦？我们可什么都没有啊。我发现白莲快速地伸了下舌头，她伸舌头有两个意思，一是对老K的话表示不屑，二是对名名的话表示不信。我也觉得名名的话有点此地无银三百两的意思。但，名名不服气地说，你要想当头你就当吧，别找借口啦。老K继续一本正经地说，行，那我再说两句，我们不是享受来的，五十五块钱确实不便宜，卫生条件也不怎么样，除了热水澡，没别的优点了。扎帐篷吧。

我们在路边扎好帐篷，老K和驾驶员留守，我们到小饭店去吃饭。然后我去换老K来吃。扎西自己去吃了。我一个人在帐篷间走走。我发现帐篷排列很有趣，中间是名名，往左边依次是我、老K，往右边依次是白莲、画家。这是老K安排的排列方式。他是以为我和名名是相约一起来的，我们的表现也的确像老早就相识的老朋友了。特别是名名，故意把我往她身边拉。所以我和名名的帐篷应该挨在一块。画家和摄影家虽然也是初次相识，老K也看出来他们两人眉来眼去有点意思，就让他们俩也挨在一块儿了。同时，老K和画家分别把守两边，也符合当下他们两人身强体壮的基本现状。他们看我像根葱一样又瘦又高，还真以为我是个弱不禁风的三流作家了。其实我在青海负重二十公斤行李徒步黄河源头的时候，差一点就到了藏北。

吃完饭，天还没有黑，小街的原住民对我们这样的旅行者，早已见怪不怪，大家连围观的兴趣都没有。我们也懒得再瞎转，名名呢，先在自己的帐篷倒腾一会儿，又钻进了白莲的帐篷了。她对帐篷很新鲜，还把我也拉进去。帐篷里挤三个人太勉强了，我要往外钻，名名就把我的腿给拉住了。名名叫道，出去干什么呀，陪我们说说话么。帐篷外就传来笑声，老K的笑像气流，画家的笑声依旧轰轰的。

画家笑声还未落，老K就大喊道，看！

画家也惊叹一声。

老K招呼道，大家快出来！

我们钻出去，看到晚霞里，天边远处的雪山上，正放射出灿烂的五彩霞光。那霞光非常柔和，似乎还在高速地向上翻涌、喷溅，一层一层的，像绽放的礼花。是什么原理造成这样的喷溅呢？我们都非常惊奇，名名还不停地赞叹着，真好啊真好啊……

白莲赶快又钻进了帐篷，拿出相机，不是一架，而是两架。她把那个带长焦的相机挂在脖子上，拿着另一架对着晚霞方向咔咔地拍了一通。但，这种奇怪的景观，随着太阳的急速下降，很快就消失了。白莲看着镜头里的成像，说，真漂亮啊。画家也伸头看了看，微笑一下，表示认同她的观点。白莲又把夕阳下的小街拍了一张，最后要给我们拍照。我们五人让扎西拍一张合影后，名名又拉着我合影一张，照相时，名名紧紧地依偎着我。然后，白莲把相机交给我，让我给她和名名照一张。我给她们照了以后，又多了句嘴，说，画家，我给你们照一张啊。画家假装没听见，白莲也没有领我的好意，她几乎理都不理我，就走到老 K 身边，抱着老 K 的胳膊，说，来，帮我和老 K 照一张。我给他们照完以后，我还以为白莲会和画家照一张的，可白莲和画家并没有照一张，这让我很有点小小的失望。而画家也没有要和白莲合影的意思。我看到他转过身去，从口袋里摸出一个什么东西含到嘴里。这是我看到他第二次偷吃东西了。第一次是从拉萨刚上车不久，他就悄悄往嘴里送了什么东西吃了。当时我还想，他吃东西不愿和别人分享，算是个自私的家伙了。

5

天黑后，各回各的帐篷了。

我不是第一次睡帐篷，没觉得不习惯。但名名可能是不习惯吧，我还没有睡下，她就来拍我的帐篷了，谨慎地喊了我一声。我问啥事。她叫我出去一下。害怕啦？拉开帐篷的门帘，问她。她小声说，你过来下。没等我同不同意，就伸手就把我拉了出去，一直把我拉到汽车边。想起汽车上还有扎西，又把我往一边拉。小镇上没有路灯，只有零星几家的窗口透出灯光，名名的神神秘秘让我心里生疑，她拉着我的手，我感觉到她的手有些紧张。她一直把我拉到那家小旅店的门口，才说，没啥大事——你陪我去洗个澡……不是……不是那个意思啊，我是说……我昨天晚上没洗澡，今天一直不爽，而且越想越不爽，我有强迫症啊，就是不能心里有事啊，想想以后还有好多天呢，不洗个澡怎么行啊……嘻嘻，你紧张啥呀？我刚和小旅店老板说好了，冲个热水澡，二十块钱——贵是贵了点，我还要给手机和充电宝充个电啊，不亏的。听了名名的话，我觉得她的事有点多了。我缩回我的手。我感觉到我的手都被她抓疼了。虽然手断开了，她仍然像过了电一样，知道我的心思，说，你是不是觉得我是个小麻烦？嘻嘻，我就是个小麻烦，不过以后不会再麻烦你啦，我是让你给我看门的。名名更压低了嗓门，气流般地说，我看这家小旅馆像个黑店，老板一脸色迷迷的，我害怕呀，所以才让你出马的嘛。名名的担心也有道理，但我的第一感觉，还是觉得不好，一个女孩家要洗澡，我跟了去看门，算什么啊，要是叫老K他们知道了，还不窃笑死啦。但我好像也没有退路了，只好跟着她进了小旅店。

半卧半盘在椅子上看电视的中年男人斜了我们一眼，脸上是一副似笑非笑的样子，仿佛一切都被他看透似的，把眼皮一耷拉，脸上的肉跳了跳，仿佛在说，我什么都没看见啊，又仿佛在说，我都看见了啊。我们从他身边经过时，不知为什么，我确实像是去做坏事一样地紧张了。我们从窄窄的楼梯上了二楼。楼道里黑洞洞的，没有灯，微弱的亮光是从楼下蹿上来的。名名拿出钥匙——是钥匙，不是门卡，开了门。屋里的灯亮着。房间很小，设施也简单而陈旧，两张小床花花绿绿的，不知铺的什么床单。名名诡秘地一笑，说，你就在床上躺躺吧，看看电视也行。我去啦。

名名一头钻进了卫生间，不多会儿，就响起了哗哗的流水声。我朝那里看一眼，玻璃门上能看到一些暗影，混沌一团的暗影，那应该就是名名了。我不可能不心生杂念。但我只是想想而已。我打开电视机，把声音调大一点，我不想听那哗哗的流水声。我得用别的声音打打岔。我还看到，电视机旁边的插座上，一部手机和一个充电宝正在充电。我突然想起我的充电宝也不是满格，还有手机，也可以拿来充充电的，虽然，藏北无人区没有手机信号，但充满了电总归没有坏处。

名名很快就冲好了澡。她出来时，换了身衣服，露了膝盖的牛仔裤，黄色小 T 恤，头发湿湿的，脸也湿湿的，红红的，鲜亮了很多。她头发并不算好，几天前刚一认识时我就发现了，稀黄稀黄的，可能打理过，头发梢略微弯曲，半长不短的那种，有时候草草了事地扎个辫子，有时候随意地披散在肩膀上。这时候，她还拿着毛巾擦拭着头发，赤着脚丫子，嘴里抱怨说，电吹风都没有，拖鞋也没有，太差了。她边说跳到了另一张床上。她还动员我也去冲个澡。我说算了。但是，我也可以去把充电宝拿来充个电啊。她说，去拿啊，正好我也要充一会儿呢。我在临出门时，她又叮嘱道，有好吃的小零食带点来呀。

刚出小旅店，影影绰绰的黑暗中，我就看到我们的帐篷前站着一个人，看身形就是老 K。他显然也看到我了。没等我走近，就钻进了帐篷——他连让我解释的机会都没给我。他一定听到名名喊我的声音了，也一定是想歪了。好吧，反正他们此前就这么认为了，随他们怎么想了。我拿了电源线和充电宝就返回了小旅店。

因为忘了给名名拿零食，我一边表示歉意，一边插电源，突然的，灯泡闪了几闪，断电了，屋里一片漆黑。

怎么回事？楼底响起了一声吼叫。

名名立即拿手机照亮。我也拉开门看看，整个楼都黑了，我冲着楼梯口说，不好意思，不好意思。

怎么回事？蜷缩在椅子上看电视的男人也把手机的手电打开了，

他冲上了楼梯，来到我们的房间，声音极不友好地说，我就知道你们会瞎搞！

名名说，我们没做什么呀，充个电而已。

充个电能把保险丝爆啦？我这还在等一批客人呢，说吧，怎么办？

名名说，老板，不过是爆了保险丝，接上就好啦。

说得轻巧，这黑天半夜的，我去哪里找电工去？就算找了电工，不用花钱啊，工费，材料费……赔钱吧！

我听出来了，他想讹钱。我立即想到，这可是个地头蛇啊，他会讹多少呢？

赔钱？名名说，老板你讲不讲道理？我们花钱住店，你们宾馆设施不合格，该谁赔钱？对你说啊，我们受了惊吓，还有精神损失费呢。

谁不讲道理？什么精神损失费？你们开的是钟点房，晓得不？这条街上住着公安人员呢，要不要我喊他来……调查处理一下？我也不是想把事情闹大，你们赔点工本费就行了，连房间费一起，给五十块钱，不算多吧？

我一听，碰了碰名名的手臂，示意她别再说了。我也语气不好地对老板说，你这是违规的呀，属于……算了，不好听的话我也不说了，四十块钱，多一分不给！

名名可能也意识到现在不是争论的时候，息事宁人为上，也就没再和他争。

我给他付了四十块钱，拉着名名走了。

回到小街上，名名很不甘心地拉住我的胳膊，她虽然没说什么，我也知道她在生气。我安抚她说，这种人，不能跟他计较的，不值得。

名名轻声道，晓得的。

我感觉到名名打了个颤。虽然是七月，但夜里还是很冷，冷风硬硬的，四周的黑也更黑了，小街上一点生机也没有，名名身上的洗发香波味很好闻，我情不自禁地想搂搂她，但我还是说，明天还要赶路，赶紧回去睡吧。她松开我的胳膊，小跑着走了。

6

第四天中午，我们已经改变方向，开始向西驶去，然后又向北。

我们是在出发后的第二天早上，离开那个叫曲措的小镇，很快就脱离了青藏线，驶进了茫茫的大草原。

路已经没有了，汽车走到哪里，哪里就是路。车身颠簸摇晃得厉害，车厢里四只汽油桶（两只装油，两只装水）互相碰撞，发出一阵阵怪叫，扎西爬到后车篷里把它移开了。驾驶室里挤满了人，具体座次是这样的，我和名名坐在前排，名名坐在我和扎西中间，那是个小座椅。为了不影响或少影响扎西开车，名名挨得我很紧。汽车颠簸时，她几乎就倒在我身上了，随着颠簸的加剧和方向的改变，她就死死地抱住我的胳膊了，把她和我抱成了一个整体。老 K、画家和白莲坐在后排，白莲坐中间，老 K 和画家分别坐两边。我从后视镜里看到，汽车左摆右晃时，白莲并没有去控制身体摇晃的幅度，而是任其自然摇摆，因而她就像一个钟摆，左砸一下右砸一下。

这几天的行程都在我们的预期之内，一切都很正常。名名已经失去了开始时的新鲜感。白莲的相机也不再乱拍（只有停车时才拍几张）。画家依然不停地画他的速写。我坚持做笔记。老 K 还是承担着头的责任，他手里不离指南针和地图，还会拿出笔，在本子上计算着什么。名名看大家都在忙自己感兴趣的事，便也倾听周围的声音。高原上确实有些声音，空旷的，遥远的，似有若无的，说不清道不明的，我不知道这些声音是不是她想要的音乐。画家还是时不时偷偷地往嘴里塞点东西。至于扎西，人如相貌，规规矩矩地开车，不多言语，不乱讲话。

藏北的草原不是我们想象中的一片翠绿，会有些小花夹在青草间。零零星星的湖泊分布在草原上，还有时断时续的河流和一些露出来的山岗。偶尔还会看到游牧的藏民和他们的羊群，看起来，羊群离我们并不远，却有一种距离感，我知道这是一种只有在高原上才有的视觉差。天一直是蓝的，白云也一直是静止不动的。

又一天的下午，四点多，我们停下车，在一个湖边扎营。我们必须快速支起帐篷，然后煮饭，然后睡觉。煮饭是轮着进行的，每人一天，这天正好轮到名名。早上和中午都是我帮的忙。现在就更不用说了。

老 K 他们三人很快就把五顶帐篷支好了。

扎西在驾驶室里整理自己的东西，老 K 背着相机（我是昨天才知道他也有相机的，他当时在拍一条在草原上奔跑的三条腿的牧羊狗）和白莲、画家向湖边走去。画家手里拿着速写本。他的速写本始终装在随身背着的帆布包里，随时可以拿出来画几笔。我注意到他的速写本上还画了一幅老 K 做饭图。他们一边走一边说笑着，白莲还在老 K 身上打了一拳。然后我又看到画家跑了，白莲在后边追。白莲的笑声在辽阔的草原上显得十分的渺小。

他们很开心啊，名名望他们一眼说，又把目光收回来，我们也唱歌吧。

名名高声唱道，美丽的草原我的家……

名名突然不唱了，她用手按住了喉咙。

我说怎么啦？

她说不唱了。她声音很轻，说，叫烟呛了一口。

哪有烟啊？你是不是……喉咙不舒服？

没有没有……没事的。

我要把我带来的用于防止感冒的红景天胶囊送一瓶给她。

不用，我有，我还有板蓝根呢，我一直吃的。

我注意到她早上就吃了两包板蓝根冲剂。我们每天都吃板蓝根，这也是老K告诉我们的。老K说这是预防感冒的好办法。但她一次吃两包，也太夸张了。

可能是为了岔开话题吧，名名说，老K……挺有意思的一个人，他来藏北是干吗的呢？

名名的问题，我也曾有过瞬间的闪念，但并没有深究，经她一说，我重新想了想，是啊，名名是因为音乐，画家是要画画，白莲是要摄影，我是要写自然方面的大散文，老K呢？总有什么目的啊？他又不像扎西那样是为了挣钱，他为什么来藏北？为什么要操这份心？追问这个显然没有意义，就说我吧，也并非一定要写作，名名也并非一定是为了音乐，画家和白莲在哪里也可搞创作，说到底，我们都有一颗狂野的、躁动不安的、好奇的心，都想丰富自己的人生和阅历。

我摇摇头，表示无法回答她的问题。

晚饭还是水煮方便面。高压锅煮方便面都是半生不熟的。高原上沸腾的水只有五六十度。吃面条没有吃榨菜、午餐肉多。我们带来了大量的榨菜，还有午餐肉、火腿肠、红肠和黄桃罐头、山楂罐头什么的。吃饭时，大家互相交换着吃，基本上不分你我了。

我看到名名吃得很少。

我说怎么啦？要多吃。

难吃死了。

难吃也要多吃，吃多了身体才能顶得下来。

名名说我知道。名名想了想，又强撑着吃了几口红肠，拿一瓶纯净水喝了，还从她的大旅行包里找出什么东西到一边吃去了。她可能吃什么药去了。我怀疑她是不是真感冒了，她下午唱一嗓子就打住已经让我怀疑了。我看到她穿上了一件宽松的毛线外套，红色的，外面还披了一件羽绒服。她坐到一边的高岗上了。她把两腿抱在胸前，把下巴放在膝盖上。她若有所思做着深沉状，仿佛是在静听大自然弹奏的音乐。

我们吃完面条，纷纷加上了衣服。七月的藏北，夜晚和白天的温差很大，老 K 甚至穿上了一件军大衣。饭后我和他简单交流过，他告诉我他是个行走主义者，职业旅行家。怪不得，他经验那么丰富，也最有主见。老实说，我有点从内心里钦佩他了。从交流中得知，他是重庆人，原来是制作大提琴的，后来当上了调音师，还做过小生意，开过小杂货铺，现在在上海建立了自己的个人工作室，以平面设计和钢琴调音为生活主要来源。经历过饥饿和贫困，最艰苦时，三个星期只吃十斤大米，连榨菜都没有。他成为行走主义者以后，在上海的工作室基本上名存实亡。这次藏北之行，他随身带一个小相机，根据我这个外行人的判断，他这个相机属于普通形的，相比白莲的尼康，他太业余了。旅行中，白莲对他拍的东西似乎很感兴趣。他别的不拍，专拍反转片。他们还讲了一些摄影方面的术语，我都不大懂。总之，他们一有空就交流点什么。现在，他们在湖边已经支起了相机，对着蓝色的湖面，不知在等什么、拍什么了。

我去找名名说话。我想把我对老K的了解告诉她。

名名不大愿意跟我说什么。我看到她两眼静静地望着湖面，很纯净的。我们这一行六人，数她年龄最小，我想，她不应该是想家了吧，或者想她从前的恋人了？我叮嘱她坐一会儿就回帐篷里。她点点头。我说我要写点东西了。她说，我想想事，你去写你的吧，写好了借我看看啊。可我并没有走，我企图和她倾谈一下我们男人自以为了解女人的那些东西，譬如喜欢什么样的颜色啊，什么牌子的包包啊，最崇拜的名人是谁啊，人生格言啊，星座啊，读了什么好书啊，最理想的生活啊，等等，可话一开头，连我自己都觉得浅薄。名名有点心不在焉的样子，逗弄我说，你想关心我是不是啊？你不是有黄桃罐头嘛，我想吃几块呢。我说好呀，走，我请你吃好东西。

我们一起回到帐篷，一起吃黄桃罐头。她夹一片浸泡在冰糖水里的黄桃，送到嘴里，嚼几下，突然要笑。她确实捂着嘴在笑，忍不住的样子。我问她怎么啦？她擦擦嘴角，调皮地说，黄桃罐头真软啊，你发觉没有？它像不像舌头……舌头和舌头在口腔里碰撞，嘻嘻，你不会说我很污吧？你也吃一块。她把罐头瓶和叉子塞给我，钻出了帐篷，说，你写你的东西吧，我去看看他们啊。

我放下罐头瓶，也钻出来，看着她小巧的背影。她可能发现我在看她了，转头跟我笑笑，挥挥手。夕阳下，她的周围很干净，剪影很好看，头发略有些凌乱，却和自然的环境很匹配。我说别动呀，我给你拍张照片。我拿出手机，给她一连拍了几张。

7

他们都趁着天黑前的这段时间忙自己的事了。

我也躲到帐篷里，拿出笔记本，只露出头，开始写我一天的感受。几天来，我都是这样写的，我把我看到的、想到的、感受到的全记了下来。我尽量记得详细些，不问结构，不字斟句酌，只记流水账。我也记录我们一行人的行为，他们每个人都是我笔下的书写对象。此时，我帐篷门的方向，正对着湖泊，他们尽在我的视线之内，他们都很美，和夕阳、湖泊，周遭的草地融为一体。

画家在离湖远一点的草地上支起了画夹，几天来他都是画速写，这是第一次正式作画。我看到他们——包括扎西，他们五个人分五个点或远或近地分布在湖岸边。扎西绝对是个称职的驾驶员，他除了对他那辆东风 140 有感情而外，从不关心我们的事，如果我们不主动跟他说话，他连话都不说。但我很想吃他的风干牛肉。他喜欢一个人躲在驾驶室里，用刀一片一片地削牛肉，几乎连水都不喝。我的笔记本中专门记有这一笔。

太阳在北京时间下午八点的时候，还高高悬挂在空中，我写了会儿我看到的情景，合上了笔记本，钻出了帐篷。

我要去找名名，她正在手机上看着什么。我知道她是在看书。她这几天来一有空就在手机上看书。对于我们五人来说，名名似乎是最不现实的旅行者，流浪歌手似乎只能在都市生活，藏北不应该有她的歌声，藏北对于她好像也是无关紧要的。这样一想，我从内心里同情名名了。但是在路过名名帐篷的时候，我还是先去看看画家在画些什么。对每一个人的了解，对我写作这部书会很有帮助。

画家在画水粉画。他在画湖，蓝如天、平如镜的湖，在画家的笔下显得更加宁静和安详。我看到画面十分之九都是蓝色，大片的蓝色上什么都没有，没有远方的湖岸或群山，也没有一只飞翔的鸟，只在湖边一个高岗的后面冒起了一股炊烟，也许这股淡淡的炊烟才是这幅画真正的意义所在。画家没有要跟我说话的意思，我也没有想跟他说什么。几天来，根据我的观察，他是最具艺术气质的人，他独自欣赏，独自感受，独自体察，然后悄悄在速写本上画，他就像在完成一次普通的写生，对这次特殊的藏北之旅并不表现出过多的好奇。但是他的怪僻也同样十分突出。比如说，他不跟我们谈天，他不赞美我们都认同的美景。他有时甚至和大家都过不去，故意作难我们，不和我们混吃东西。不过我看出来，他最终还是和白莲说到一起了，他似乎只听白莲跟他说什么，或者说很在乎白莲的意见，有时他还和白莲调笑几句，也是随意的。可不是，白莲不知在湖边捉到了什么东西，正欢呼着，摇着手臂向画家跑来，我看到她整个胸脯都在欢呼雀跃，她这时候的浅薄、造作和幼稚，倒是和大自然十分的融洽。

白莲跑到画家跟前，展示她手里的宝贝——原来不过一只普通的漂流瓶。

瓶子里有一个纸条，写着——你已经得到了爱情，这就是幸福生活的理由。请原样放回去。谢谢。

这个漂流瓶让画家和白莲好一阵快乐。仿佛这就是幸福生活的理由。

突然响起了歌声。

暗哑、粗犷的歌声突然就在海拔近4000多米的高原上空响起。

我们不约而同地望着名名。

名名坐在一处高坡上，面向湖泊，保持一种固定的姿势，歌声就是从她那儿响起的，歌声忧伤、苍凉而遥远，像是从辽阔的湖面上悠悠地飘来，又仿佛恋恋地离去。那不断重复的旋律，仿佛要撕碎某种东西，譬如岁月，譬如情怀，譬如生命。我的心被这样的歌声所震荡。歌声让我想起童年的游走，寂寞乡村的风景，还有风筝、炊烟，偶尔进入眼里的死亡和永逝不在的短暂的青春，我真切地感受到了歌声里飘扬的疼痛和绝望，听到了对往事的怀想和追忆。

我看到画家的画笔在画面上快速地移动。在歌声渐渐向远方飘去的时候，画家手中的画笔也掉到了地上。画家泪眼蒙眬地说，我把她的歌声记录下来了。我看到画家的画已经不是一幅完整的作品了。蓝色的画面已经被灰色取代，上面还有一道道让人战栗的裂痕。

歌声用画来记录，我还是第一次听说。

我心怀感激地向名名走去。

歌声停了的时候，我来到她身后。她让我坐在她的身边。我坐下了，我看到她脸上有泪水洗过的痕迹，但她是在跟我微笑，暗紫色的夕阳涂在她脸上，被笑容所稀释。她说，我们这是第几天？我说你是不是想家啦？她说哪里啊，我会那么没出息吗？你可不要小瞧我啊。我说当然不是，我告诉她这是第几天。我还告诉她，刚才的歌很好听，还想听你再唱。名名说好久没唱了。我说你唱得真好。她惊诧地看着我，说，我相信你说的是真话。我惋惜地说，你真该到舞台上去。名名笑着说，别这样说话了，好像我是怀才不遇似的，我是个今天快乐不管明天的人，再说了，这个大舞台，我这辈子还没唱过哩，我就是想唱一唱，唱过了，就满足了。

白莲在湖边喊道，你们过不过来烤火？

我们看到湖边已经燃起了篝火，篝火边是扎西和白莲。

我问名名，过去吗？

名名伸出手，要我拉她。我拉起了名名，牵着她的手，过去了。

我们围坐在火边烤火聊天。有人夸名名的歌声好听，还有人叫名名再唱一首。名名就唱了。名名不是唱一首，而是唱两首三首，后来不知唱多少首了。在名名唱歌的时候，画家邀请白莲跳舞，后来我们都跟着跳了。我们一边跳一边唱，再到后来就是驴喊马叫瞎吆喝了。大家嘻嘻哈哈都很开心。他们还闹着要给我和名名举行婚礼，最起劲的是白莲，她还说你们扎两顶帐篷干什么啊，别装模作样了，干脆拆掉一顶算了。白莲也是最放得开的一个，也最兴奋，她的脸就像篝火一样红。她和这个跳一会儿和那个跳一会儿，她甚至拉着扎西跳，彪悍的扎西还把她抱起来扔几圈，白莲就开怀地大笑着，她的笑声放肆而嘹亮。其实，所谓的跳舞，不过是围着火堆转圈圈。名名被我转晕了头，趴在我怀里直喊要命，我也就很像回事似的拍拍她的肩。

天色渐渐暗下来，也有一小股乌云，从湖的那边滚了过来。经老K提醒，我们回去了。

由于大家的情绪还停留在刚才的欢乐当中，除了扎西，我们又都一头钻进了白莲的帐篷里。白莲的帐篷一下挤进了五个人，形势就有点吃紧。白莲大叫着，我的帐篷。名名就顺势缩到我怀里，白莲也往画家的怀里拥，白莲的帐篷才稍稍缓和一些。这是我们从拉萨出发后，第一次如此亲密地在一起畅谈。我们都原始的没有一点隔阂了，开了阵玩笑，就展望下一步的路程。老K说下面才是真正的无人区，我们就将领略到真正的藏北美景。还说我们是幸运的，这几天的天气一直不错，但，往后就不一定了。最后大家互相叮嘱要注意身体，就各自散了。

　　我睡不着。我想失眠的不只是我一个人。我想着名名。本来我只是把名名当作一个普通的同旅之人，由于特定的机缘，让我们从一开始就不得不做出是熟人的姿态，而现在，他们又把我们看成是一对情侣了。我们都没有去解释，也不表示反对，甚至从言行上看还真有点那么回事。特别是名名时不时地对我做出的娇柔之态，自然而然地拉手，不是情侣又是什么关系？对我而言呢，寂寞的旅程能有一个异性伙伴，自然是求之不得的，可我现在也有点让名名感动了。是感动于她的天真、简单和纯情，也感动于她外表的瘦弱和内心的坚强。我想，在下面的旅行中，我应该多关心她、多帮助她。我这样想着，一种奇怪的声音响起来，像一阵风，不对，像一阵雨，也不对，像音乐或者叮咚的山溪，还是不对，是谁出去小解了吗？也不像。我悄悄掀起帐篷的裙边，让我的眼睛能看到外面的天空，还有天上的星星，耳朵能真切地听到外面的动静。我听出来了，声音来自我隔壁的隔壁。如前所述，我们帐篷的排列，如果从左边开始，依次是老K、我、名名、白莲、画家。我隔壁的隔壁当然是白莲的帐篷了。我追踪着声音，发现声音越过了名名的帐篷，落到白莲的帐篷里，那里才是声音的发源地。我突然意识到，白莲的帐篷里不仅是白莲一个人，还有另外一个人。我想着，要不要把目光收回来时，我听到一声很响的咳嗽，分明是老K。老K是在他自己的帐篷里咳嗽的。我暗自好笑，老K是想表明自己的清白。更有意思的是，白莲终于叫唤了，但很快又克制住了，接下来是一阵痴痴的连绵不绝的喘息。

　　我觉得这样偷听人家的私情不好吧！早点睡吧。可名名帐篷的裙边被掀起来了，一束手电光在我脸上照一下又关掉了。名名忍着的笑声还是很清晰。名名用气声说，我就知道你还没睡，嘻嘻。我也学着她的口气说，是啊，你怎么也不睡啊，想什么啊。名名说，不想什么啊，是听到什么——嘘，小声点。我说，你呀……明天还要赶路啊，睡吧。她说好吧。可她并没有把头缩回去，而是说，等回到拉萨，我请你到旅行者酒吧喝咖啡啊。我说还是我请你吧，请你喝酒，你敢不敢？她说，那有什么不敢啊，你还不一定喝过我啊。我说那就说定啦。她说说定啦，我请你。我说不，还是我请你。她说谁请谁还不都一样啊。我说是啊，都一样。她又用气声笑了，我们这是干什么呀，学来学去的，肯定有人听到了。我伸出了手，她也伸出手。我们拉了拉手。我说，睡吧。

8

我们藏北之行的第九天，下起了大雨。

其实大雨是从头一天傍晚时开始下的。我们已经不知深入藏北腹地有多深了——我们不去关心老 K 的地图。他时常会拿出地图，一个人在研究。偶尔，扎西也探过头去看看。我们不看，我们都相信他，知道他会给扎西指出方向。但，昨天晚上，老 K 正在研究地图时，突如其来的大雨就到了，真让我们猝不及防啊。看当时的天空，不像有雨，即便有雨，也不过是毛毛雨，没想到会如此的来势凶猛。

荒漠上的雨和别处的雨还真是不一样的，一下就不可遏制，仿佛整个世界都是雨。

我们还没有好好领略大雨的风采，天就黑了。我们各人躲在自己的帐篷里各忙各的事，他们在干什么我不得而知，我想写东西，根本没有心情。我知道大家心头都不轻松。按照计划，我们应该在第十一天到达我们预期的地点，于第十二天返回。但是今天的这场雨，看来一时半会儿是走不了了，就是不算这场雨，第十二天到达目的地也是不可能了，我们不知道在哪里耽误了行程，或者绕道了，或者我们走走停停太消闲了，总之，据老 K 乐观的估计，我们也要到第十四天下午才能到达。如果我们仅仅担心恶劣的天气，仅仅是对无聊的时光一筹莫展也罢了，我们这个队伍显然是出大麻烦了，这就是白莲病了。

汽车还在行驶时，突然狂风大作，乌云开始密布，而白莲对画家说，我头疼。

我们的汽车正行驶在一片荒漠上。不知从什么时候起，我们行驶的地方已经不是草原了。事实是，现在的荒漠也不是严格的荒漠，偶尔也出现大块草地，由于道路比较平坦，车速较快。我听到后排中间的白莲说，我头疼，我还冷。白莲说着，就往画家的怀里倒。我扭头看到当时的情景，白莲确实是一脸的病容。我还看到，老 K 眉头一跳，神情还似乎停顿了一下。我也看到画家的表情了。但画家好像没有表情，他的脸色和他的高平头一样硬朗，对于白莲靠在他的身上熟视无睹，就好像白莲是一尊石膏像，和他没有任何关系。可前两天的情形并不是这样的，他们一度还那么的亲密，就是在这天早晨，他们还旁若无人地从同一个帐篷里爬出来呢。

我看到名名也回头看他们一眼。名名肯定也看到画家的行为了。名名把目光眺向远方。

这可是个不好的兆头。

老 K 当即决定，停车，扎营。

我们在东风 140 的后车篷里整理出一块地方，安装好白莲的帐篷。让她躺在里面休息。白莲看着自己的帐篷，虽然是在车上，但和我们却相隔较远，显得孤零零的。我看出白莲神情里的不愿意。

老K扔了几瓶水给她，叮嘱她要吃药，又对我们说，不要靠近她，防止传染。

我们开始支自己的帐篷。我们都没有话。我们默默地干自己的事情。我们必须在雨来临之前，把帐篷支好，否则我们的帐篷里将和外面一样成为泽国。

老K没有和我们一起支帐篷，他拿出那张地图，盯着地图在看，在想。老K的地图是七八张A4纸连在一块的，上面的标识很复杂。如果不是白莲生病，没有人去关心他手里的地图，我们的目的地是可可西里，早一天晚一天，哪怕迷路了，我们都不怕。本来，所谓的目的地，就是一个模糊的概念，是一个大区域，只要能领略到我们想要的东西就可以了。但白莲的病，让各人多了一层心思。

离吃晚饭时间还早，大家各自钻进了帐篷。我不知道别人怎么想，我觉得白莲现在一定最难受。但有什么法子呢？真的要看她的运气了。我想和名名说说话。我掀起帐篷的裙边喊名名。名名的帐篷里传出名名的声音，我困了，睡一会儿。有可能她真困了。她晚上会在手机上看书。也正是因为看书，她的手机没电了，充电宝也没电了。还有我们大家的手机和充电宝，都没电了。就是有电也没有用，没有信号，任何电话也打不出去了。好在我还有自己的事情，我拿出笔记本，准备写点什么。

雨，就是在这时候，开始下的。

一夜风雨后，白莲的病迅速恶化。我用恶化这个词并不是夸大其词。老K打着伞，去给她试过体温了，40度，她已经处于昏睡或昏迷状态了。据老K形容，她眼睛微闭，嘴唇干裂，面色通红（高烧），喘气都不均匀了，长一口短一口的，有时候还有停顿，看着让人着急。

名名听了，想问句什么，她嘴唇嚅动一下，终是什么也没说。

按照我们的生死合同，她应该在原地留下。但突如其来的大雨，阻止了我们的行程，她才有幸有我们来陪伴她，她应该感谢大雨，大雨才不至于让她一个人孤独地死去，才有我们陪着她走完剩下的短暂时光。

雨一直在下，一天，两天……

在这几天里，我们基本上是各自躲在自己的帐篷里。我除了不厌其烦地翻看以往的日记，就是发呆，我已经几天没写日记了。打开笔记本，我看到上面有四个字，大雨。死亡。这是白莲有病的当天写下的。后来每看到这四个字，我就没有心气和能力再写下去了。

没有雷，没有闪。荒漠里的雨时缓时急，缓时，是沙沙沙的，急时，是哗哗哗的。我担心名名的帐篷会从边口渗水。她的帐篷是在拉萨租来的，不带裙边的那种，虽然支帐篷时，我给她的帐篷挖了防雨槽，但我还是有点担心。我的帐篷是那种专业的双层野营帐篷，轻质铝合金支架，有较宽的裙边，加上防雨槽，不管下多大的雨，我帐篷里的地皮相对都比较干燥。我曾提出要和名名换帐篷用，她不愿意，说她的帐篷很好。

电子书不能看了，好在我们手里还有几本纸书，名名带了两本，我带了两本。我们互相交换着看了好几遍了。我们在雨小的时候，也会掀起帐篷的裙边说说话，主要是交流吃了什么好东西。她带来的葡萄干非常好吃。我也把我的兔肉罐头送两盒给她。其他好吃的，我们也都互相交换了一点。

我们说话时，她都要下意识地朝远处的汽车看一眼。我们都不知道汽车上的白莲怎么样了，是已经死了吗？我们对她无能为力，既治不了她，也无法安慰她（怕传染）。我们都好像很忌讳提到白莲。雨天很冷，我们都穿上了羽绒服。我们都很寂寞，这时候，最大的敌人好像已经不是死亡了，而是寂寞。所以我们在寂寞中会把白莲暂时忘掉，有一段时间，我们甚至躲到画家的帐篷里打牌。名名不愿意打牌，而扎西的牌又很臭。好在扎西把他的牛肉干分点给我们（当然他也吃我们的东西），凑在一起打牌，也就不去在意输赢了，主要是图个过程。这时候的名名就一个人在帐篷里了。名名不在身边，我会想，她在干什么呢？有一次，也是雨势小了的时候，我出去小解，看到明明打着伞，从汽车那儿跑了过来，我说名名你干啥呢。名名停下来，说我没有靠近她……我，我想看看她的……我不敢。我说，你可别胡来呀，连老 K 都不管她了。

对付寂寞最有效的办法不是吃，也不是打牌，而是发呆（看雨）和睡觉。能睡着了当然很好了，而发呆也是一种煎熬，我在发呆中，多次问自己，是不是后悔了这次藏北之行？我听不到我的回答。我知道我的回答都是矛盾的，都是没有答案的。

第十二天夜里，风停雨住。天一亮，阳光耀眼。老 K 喊我们到他帐篷里开会。我知道我们要出发了。我知道我们在出发之前，一项重要的工作就是把白莲留下。但是我还是心存幻想。我希望我们能把白莲带上。这主要取决于两个人，一个是老 K，一个是画家。我们都知道画家和白莲的关系已非同一般，他应该不忍心留下白莲。而老 K 是我们的头，他如果坚决执行合同，谁也无话可说。如果他们因为白莲而发生争执，我要坚决站在画家一边。按照正常情况，白莲是活不下去的，高原缺氧，白莲的病会很快恶化，说不定她现在已经停止呼吸了。我们挤在老 K 的帐篷里，谁都不说话。其实我是在等着画家表态。画家的态度应该是最重要的。但是画家拉着眼皮，一声不吭——他并不是我想象的那样。我看到老K面色阴郁，他看了画家一眼，犹豫着说，我们有合同，就那样办吧。我看到老K的眼睛湿润了。他说这话时，一定是不愿意的。

名名突然哭了。

名名小声地抽泣着。

名名抓住我的衣服。她也看着画家。名名想的应该跟我一样吧。我们都希望画家说话。可画家依然一声不吭。

帐篷里很静啊。

名名的啜泣显得那么孤独、无助。

你们都看着我干什么！画家突然说话了，他还冷笑了两声。我们有合同……你们看着我干什么？我能有什么办法？啊？

我觉得画家有画家的难处，他没有错，他的话有道理，这是谁都不好表态的。带上她又怎么样？如果她免不了一死，多活一天半天又有什么意义？为什么还要拖累别人？签订生死合同，也是出于这一点。

老K又试探着说，那么，你去把她抱下来？

画家钻出帐篷了。他在帐篷外说，凭什么我去！

画家这句话就没有道理了，也是我始料未及的。我和老K一样，认为这个工作由他去做当然是合适的，不管此前他和白莲之间的爱是真是假，毕竟有过肌肤之亲、鱼水之欢，哪怕只是虚情假意地做给我们看看也是必要的。

后来是老K找了件T恤，蒙到嘴上，起到口罩的作用。老K爬上汽车，把白莲移到一边，拆了她的帐篷。老K把帐篷扔下来，他对我们说，重新支起来。我和名名同时用目光去寻找画家，我们惊异地看到，画家已经拿出了速写本，他在画早晨的太阳。画家真是心静如水啊，他竟然有心情画画？

还是名名细心，她迅速拆了自己的帐篷，又在她帐篷的位置支起了白莲的帐篷。那儿毕竟有两三平方米的地方是干燥的。

老 K 把白莲抱了下来，抱进了我们支好的帐篷里。白莲脸色苍白，嘴唇乌紫，眼圈发黑，眼睛微闭。几天来，白莲不知是怎么度过的，她应该吃了些东西，她还有体力吗？我真希望白莲提出来和我们一起走。但白莲显然连说话的力气都没有了。

我们安顿好奄奄一息的白莲。

就要准备启程了。

我们和白莲做最后的告别。白莲很别扭地躺在睡袋里，她已经不是我们记忆里的美丽的白莲了。白莲想抬抬眼皮，她终究没有力量把眼皮抬起来。但是她还是说话了。我们都没有听到她说什么。她只是微微动了动嘴唇。

我们把属于白莲的东西全部留下来。

但是，画家拎起了白莲的一架尼康。

老 K 盯着画家。老 K 的目光藏在满脸的胡须里显得十分锐利。

画家把相机又放了回去。

9

汽车继续向前行驶。如前所述，藏北深处的地形很难说是草甸、是荒漠、还是戈壁，也许是这三者的混合物，也许只有藏北才有这样特殊的地貌。汽车走在砂砾上时，还基本上正常，走在草甸上时，就很费力了，呼呼地直喘气，好几次我都担心它会像白莲一样趴下。但应该承认，雨后的天，更加蓝了，就是那种传说中的高原蓝，纯净、透明的蓝，让人心里也禁不住晴朗起来。

走了大约两个小时，在爬过一个高坡之后，一片绿色的草地横在我们面前，我们还没来得及惊叹这片草地，在我们前方的视野里就突然出现奔跑的动物了。名名惊喜地大叫道，看啊，马，一匹马，不是一匹，是两匹，啊——三匹……好几匹，啊！啊！正在开车的扎西说，那不是马，那是野驴。名名说，它向我们跑来了。扎西说，野驴不伤人。画家在后面叫道，停车停车。老 K 也叫道，停车。驾驶室里出现小小的骚乱。我赶快拿出随身的傻瓜相机。但是我的傻瓜相机没有拿稳，它掉到了我的脚边，同时我感到身体大幅度前倾，然后撞在一件硬物上弹了回来。等我回过神来，汽车已经熄火了。汽车陷进了沼泽里。

我们从车上下来，就像一场遭遇战，对着不远处的野驴一阵乱拍。

野驴在离我们一两百米外的地方散步，它们吃草，或者喝水，对我们这些远道而来的客人漠不关心。那里水草丰盛，阳光也格外的明亮，野驴身上闪着油光。

名名数了一会儿，说，一共二十八头。

你往远处看看。画家说，远处还有更多的野驴。

啊……名名惊叹了，名名对着野驴大声喊道，野驴，过来。

我们被野驴激动了一阵，欢乐了一阵，这才意识到我们的汽车出事了。汽车的两只前轮陷在沼泽里，只露出了保险杠。扎西在车前车后观察着，他手里已经拿着一把铁锹了。扎西的脸上并没有出现我们想象的惊慌失措，他主动跟我们说，没问题。

扎西说没问题，那就没问题，我们也就放心了。

扎西在两只后轮胎后面松了几锹，又在前轮后面松了几锹，就自信地上车，打火，启动。我们也上去推，可是汽车只晃了几下就熄火了。再打火，就怎么也打不起来了。扎西没有了刚才的自信，他在驾驶室里捣鼓一阵，没有效果，又掀起了前面的发动机罩。更为糟糕的是，前轮比刚才又下陷了许多，保险杠就要被淹没了。

我们没有一个人去和扎西说话。因为我们都帮不上什么忙。我们都围着他，看他一个人忙。中午很快就过去了。老K说，我们扎帐篷吧。

扎西也听到老K的话了。扎西没有阻拦他，说明这个车一时半会修不好了。

老K观察一会儿地形，建议我们把帐篷扎在来路时的高岗上。

扎好帐篷，我们又煮了一锅方便面，各人又开了罐头。汤汤水水，这是几天来我们吃的最好的一顿饭。

吃完饭，我和名名坐在帐篷前晒太阳。老K和扎西一起修车去了。画家在离我们较远的地方画画。画家所在的位置是块洼地，和汽车和我们形成一个等腰三角形。野驴们已经往远处散步去了，丰美的水草上反射着太阳的光芒。画家一定是在画水草和远处的野驴。

名名说，车要是修不好，我们会不会死在这里？

我说，车会修好的。

名名说，我是说如果。

我说，没有这个如果，我们有五个人，怎么会修不好一辆车？

我知道我这话太没有底气了，因为五个人，只有扎西一个人懂车。但我只能这样说，我不能说泄气的话，我既是给自己鼓气，也要给名名希望。

你说，名名又说了，声音很轻，白莲她，现在怎么样啊？

谁知道啊。

她会不会被狼吃掉啊？

我说，也许，不会吧，没看到有狼啊。

我们人多，狼不敢来，我们人少，狼也许就来了。

狼可不是这个性格。

就算没有狼……

名名说不下去了，她有些伤感，眼神忧郁。我看看她，她的脸已经不像在拉萨时那么光洁了，皮肤上裂了许多细小的风口，人也有些憔悴了，说话的声音也不像之前那么调皮和清爽了。

你看画家，名名小声嘀咕道，他还能画画……

我也望着画家，还有远处的野驴，我知道名名的意思，名名是说，他怎么还有心情画画呢？他不关心白莲也就罢了，对目前的处境，他就一点也不焦虑？

他是画家啊。我只能这样略带感叹地说了。

名名朝我身边靠靠，挤在我的肩膀上，说，我也病了。

瞎讲。

名名笑了，真的，不骗你，过曲措的那天晚上，我想唱歌，刚唱一句，喉咙就疼了，我就觉得我是不是病了。可我对谁都没敢说，我怕你们把我丢下来。我就是死了也要跟着你们，一个人多孤单啊。名名用肘碰我一下，要是我病了，你会扔下我不管吗？

我知道名名是在开玩笑。但我还是想起名名要拿自己的肉喂鹰的话。名名是个说话无遮无拦的女孩。她这样说，无非是对白莲的同情和对画家的失望，也兼带着试试我，会不会和画家一个德行。

你怎么不说？你会扔下我，是吗？

我说，我们不开这个玩笑好吗，一点也不好玩。

名名摇了摇我的胳膊，谁跟你开玩笑啊，你会的，是吗？

也许吧，你想想看……

我知道。名名说，所以，我就是真生病了，我也不像白莲那样说出来，我一定要跟着你们……现在我才知道，白莲是多么……傻。

我不得要领地说，没有什么的，我们一定会活着出去。

我们拿过老 K 的地图。老 K 的地图就放在他的旅行包上。这是一张手绘的地图。在老 K 的手绘地图上我们找我们所处的位置。名名把头伸过来，也在地图上看，还说这真是一张奇怪的地图，然后就指着一个墨点一样的东西，问，这是什么？

我看了看，这是一个标记，和别的标记不太一样，别的标记是画个小圆，句号一样的小圆，而这个比较特别，是个倒"8"字，在两个圆里，分别写上 7 和 8。在标记的边上，写了三个蚂蚁一样的小字：许目目。这不像是个地名，像是个人名，而且像个女孩的名。7 和 8，是什么意思呢？7 月 8 日吗？名名轻声念道，许目目。

老 K 正巧过来喝水。他从行李堆里拿出一瓶水，看我们在研究他的地图，就说，看到什么啦？

我们在哪里啊？名名问他。

我们啊，老 K 走过来，在地图上一指，这儿。

他手指的地方，离那个特别的标记很近。名名笑着说，许目目是谁？

老 K 的脸色立即严峻起来，他没想到名名突然会冒出这一句。许目目显然不是他愿意提到的人，或者触及他的某个痛点。他拧开瓶盖的水没有喝，而是向远处眺望，喃喃地说，过了这片草地，就快到了。

是一个地名？名名说，我们这次旅行的目的地？

不，我们的目的地是可可西里，是玉液湖……许目目是一个人……不不不，也是一个地名。老 K 说着，拿过地图，收起来，放回到旅行包上了。他准备要离开我们的时候，又觉得不妥，回过身说，这张地图是目目手绘的……她……她和白莲一样，没能回去……

看着向汽车走去的老 K 的背影，我们似乎知道老 K 这次藏北之行的目的了。

许久，名名都没有说话，她面色凝重，神情哀怨，一直盯着汽车，看着老 K 和扎西会合一处，看着老 K 和扎西在忙活。名名肯定想到了什么。想到那个和白莲命运一样的许目目吗？名名真是个多愁善感的女孩。

名名，我说，我想把她从遐想中拽出来，你这次进藏，除了这次旅行，还有没有其他计划啊？

计划？什么计划？难道我们现在的旅行，不是计划？名名对我的话很不高兴，她没好声气地说，你想说什么啊，听不懂啊，什么意思？

我急忙说，我是，我是随便说着玩玩的。

你以为你写书是什么大不了的事啊？

我说我不是这个意思……

那你是什么意思啊，你是用手写，有些人是用心写。你写的是一本书，仅仅是一本书而已，有些人呢，她要读真正的书，不是纸本的，也不是电子版的，而是自然的大书，是不是啊，你说是不是啊？

我说你说的对，可我老觉得，你在……你在想着什么……你有心思。

名名顿了顿，说，好吧，我从前什么都不想，想干什么就干什么，我写歌、唱歌也是随心所欲的，你信不信，有人还想包装我哩，可我……你是不是觉得我有些神经兮兮？其实我要多简单有多简单，你会一眼就看穿我的。要说有心思，我看你才有心思了，你看你那张脸，像艺术家一样的疲惫不堪，你别笑，你笑也不怎么样，也是千篇一律，你别自以为是地来揣度我了。

她又恢复到进藏之前的状态中了。但我分不清她的话是调侃还是认真的，只好一直在笑。

笑什么？

开心啊，喜欢你这样快乐呢。

你说我快乐？胡说了吧，你才快乐了。快乐关键靠自己去感受……我们还是不说这些深奥的话吧。不是有人说嘛，人一深奥，就无知。你还不深奥，就别去装深奥了。

我喜欢名名用这样的口气说话。我们还说了一些别的话。我们的话越说越远。名名也很轻松的样子，她一会儿挖一挖耳朵，一会儿掏一掏鼻孔，一会儿说一些甜腻、浅薄的笑话，都是微信段子或网上的笑话，要多无聊有多无聊，可一经名名再说，就别有味道了。我真想现在是在拉萨，我会毫不犹豫请她喝一杯的。

扎西在天黑前又连续试了几次车，还是没有发动起来。老 K 跟我们通报情况，说陷车并不多么严重，发动机故障才是根本问题。老 K 站在我们面前，他的胡须在风中飘动，他的神情真像艺术家一样疲惫不堪。但是他坚定地看着我们，有力地说，不过我们要相信扎西。今晚睡一个好觉吧朋友们。

然而，到第二天中午，汽车还没有修好时，我看到老 K 的脸上也露出焦虑的神情。画家也和我们坐到了一起。画家默默地望着远处，他把一支烟夹在手上，很长时间没有点火。老 K 不抽烟，他望着不远处倾斜的汽车若有所思。名名坐在我们身边，她拿着一块石子去碰撞另一块石子。在我们身后，是四顶沉默的帐篷，还有从车上搬下来的大量的物品。

我们现在共同面对的是死亡，尽管谁都没有说，死亡的影子已经离我们很近很近，很近了，我们已经听到了死亡的呼吸声和脚步声。

我们在希望和绝望中又过一天。扎西已经很累了。他已经把发动机拆得七零八落的了。我们劝他休息，劝他再动动脑子。扎西对我们的话充耳不闻，他依然按照自己的思路干活。

又一天早上，老K把我从帐篷里拉出来，他说，我们两人去看看白莲。

我不知道老K做出这个决定是出于什么目的。但老K的决定无疑是正确的，因为我找不出反对他的理由，也不觉得老K的决定有多么的荒唐。老K对名名和画家做了安排。我们带上指南针和干粮就上路了。我们离开白莲只有两个小时的车程，那两个小时里汽车又很慢。路上还有车辙做引道，不会迷路的。老K对我说，我问过扎西了，四五个小时我们就能到。可是，我却有个疑问，他为什么不喊画家一起去？临行前，名名跟我挥挥手，又握拳上举，做了个加油的动作。

我们顺着车印，用了四个半小时，看到了白莲的帐篷。

让我们惊异的是，白莲没死。

白莲的头边是几瓶空了的矿泉水瓶和半块方便面，还有一些罐头和巧克力等零食。

白莲躺在帐篷里看到我们了。白莲爬起来，半睁着眼睛，脸上露出笑容了。那被死亡洗礼过的笑容看起来非常真实和可爱。

10

据说，我们这次目的地的可可西里玉液湖，是人间仙境，是藏北无人区最美丽的地方，也是世界上最美丽的地方。你知道，我们没有到达人间仙境玉液湖。从出发那天算起，在第二十八天时，我们返回了出发地。

一生中我经历过无数次失败，而这次藏北之旅的失败，无疑又是最成功的一次，我是说一次成功的失败。失败还成功，可见藏北之旅留给我的印象有多深，打击有多残酷。

老 K 背着白莲，我背着白莲的行囊。我们在天黑之前到达了陷车的地方。

我明白老 K 的意思，我们毕竟一路同来，死就让我们死在一起吧。这让我想起那纸生死合同，还想起那个只从手绘地图上知道的许目目。是啊，生活中难道不是常有这样的事吗？预想是这样子的，而真实的情境又是那样的。

那天我们都为白莲能够奇迹般生还而高兴，特别是名名，能看出来她心情大好。但是这样的高兴和好心情其实是微不足道的，因为死亡的阴影很快就取代了一切的幻想。我们都知道，白莲只不过暂时延续了生命。接下来才是我们真正和死亡较量的时候了。所不同的是，她不再是单枪匹马，而是有了我们。当然，这种所谓的较量是不公平的，因为早已分出了胜负。我们必将是死亡的俘虏。我看到，扎西的脸上已经布满了绝望的情绪。他已经把发动机反复拆装了十几遍，发动机依然响不起来。

我们都没有把目前的处境告诉白莲，我们要让她知道，我们现在的等待，我们现在的所有努力，都是为了她，我们要等她完全康复，然后带着她走上返程的路。

白莲的身体日渐好转，她已经能够背靠在行囊上和我们说话了。她对老 K 说，怎么没看到画家？

老 K 说他画画去了。

是的，画家这几天疯狂创作。

藏北美丽的风光的确吸引了画家。我想，这时候的画家，并不是因为矫情，创作也许真的是他生命的一部分。因为创作相比生命而言，是多么的微不足道。只有视创作比生命还重要的人，才能在这时候专心绘画。但是白莲突然问起画家，是什么意思呢？难道她还没有改变对画家的看法？我们都以为，白莲应该对画家的为人有一个较为准确的认识了，画家在对待白莲的问题上，表现的确实不怎么样。至少在我看来是这样的。他怎么能对白莲的死无动于衷呢？他甚至不愿意把白莲从车上抱下来，他们不是有过一段暧昧的情感吗？说不定白莲的病就是夜里不小心受凉引起的。这是完全有可能的。试想，在那样的环境当中，一个仅能容下一个人的睡袋，怎么能容得下两个人的缠绵呢？画家的行为让我们不可理喻。虽然我们都没有对画家表示出任何形式的谴责，但是从内心里，我有点瞧不起他，有点嗤之以鼻，我觉得他没有责任心，离男子汉的要求相去甚远。

白莲突然问起画家，这让我们吃惊。

白莲苍白的面颊没有任何表情，也许她心里有很多想法吧。

我去把画家喊来。老 K 说。

喊他干什么？名名说。

白莲咬着嘴唇，说，让他作画去吧。

但是，后来还是发生了一件事，算是老K对他的惩罚吧——画家在饭后又照例从身上的某个口袋里摸出一个什么东西塞到嘴里。老K跟他说，拿点来。画家愣了一下。我们也觉得老K的话很突然。老K把手伸出来了，他有点像乞丐，但口气却是坚硬的，就像铁锤砸在石头上。老K说，我让你拿点来。画家说，有什么好拿的。老K说，拿点来！画家和老K僵持了片刻。画家的手伸进口袋里，摸索着。老K说，全拿来。画家就从口袋里拿出一小袋东西。我们都看到了，原来不过是很普通的人参片。老K眼睛盯着画家，摸出一片含到嘴里，他又给我和名名每人发一片，把剩下的都送给了白莲。白莲很尴尬，拿着人参片，还是说了一句谢谢。白莲说谢谢的时候，我听到名名鼻子里发出不屑的响声。

原来画家天天神秘兮兮含在嘴里的，不过是普通的人参片。也许老K早就知道是人参片了，他这时候收缴，无非是想让白莲增加抵抗力而已。

又一个漫长的白天开始了，我、画家、白莲和老K，在高坡上零散地坐开，看着继续装拆发动机的扎西。我们都在想，只要扎西不放弃，我们就有希望。我们每人嘴里含着一片人参片，那是画家发给我们的——画家可能带了不少，他一大早就每人发了一片，可能是良心发现吧。我嘴里含着人参片，感觉一种长久的清苦。我喊了声名名，希望她也能得到一片人参片。名名没有应我，她可能还没有起来。这几天，名名一直起得都较晚，话也少了很多，仿佛那天一次性跟我说完了似的。

就在我们关注扎西拆装发动机的时候，一件更为意想不到的灾难发生了。

名名死了。

真是太意外了，我们谁都没有想到啊。

其实我刚起来时，就没有听到名名的帐篷里发出任何动静。我只知道名名这些天闷闷不乐，我不过以为，名名很难承受眼前这样突然的变故罢了，车子坏了，等于失去了生的希望。她还年轻，生命一下子变得如此脆弱，对她来说，真的是大祸临头。我们都能理解她的沉默。其实我们都错了，我们哪里知道她是在忍受着病痛的折磨呢。我是在吃了画家的人参片，去喊她吃早饭时，才发现名名突遭不测的。名名躺在自动充气的海绵气垫上，从睡袋中露出一张脸来，我喊她，她没有反应，平静而安详，我再伸手触摸她，就感觉异常了。我大声喊着名名，我一连喊了几声。我的喊声引来了老K和画家。老K愣住了，画家拎着的铝合金饭盒掉到了地上，发出当啷的响声。

我不知道事情怎么会突然变成这样。死亡竟如此简单。

冷静下来重新想想，我们都不知道名名为什么而死，她是自杀的吗？名名没有自杀的必要啊，也没有一点自杀的前兆和痕迹啊。我还是相信我最初的判断，她是被病魔夺去生命的。扎西说，他在曲措那天就发现名名身体有点问题——她做出了某种克制和忍耐。可我们都没有注意到名名微妙的变化。不，我是感觉到了。而且在几天前，她亲口告诉我她病了，我当时以为她是在开玩笑，她自己也说是在开玩笑。是我太大意了，太听信她的话了，她那天谈论死亡的话题是有所特指的。可我当时还是忽略了，我从内心里感到深深的后悔。

我们在高坡上掩埋了名名。

老K拿出他的地图，在一个地方，涂了一个黑点，旁边写上两个字，名名，还有"2016－7－28"的字样。

就在我们为名名默哀的时候，我们听到了汽车发动机的轰鸣声。

11

这年夏天，在拉萨八廓街一个画廊里，有人举办了一次摄影展。其时距名名的死不过两个星期。我不知道举办方是谁。我参观了那次没有什么轰动和影响的影展。在影展上，我看到了一幅摄影作品，照片上的女孩坐在草甸的边缘，她的前方是又高又远又蓝的天。她是侧背方向的，我看不清女孩的面部，但她的姿态十分优美，十分动人，她把背影留给画面，目光的正前方，除了蓝天，还有一望无际的草原。她仿佛是在等待。我猜想她一定有一双惊诧的眼睛。我认出照片上的女孩就是名名。我还看到另一幅作品，是我和名名的一张合影，不是在曲措的那张，是一张湖边的抓拍，我们在奔跑，向湖的方向，湖面上是金色的霞光。摄影者给这幅作品命名为《蓝天上》。

那天我参观了影展后，来到朵森格路上的旅行者酒吧（我没有去雪原酒家，我觉得旅行者酒吧适合名名，况且她也在这里喝过酒）。我要了一瓶啤酒，在我的对面也放上一瓶啤酒。那应该是名名的位置。名名说过，咖啡是梦想，香槟是浪漫，啤酒是回忆。名名又说，为我们的相识，也为以后能常常回忆，来，干一杯。

我端起杯子，在那只应该属于名名的酒杯上轻轻碰一下。我有话要说，满心的话，满腹的话，从前没有说过，现在要说又无人在听。

对面的杯子在我的眼前渐渐模糊了，模糊了，一张年轻的惊诧而调皮的笑脸在我眼前出现，她神色生动，不停地跟我说着什么，可我听不到她的话了……

小　段

小段要走了，要离开深圳远去北京了。

姚洁告诉我这个消息时，口气里充满了不解和遗憾——是她介绍我和小段认识的，而且不是普通的认识，说白了，她是在做媒。我和小段第一次见面，就是在她家。她和她先生陆军一起下厨，做了几样常熟（姚洁的家乡）风味的招牌菜，喝了几杯啤酒。我和小段在他们夫妇俩忙活的时候，本来是在客厅里看电视吃瓜子的（这也是姚洁的特意安排），不知是电视不好看，还是没有共同话题（基本上没有语言交流）。尴尬了一会儿之后，小段跑进厨房帮忙去了，姚洁和陆军赶了她几次，她都没有出来。后来出来的，是姚洁。

"还有一个汤，一会儿就好。"姚洁小声说，"小段削水果了——怎么样？"

我向厨房的门望一眼，摇摇头。

"小段多好啊，要身材有身材，要相貌有相貌。"姚洁有点着急。她是个急性子。我一直喜欢她这种急性子，没有什么心机，有话直说。所以，在单位，我们俩最能聊得来。

我又摇摇头，意思不是我的问题。

"这个小段，那么好看的一双眼，怎么看不出你的优秀呢？我都和她讲清楚了啊。"姚洁有些不甘，"我再做做工作。"说罢，又跑进厨房了。

小段的行为，给我的感觉就是，她对我印象不好，媒人介绍我们第一次见面，哪有抛下对方去忙别的事？放出这个信号难道不说明问题吗？好吧。因为姚洁是同事兼朋友，我也不能显得太小气了，决定还是留下来，吃了饭再看看。

厨房里响起他们三人的说话声，声音很小，小到我听不清一个连贯的句子，间或还会有"嘁嘁"的笑声，话题肯定涉及了我，并且谈到了让他们觉得"可笑"的话题。我心里不爽，觉得真不该答应姚洁和陆军，他们虽是美意，其结果，就是自取其辱。

饭间，姚洁和她爱人陆军不停地劝我们吃菜，不停地敬我们酒。这时候的小段，比先前的话要多了些，但所说也是她和姚洁当年在高新区的一些事，去黄九堰散步啊，到小板跳买海鲜啊，到高公岛看推虾皮啊，到黄窝金沙滩捡贝壳啊，等等。之间，陆军还说："曹斌，你如果早来几年，也就跟我们一起散步了。"这还用说吗？陆军就这点不好，经常如果如果的，按照他的逻辑，不是因为这个"如果"，其"结果"肯定是另一个样子。他的话让我联想到姚洁，我带有报复地想，要是当年"如果"我能和你们一起来到高新区，或者早几年认识姚洁，姚洁是谁的老婆还难说呢？我一定要和你争个高下。像姚洁这样的女孩，谁不喜欢呢。但陆军的意思我明白，无非是想把话题往我和小段身上引，怕冲淡主题。陆军的良苦用心没有起什么作用，这顿饭对我来说，也就索然无味。倒是姚洁，流露出对我的歉意，一迭声地说"没想到，没想到"。

这是四月里的事。四月很快就过去了。五月也没有什么特别的。小段要去北京了，虽然是姚洁告诉我的，也在我的预料之中，毕竟她叔叔是某某机部（前边的数字忘了）电机方面的高级工程师，二十世纪五十年代的清华高才生，虽然退休了，还是大专家，小段怎么会一个人留在深圳呢？小段能来深圳工作，也完全是因为她的叔叔。四年前，她叔叔退休后，被高新区一家纺织机械公司聘为高级顾问，刚刚师范毕业的小段，没有得到如愿的分配，便跟随叔叔来到了深圳。今年，她叔叔聘期已满，回北京家里了。小段少了靠山，对目前的工作和处境也不太满意，陕西的老家不想回去了，跟随叔叔去北京，就成了理所当然的选择。

"唉，包容、开放的大深圳，没能留下青春、美丽的小段，可惜了，多好的女孩啊，我和陆军都喜欢她。"姚洁感叹地说过之后，就观察我的表情，似乎鼓励我再努力努力。姚洁也是太想帮我了，爱情这种事，光一厢情愿是没用的。她见我没有表情，只好说："我这边要开个会，实在抽不出时间，你去送送小段吧。"

按照姚洁告诉我的地址，我来到灌云路尽头的云山社区。云山社区真的在云端一样的山上，有许多漂亮的别墅式民居，沿山势错落有致地掩映在绿树丛中。我找到了28号的门牌。这是一幢大房子，在一条山涧的边上，山涧里有涓涓流动的溪水，透过密密匝匝的树叶，能看到欢快奔腾的溪水撞击岩石而飞起的白色水花。山上人家民风淳朴，大门都是敞开的，我来到院子里，看到两层的五间小楼被隔成了两部分，形成两个小院落，中间有一个月牙门相通。

我此时所在的是东院，院子里空空无人。透过月牙门朝西院望去，同样冷冷清清。院里有许多花果树木，我能认识的有一棵花椒树，一棵木棉，一棵樱桃。樱桃是时令水果，刚刚过时，树上基本没有果实了，但地上还落了一些，有几只鸟在地上寻觅，它们从从容容，一点也不怕人。

"小段？"我轻轻叫了一声。

没有人应。

我提高嗓门，又叫一声，还是没有人应。莫非走错了门？不会呀。我踌躇着，四下里打量几眼，樱桃树的枝丫里躺着一只大花猫，我身边的一棵月季花丛里，有蜜蜂在穿梭。整个院落特别安静。小段会在哪一间房里呢？正在我犹豫不定的时候，门口突然亮开一个女人的大嗓门："哪个？哪个在我家？"

随着这声不知是哪里的方言口音，"咝咝咝"走进来一个高大而肥胖的中年女人，她没有等我回答我是"哪个"，就一脸怒色地责问道："怎么才来？你这主任当的，啊？怎么才来？小段可怜，烧到四十度了，我刚把她送去打针……快去看看！"

这是女房东，她的话我听明白了。但，叫我"主任"，我一时又没听明白。我随着她走出大门。

她抬起胖胳膊，往山下一指："直走，不下路，看到电线杆没有？那里有个小药房，小段正在打针呢。"

女房东看我拔腿就走，又骂道："死没用的，带口开水给人家啊，当领导的是不是都没心啊。"说罢，闪身进院，"咝咝"的脚步声消失了。"咝咝"的脚步声又出现了。女房东手里提着一个暖水瓶，还有一个陶瓷茶杯。

我琢磨着女房东的话，"主任""当领导的"，这都哪跟哪啊？

　　小段没想到我会来看她。看到我提着暖水瓶和茶杯走进小药房时，先是愣了下，接着眼睛便红了。我给她倒了一杯水。她接在手里，看我一眼，笑一下，眼泪汪在眼眶里。她忍着没有说话，如果她一开口，眼泪可能就流出来了。我也什么都没说。我不知道说什么，因为我们不过是第二次见面，太亲密的话显然还不是时候，太客套的话又过于生分。她正坐在一条油漆剥落的长椅子上，吊水瓶挂在白墙的挂钩上。我看她吹了吹热水，小饮一口。可能是因为生病的原因吧，她长发有些乱，面色苍白、憔悴，衣服倒是整洁，栗色的长裙，白色的短袖衫，平跟的白色小皮鞋。她没穿袜子，皮鞋的鞋面较短，半隐着脚丫子。总之，即便处在病容中的小段，即便是匆忙地过来打针，依旧是美丽的。

　　小药房只有她一个病人。那个既像医生又像护士的女人狐疑地盯我一眼，说："三十九度八。"她虽在说小段的体温，那眼神分明在试探着我是小段的什么人，为什么病人烧这么厉害了才来陪护。当然，她从我脸上是什么也看不出来的。

　　"姚洁说你要去北京？"稍事平静后，我这才问她。

　　"嗯……票都买好了。"

　　"多会儿？"

　　"今晚。"

　　"今晚？"我惊讶了，"你走得动？"

　　"票都买好了……"她又重复这句，似乎票能决定一切。

　　"退了吧，休息几天，养好了再走。"我是真心的，"飞机还是火车？"

　　"火车。不想退，"她终于还是没有控制住，泪水夺眶而出，哽咽着说，"我想离开……"

是啊，这是远离亲人、孤身在外的人最脆弱的时候，无依无靠，又恰逢身体不适，这时候，会感觉孤独更加的孤独，无助更加的无助，远方的亲人便成最后的依靠。北京有她的叔叔，这是我知道的。深圳她最亲近的人，可能就是姚洁了。她打电话给姚洁，希望临别前见一面。据姚洁对我说，这个电话是昨天下午临下班时打的。姚洁对小段如此急着离开，也深感纳闷，问她和我的进展情况。她和我一样，没有说。没有说，又要离开，姚洁就知道大概了。她和小段说派我去送她，可能是创造机会让我们见最后一面，看能不能挽回。小段没有拒绝我来送她，她还把我来送她的事，对女房东讲了，随口又封了个"主任"的职务。不然，女房东怎么那么掐准我是来找小段的？当然，从目前的情形来看，我们的关系也不可能再进一步了。

"晚上几点的火车？"既然她执意要走，而我又没有资格和理由挽留她，也只能完成姚洁交代的任务了。

"六点四十。"小段像是宽慰我，也像是宽慰她自己，"打过针，烧就退了。"

她的意思我明白，退烧就好了，让我不用担心了。

现在是上午十点，到下午六点四十，还有八个多小时。我会在这八个多小时的时间里一直陪她吗？帮她整理行李？我看一眼吊瓶里的液体，还有三分之二，可能一个上午都要用来打针了。

"谢谢你来……"她喝了水之后，声音趋于平静，"要辛苦你啦，东西实在太沉啦。"

我笑一下，表示不用客气。

随着时间的流逝，她的情绪开始好转，眼睛也灵动起来，跟我说了这几年在高新区的生活，都是笼而统之的，比如，她说这几年，高新区的发展太快了。比如，她说姚洁该要个孩子，丁克家庭，和中国人的传统观念不合。比如，她说，姚洁和陆军这样同居也不行，该把证领了（这个信息我是不知道的，我以为他们已经结婚了）。比如，她说高新区应该多建普通的生活社区，这样才能留得住外来打工者。比如，她说市区的亚当路，是她最喜欢的一条路。她说亚当路时，还"扑哧"笑了一声，说怎么有亚当路没有夏娃路呢？她的问话也并不需要我的回答，大概很多人都有她同样的想法，也包括我。然后，她又展望了未来的北京生活，说工作也还没有找好，说北京的工作应该好找，说暂时住在叔叔家，她叔叔准备安排她出国。我只是静静地听。偶尔在需要点头的时候，就点头，需要应答的时候，就应答一声。

中午我们沿着长长的斜坡回她的住处。这段坡比较陡，我看她走动很吃力，额头上沁出了细密的虚汗。我没有权利去搀扶她。她也没有这样的诉求。我们相隔的距离大约有一个胳膊的长度。走到中途时，她要请我到路边的一家小饭馆吃顿饭。还说要多吃点，烧糊涂了，早饭都没有吃呢。她在说早饭都没有吃的时候，我觉得我真是太粗心了，十点钟来看她，居然没有问问她想不想吃点东西，那个点，很多不上班的女孩都没吃东西的，何况她一早就生病了呢。我对我的大意有点后悔。

"我请你啊，为你送行。"我想挽回我的过失。

"不呀，哪能让你请，你是来帮我……对的，我也要请你帮个忙呢。"

请我帮忙？这难道是事先就有的策划？帮什么忙呢？我能帮得上？姚洁一点都没有透露啊。

我们点了三个小菜，都是家常口味的。她让我再点一个，弄的感觉就一定是她来请客似的。我如果点了，就默认了她来请客。如果不点而最终让我抢着结了账，就又显得小气。最后我们商量，点一份水饺。我一语双关地说："生日面条，送行饺子，这是我老家的风俗，饺子又叫弯弯顺，一路顺风的意思。"既然话里提到了"送行"，那必须是我请客了。

谁知，她敏感而正色地说："说好了，我请你。"

听她的口气，是真心要请我的。这从一个方面说明，我们之间确实没戏了。姚洁这次处心积虑的安排，也白搭了。好吧，顺其自然吧，虽然我们不知道是什么关系——既算不上朋友，更不是恋人。充其量就是第二次见面的半生不熟的人。如果不是有姚洁和陆军这层关系和曾经作为相亲的对象，可能见面连招呼都不打。不过这样也好，心照不宣能成为普通的朋友也不错。我知道我的条件，无论从相貌上，还是个人背景上，都不太可能符合她的要求——相貌不对等就不说了（她漂亮，优雅，有气质，有涵养），仅个人背景，我就落了下风，我有过一次失败的婚姻，带一个七岁的儿子，年龄也三十一岁了，没有自己的住房，租住在宝安老城区后河底一间低矮、破败而潮湿的小平房里，儿子读一年级，随父母生活。至于小段提到的我的那点优势（我是个小有成就的打工诗人），实在不值一说。小段呢，只有二十四五岁，还有背景堪比黄金一样的叔叔，未来的路应该很宽广，而我，基本上一眼看到底了。菜上来时，小段问我要不要来瓶啤酒。我不要。她要了一个大瓶雪碧。我们煞有介事地你敬我一杯我敬你一杯地喝了一会儿。

吃饭期间，她把要我帮她的忙说了，原来是关于她现在租住的房子。这是公司为她叔叔租的房子，住宿兼办公用的，租期到年底才结束。她叔叔年初回北京后，房子只有她一个人住了。现在她也要走了，房子退不了，关键是，房子里的家具，包括冰箱、电视、空调等一切生活设施，都是她叔叔的个人财产，一时卖不掉。她是委托我来帮她处理这些家具和家电的。这个任务不轻松。但我也不能不答应。

"你可以搬来住的，书房的书你也可以随便看。"她似乎知道我的处境（姚洁应该把我的情况和盘说出了），"这儿离高新区比老城区还要近，公交车也方便，山下路口那儿，6路和18路都经过。"

"那搬来住合适吗？"

"合适啊，方便处理家具啊。"

"怎么处理呢？价格什么的。"

她想了想，说："到家里看看再说吧。"

我们来到她家——东院的三大间，看到的真实情景比我想象的更为豪华。楼底是个大的会客室，一圈沙发能容纳十几个人，开会、会客都可以，厨房设备，包括餐桌、橱柜，都很高档。楼上是两间卧室，一间办公室兼书房，家具设备一应俱全，办公室里还有一部电话。简单参观后，我们来到楼下的客厅，客厅的墙上还有几幅油画。我对画是外行，料想她叔叔不会弄些垃圾来挂吧。

"都卖吗？"

"当然。"

"多少钱呢？"我心里一点底都没有。

"我也不太知道啊，你来办吧。"她坐到沙发上，有些拘谨地把双手搭在膝盖上。

其实拘谨的应该是我。我当然也拘谨，但我对她的决定也深感吃惊，太信任我了吧，如此贵重的物品，我哪有这方面的经验啊。

她的行李已经准备好了，两个行李箱，一个超大，有半人高，另一个小，应该是她平时常用的，还有一个双肩包。她看我在看她的行李，说："可能是昨天晚上整理东西时，出汗多了，又吹了空调，受了冷——才突然发了个烧，唉，不说啦，反正现在好啦！"

她似乎如释重负，我心里却没底，怕完成不好她交代的任务。

楼上突然响起电话铃声。她跑上楼去接电话了，我听到她"喂"一声之后，声音就很小了，小到我基本听不到。但她很快就下来了，看着那个超大的塑料袋，说："这是整理出来的垃圾，你帮忙扔一下。"

我觉得她是因为楼上的那个电话，才把我支走的。我应一声，拢了下半敞开的袋口，拎着出门了。我听到她急切上楼的脚步声——应该接电话去了。

还是在拢袋口时，我看塑料袋里什么都有，有纸质的，有塑料的，也有她不要了的旧衣服，还有撕碎的一些纸屑。我无意间看到一个漂亮女孩的半边相片，居然是姚洁的。一路上，我都在想，她把姚洁的照片撕啦？她俩不是最好的朋友吗？我好奇了，到垃圾箱边时，找出那几块碎照片，拼了起来。照片上的人不只是姚洁，还有陆军和另一个我不认识的男青年。但这依然是一张残照，被她留下的，应该是她自己了——在男青年的胳膊旁，还有半个胳膊，可能就是她的。这原是一张四人合照。我二十岁时也撕过我不喜欢的照片。那么，她不会是因为不喜欢姚洁和陆军吧？很大原因可能是出在那个男青年身上。我能想象出来，当年，两对情侣在山上、湖边散步的美好时光……好吧，我不去多想了，谁没有一点小个性呢。

待我扔了垃圾回来时，女房东也在了。

"这是曹主任，我叔叔单位的。"小段说，趁女房东不注意，跟我使了个眼色，"我们离开这段时间，房子就由曹主任来管理。"

女房东对我这个"当领导的"依然很硬气地说："你们这些人就是没心没肺，小段都病成这样了，就不能推迟几天走？要是有你叔叔在——你叔叔要是在，你就不走了，瞧瞧我这脑壳子。对了，你男朋友……怎么不来送你？"

"……他，他先去北京等我了。"小段说，"没有事了阿姨，你忙会去吧，我跟领导还要汇报点事。"

女房东白了我一眼，气恨恨地走到门口，又回身对我说："谁来住我不管，到期就要腾房给我。"说罢，不等我们回话，"嗵嗵"离开了。

小段跟我会心一笑，说："我哪有男朋友啊……我这房东一直神经兮兮的。"

我也一笑，表示同意小段的话。

"东西都理齐了。我们下午五点出发，乘公交车、打的都行，反正半个小时就到火车站了。"小段看了眼腕上的手表，略显疲惫地微笑着，说，"现在才十二点，你要有事可以去忙会儿再来……要是不嫌弃，你就在沙发上躺躺，我要上楼去休息——真是累坏了。"

我没有在她家的沙发上躺躺，我说有点事，四点半之前一准来，就告辞了。

其实我没有事。姚洁已经帮我请了假，这时候回单位，反而不好，还要跟姚洁解释。但我也没有地方可去，便沿着涧沟边陡峭的山路，向上爬去了。这一带的山我还没来过，有山涧溪流的地方应该不差，加上满山翠绿的杂树，丰富的植被，还是让我有所期待的。爬不多久，看到一个小小的瀑布，是从另一条山涧岔来的，瀑布下有个招头崖，夏天躲在崖下纳凉倒是很不错的选择。在两条山涧相会的上方，有二十平方米的一块大岩石，光滑如镜的岩石上还有很陈旧的图案，正中间雕有三个擘窠大字：晒书岩。有一棵巨大的板栗树，正洒下了一片阴凉。这倒是个好地方。我站在晒书岩上，朝山下望去，一眼就看到小段住的那家乡村别墅了。从这儿鸟瞰，别墅真的很精致，我知道，小段就在东边的那个小院子里生活过一段时间，现在她也正在二楼的某个房间里休息。晒书岩她来过吗？她发现这个好地方了吗？如果从她的住处到这儿，最多也就十分钟的时间，带上一本书，一杯茶，消磨一个春天的下午，一定是很惬意的。应该承认，她住的这地方真心不错，面山临涧，风景秀丽，可看可玩……可惜，她要走了。我略略地有些遗憾，明知并无多少牵连，可一些无可名状的失落和苍茫的情绪还是隐隐地袭来。

　　我在树荫下躺了一会儿，希望能睡一觉，却没有睡着，满脑子都是小段的影像，还有那些影像延伸出来的想象。

　　我还是睡着了。一觉醒来，三点了。三点，离五点还有太多的时间。我想我能为小段再做点什么呢？吃了晚饭再走吧。五点前吃完就赶得上了。我想起上山时，看到一处背阴的涧溪边，有一丛野生的蕨菜苗，可以揪一小把，煮一碗面够了。中午小段带我参观厨房，还看到冰箱里没有吃完的半袋虾仁，厨房里的米、面以及其他调料也很齐全。对，为她做一碗面吧，中午是她请的客，为她做一碗面，也算是聊补心意了。

　　蕨菜苗采到了，还顺带找了几棵马兰头。带着两样时鲜的山野菜，我来到了小段家，在她家厨房里，我用心做了一碗面。我在厨房忙活的时候，她也从楼上下来了，倚在厨房的门框上看着我忙，脸上一直是迷离的、略有好奇的，仿佛在揣度着什么。老实说，在她倚门微笑时，有那么一刹那，把我感动了，她真美啊，丰满的身材，因为不规则的站立而更显得性感，加上娴静的面容，精致的五官，略略上翘的嘴唇，带着一丝忧郁和喜悦的眼神，都是那么摄人心魄。

"……随便做的，"我怕自己失态了，赶忙掩饰地说，"不知道好不好吃……"

她没有立即回答，仿佛从往事里走出来一般，幽幽地说："你让我想起一个人……"

她的话，反倒让我疑惑了。

"你们男人都喜欢拿做饭来讨好女孩吗？"

她的话深不可测，让我不好往下接——显然是话里有话。还好，她很快回到现实里，回到正常的语境中，夸张地"呀"一声，说："看这颜色搭配，就一定好吃。"

吃完面，时间卡得正好，五点，我们准时出发了。

送走了小段，我带着她留给我的一串钥匙，回到了云山社区28号东院。我改变了此前回家搬东西再来住的想法。还要搬什么东西呢？搬什么来都是多余的，我空着手，就可以入住了。没错，我当天就住了进来。我楼上楼下开着灯，到处看看，还在小段的卧房里嗅嗅鼻子，我闻到山溪一样甜爽的气息，那是小段留下的气息吗？

第二天上班，姚洁劈头盖脸就把我骂了一顿，骂我真是没用处，怎么没有把小段挽留下来呢，哪怕迟走一天，也会有变数啊。于是，我就把小段的生病发烧、已经买了车票等事都向她汇报了一遍。姚洁听了，还是恨铁不成钢地说："你呀，你呀，你呀……小段那么好，连我家陆军都觉得不该放她走，她这一走，也许再也不会回来了。"

故事到这里差不多就要结束了，小说再写下去，很可能虚构出这样的结局来，即，小段在北京没有混好，或念起了我的好，在某天又回到了深圳市，回到了她居住的云山社区28号东院，和我建立起了恋爱关系。如果是这样，也不失为一个圆满的结局。

但事实上，真实的故事不是这样的。真实的故事远比我们预想的更为复杂和残酷。真实的故事，是小段远上北京一个月后，和姚洁同居多年的男朋友陆军不辞而别，失踪了。我看到整天以泪洗面的姚洁，连续多天奔走在报社、电台、电视台、公安局的多间办公室里，拿着事先拟好的文字稿，刊登、广播寻人启事，哀求公安局立案侦查。你知道，1993年的破案技术还不像现在这么发达，公安局在没有确凿证据下，也不可能立案侦查。姚洁能有什么办法呢？我非常同情姚洁的遭际，但我也只能口头上安慰她，而那些千篇一律的安慰根本起不了作用，每次说到失踪的陆军，姚洁就唉声叹气，痛苦不堪，泪流满面。姚洁就是这样一个心机表浅的人，喜怒哀乐都在脸上，她没有小段藏得那么深，所以，她的伤心是真实的，让人感同身受的。

看着茶饭不思、日渐消瘦的姚洁，口头上的安慰已经起不了作用，或者起了反作用。为了缓解她的压力，几个和她讲得来的朋友和同事，开始想方设法帮助她，请她吃吃饭，带着她交游或远足。她和朋友们又恢复了一度中断的散步。

有一天，我们几个人爬上了一座山头，朝下一望，四面都是深圳的高楼大厦和正在建设中的工地。我指着一处相对安静的区域，告诉朋友们，那儿是云山社区，我就住在其中的一间大别墅里。朋友们听了特别亢奋，起哄着要到我家去吃饭。姚洁也说："那是小段住过的房子吧？啊，小段都走了快三个月了……好啊，上你家看看啊？"

朋友们到了云山社区28号东院，都惊叹我交了好运，有这么个不花钱的别墅住着，虽然只剩下半年的时间，也是一种享受啊。

　　姚洁和我当初刚来时一样，也到处看看，不断地发出惊叹声。但，当她看到那张残缺的照片时，就突然安静了。她是在二楼书房的书橱里，看到自己的照片的。严格地说，那是被撕碎了的照片的一角，只有她一张脸。这张照片，是我帮小段扔垃圾时看到的。我扔了垃圾，唯独留下了这张残照。小段离开的那天晚上，我把照片从口袋里拿出来，放在书橱里。我并没有特别的意思，只是觉得，这张照片，拍出了姚洁的神韵来，或者说，展现出了她最美的瞬间。我喜欢她这个样子，会时常拿起来看看。谁会想到姚洁会来到这儿呢？会被她发现我私藏了她的照片呢？当我看到姚洁发现了她的照片时，突然紧张起来，怕她同时也发现我内心的小秘密。但我也怕姚洁以为是我撕了她的照片。不过有一个现成的借口，可以抵挡她的误解，即，照片是小段留下来的。姚洁果然是这样认为了，她出神地看了一会儿，脸色渐渐变了，她惊诧地、喃喃地恍然道："……天啊，我知道了，我知道陆军在哪里了……"她哽咽着，说不下去了，巨大的悲怆突然而来，身体一软，倒到了我的身上。我就是想不扶她都不可能了。

　　姚洁就是趴在我的肩窝里，一边抽泣着一边说："昨天，收到小段从……从，从奥地利寄来的照片，她在阿尔卑斯山的森林里旅游……那些照片……是谁拍的……我知道了，我知道了，我知道了……原来，原来，原来……"

　　姚洁说不下去了，就像面条一样，瘫倒在我的怀里了。

2019 年 1 月 23 日初稿于旅途中

2019 年 1 月 27 日定稿于连云港

小 千

1

千里马不是一匹马。千里马是一个英俊帅气的 85 后。为什么叫这个绰号呢？我没去多问。反正我不叫他千里马。他姓千，我老公都叫他老千。叫老千不是太好听——他又不开赌场，不出老千，叫什么老千呢？我叫他小千，小千才像朋友。

千，这个姓给他带来了好运，他果然是个千万富翁了。我还跟老公开过玩笑，说你这个朋友要是姓万，就是万万富翁啦—— 万万，可不就是亿？老公跟我翻个白眼，说那直接姓亿不就得啦？姓也好乱改？

话扯远了，还是说我们和小千的故事吧。老公跟我说话从来就没有好声色。他是那种智商超高而情商超低的男人，不仅脾气直，性子也钢。可他却能和小千成为好朋友，真让人匪夷所思。小千是什么人啊，一转身，一眨眼，就是一个心眼；放个屁，打个隔，心眼又变了，来得快，变得快，而且爱好、习惯、讲话的口气和老公简直有着天壤之别。如果一定要找老公和小千的共同点，那就是，两人都爱喝两杯。当然，我也看出来，特别是老公，并不是馋酒才要喝，而是更多地把喝酒当成一种仪式。小千也是，仪式就是仪式，比酒瘾和酒量什么的更重要——跟小千在一起瞎聊，聊着聊着，吃饭时间就到了，不整个小菜喝一杯小酒，还有什么意思呢？

小千下午要来玩，是老公随口一说的。他这随口一说，无非是提醒我，让我下午不要安排别的事。我没搭理他。我没搭理，就表明了我的态度。我不是很欢迎，也不是很反对。但还是反对多于欢迎。我午休起来，已经快三点了。我每到周末就特别能睡，早上赖床，午觉更是不想起来，起来还发懵。老公从楼上下来，对发懵的我说，下午我去接宝宝，顺便带点小菜来——老千要来玩。

家里这个乱啊。我嘀咕一句，呆坐了一会儿，醒了醒神，才觉得，要帮老公好好接待下小千。因为小千似乎陷入了人生的低谷——这也是老公在电话里和小千胡侃瞎聊时我有一搭没一搭听来的。其实我也能想到，小千的生意受大气候的影响太大了，自从"房子是用来住的，不是用来炒"的概念一出之后，燕郊的房子限购了。小千是炒房子的。房子限购，生意突然做不成了，心情想必是难受的、恶劣的。我老公能看重朋友之情，在小千处于人生低谷时，请他吃个饭，安抚安抚他当然无可厚非了，我也不能在这时候影响他们的心情。我懒懒地去卫生间洗脸刷牙，收拾收拾，让自己精神了一点。就是在这时候，老公出门了——平时都是我去接儿子的，儿子才上小班，小家伙特别喜欢小千，以前有好多次，小千来过我家后，宝宝都会问，小千叔叔什么时候再来呀。所以，想到宝宝等会儿开心的样子，我也要配合一下他们。好吧，我先去厨房准备准备，先弄几样小菜出来，也算是对我前面不友好的态度的修正吧。

2

老公一回来就把我赶出了厨房。老公的好习惯让我也挺服的——每次他的客人来，都是他亲自下厨。其实他的厨艺不见得比我强，除了会炒个白斩鸡，炖个麻辣豆腐，拿得出手的菜实在不多。不过，老实说，有这两样菜，加上我炒个西红柿鸡蛋、青椒肉丝、油炸花生米，桌子上也算得上丰盛了。

像是事先约好一样，白斩鸡刚做好，门铃响了。儿子已经知道他的小千叔叔要来，赤着脚飞奔去开门。

千里马进来了，肩上扛着一个大纸箱子。

小千叔叔，怎么才来呀？宝宝的声音里充满了成人的焦虑，人家都等急了啊。

哦哈，宝宝是怎么急的呀？哈哈，小千叔叔给你拿好吃的啦，猜猜这是什么。小千把沉沉的大纸箱子放了下来。

羊排。

哇，好厉害啊，完全猜对啦！小千假装吃惊地说，聪明啊小粉粉，怎么猜中的呀？

小粉粉是小千对宝宝的昵称，意思是说宝宝的脸蛋粉嘟嘟的可爱。小千给我们家送过羊排，也是这种样式的纸箱子，纸箱上有一大片碧绿的草原，草原上是一群洁白的绵羊。那还是去年春节前，他生意兴隆的时候。现在已经是秋天了，房地产限购已经有一阵子了，据说他手里的房子还有十来套，北京、燕郊的都有，大小户型也齐全，光是房贷，一个月就要还十几万块。十几万啊，这要多大的还款能力啊。房子突然不许炒了，可见他经济压力有多大。这些年，房价一直往上蹿，他是赚了大钱了，也成了最后的接盘者了——都这时候了，还带一大箱子羊排来，真是难为他还有这份心情。我有些过意不去，觉得老公至少要跟他客套几句的。没想到老公只是从厨房伸出头，来一句，一会儿就好。似乎人家一箱子羊排，就是来换他一顿小酒一样。

宝宝对羊排显然兴趣不大。虽然小家伙也爱吃，但他更爱玩。小千太了解我们宝宝的心理了，他从什么地方变戏法一样拿出一样东西，两个大手掌半窝着合在一起，蹲下来，对宝宝说，猜猜叔叔给你带了什么来？

宝宝摇摇头，伸手要去掰小千的大手。小千摇着手，躲一会儿，还是叫宝宝逮住了。小千的两只大手拱成一个橄榄球的形状，拢得很结实。宝宝急于看个究竟，抱着小千的一双大手，又是摇又是掰的，可怎么也掰不开，小家伙使上了吃奶的力气，脸都憋红了，还是掰不开。我也在一旁帮着宝宝用劲，也凑近想看看他手里究竟是什么好玩的东西。小千突然神秘地说，粉粉小心啊，吓着了别说我没提醒啊。说话间，小千的手像书本一样展开了，真如变戏法一般，他的手掌里突然出现一只身上带着好看条纹的小花鼠。宝宝突然惊叫一声。我也被吓着了，下意识地把宝宝揽进怀里。但小花鼠黑豆一样闪闪发亮的眼睛，正惊诧地看着这个陌生的环境，它傻乎乎的样子，又让我忍不住乐了。

哈哈哈，小千也乐哈哈地说，吓着了吧？怎么样？好不好玩？

多可爱啊，知道这是什么小动物吗？谁猜中了送给谁。

小千手掌翻了个身，小花鼠灵敏地从手心蹿到手背上，再翻个身，又蹿到手掌上。小千的手臂下垂时，小花鼠便顺着他的胳膊，爬到了肩膀上，粗粗的尾巴在爬行时，好看地摇摆着，身上好几条浅紫色的杠杠像水流一样游弋。

宝宝先是紧紧地缩在我的怀里，这会儿也松了我的手，想更近地去瞧瞧小花鼠。小花鼠在小千的手掌里、臂膀上玩得透溜，在他肩上东张西望的，又萌又可爱。宝宝也觉得它不会有威胁了，才大着胆子问，小千叔叔，这是什么小动物呀？

猜猜呀，猜对了送给你，要不要？

宝宝点点头，又摇摇头。

来啦，来来来，喝酒！老公从厨房出来了，他一手端着一大海碗白斩鸡，一手提着一瓶燕城大曲。他也看到小千肩上的小花鼠了，并没有理会——可能在小千家见过，习以为常了。餐桌上已经有几样小菜了，都是我整的，水煮毛豆、凉拌干丝、撒糖西红柿片、杨花小水萝卜，可以开喝了，估计厨房里还炖着一个砂锅豆腐。老公对桌子上的小菜很满意，从他的表情和话音里能听出来，这么多好吃的……来来来，尝尝我这白斩鸡……开喝！

在他们喝酒的当儿，小花鼠就在小千的肩上转来转去。小花鼠的表现太职业了，简直就不是一个鼠类，而是一个训练有素的杂耍家，它从这个肩膀转到另一个肩膀，从没做出危险的动作，又全像是危险的动作，而且也不去要吃要喝。小千还会时不时地逗逗它——身体向左歪歪，它就跑到右肩；向右歪歪，它就跑到左肩；把脑袋低下来，它就从他的后脑勺，蹿到头顶；头一仰，又哧溜到了脖子里。速度都是该快时奇快，该慢时，又挺悠闲的，节奏掌握得恰到好处。我感到奇怪，这个小花鼠，显然和他相处不是一天两天了，被他训练出来了。能把一只小花鼠，训练成这样，那要花多少工夫啊，人家能炒房赚大钱，也就不奇怪了。小千像是看出我的心思，端起酒杯，抿一口酒，说，我闲着这大半年，就是跟它玩了——嫂子，你不整一杯？来来来，我敬你一杯。他把杯子举到我面前了。我只端起茶水，象征性地喝一口。其实，我有许多疑问，这会儿都解惑了，比如他并非我想的那样，生意做不起来了，颓废了，而是活得风生水起的；再比如，他也不像个缺钱的主，一个月能还十几万块钱房贷，对他来说，还不像有太大的压力似的。当然，还有其他疑问，我也不便问。比如，既然没有生意可做了，为什么不回家？对了，他的家在内蒙古大草原深处的一个旗里，叫克什克腾旗。他爱人是这个旗旗属实验小学的少数民族教师，叫乌兰托娅，我见过，长脸、高个、蜂腰，年轻又漂亮，而且有个性，决不放弃自己的工作而跟着老公来北京或燕郊，就是要扎根草原，就要做她的小学老师。但她也不排斥都市生活，每年暑假都会带着孩子来北京度假两个月（小千在北京东三环团结湖附近有套三居室的大房子）。小千不回家也就罢了，为什么不住到北京？而是住在燕郊这么个蹩脚的地方？说燕郊有他的房产并不能解释清楚，因为燕郊的二手房交易，基本上停滞了。他高价吃进的房子，让他割肉卖，也是坚决不干的（他表示过这个意思，就在手里捂着，等着市场重新放开）。

　　小千这次来我们家玩，最开心的还不是老公（他不过有借口喝酒而已），而是我的宝宝。特别是小千又带来这个聪明伶俐的小花鼠，把宝宝的注意力全都吸引了过去。小花鼠确实讨人喜欢，小千为奖赏它，转头对它说，来，你也整一口。小千喝了一口酒，把酒含在嘴里，下巴搁到肩膀上，过一会儿才咽，伸出还有酒水残留的舌尖，让小花鼠舔了舔。舔了酒的小花鼠，两只前爪立即抱住了尖尖的嘴，还接连打了两个喷嚏。

小千和我老公喝了一瓶酒后，又聊了一会儿。可能是刚才舔了小千的舌头真的醉了，也可能是让主人安心地聊天，小花鼠不像先前那么活泼了。但小千也像突然想起了什么，看了看微信，说，回去了，谢谢好酒好菜啊。

小千扛着小花鼠，走到门口，又对我们说，羊排要放冰箱啊，吃完我再给你们拿。

小千走后，宝宝委屈地说，我要小花鼠……我要和小花鼠玩……

3

小千来我家的次数多了起来。

他一来，最高兴的还是宝宝，因为他每次来，居然都带来不一样的小动物，真是太神奇了。那只好看的小花鼠只作为主角出现了一次，后来就是一只仓鼠，虽属同种，长相和花纹大相径庭，小仓鼠个头小，腿短，嘴巴尖，宝宝对它一样的好奇。但是小仓鼠是被关在笼子里的，也没有表演喝酒，只会在笼子里团团转，这反而让宝宝更开心了，宝宝可以隔着笼子，大胆地跟它说话，逗它吃菜叶子，还拿着他的图画书，讲了一段故事给它听。更叫宝宝乐不可支的是，小仓鼠能听得懂小千的口令。小千对着笼子里的小仓鼠吹口哨，小仓鼠就在笼子里顺时针跑起来，哨声一停，它也停下，口哨一响，它又奔跑不停。

之后，有一天，老公突然跟我说，晚上做红烧羊排吃，请小千来家里整一杯。又说羊排都放一周了，该大吃一次了。我说好，毕竟羊排是小千送的，第一次吃，当然要请他嘛。再则，上次小千带着小仓鼠离开时，宝宝还特意关照小千叔叔，下次要给它讲好听的故事呢。而再上一次，小千带着小花鼠离开时，宝宝委屈了好久才睡觉的。

没想到的是，小千这次没有带来小仓鼠，却带来了更为夸张的一条大蟒蛇，黄金大蟒蛇。天啦，这真是一条大蟒啊，比小千的胳膊还粗，盘绕在他的身上，脑袋就搁在肩膀上，感觉他是累累巴巴地扛着大蟒进来的，比那天扛着羊排还累。我们一家都被吓住了，就连期待小千带小动物来的宝宝也吓得躲在老公的身后不敢露头。我是最怕蛇的。小千看我们惊恐不已的样子，没有在客厅里坐，而是站在过道里跟我们说话，无非是讲他的黄金大蟒如何的温顺，如何的乖，如何的不咬人，还讲大蟒的特性，说大蟒吃一顿可以管一个月，每天只需喝一碗水就行了。我老公担心这是国家保护动物，劝他放生算了。小千说他手续齐全，没事。又说，放生是不可能的，因为黄金蟒属于病态动物，是缅甸大蟒蛇的变种，美国人把它克隆成黄金蟒的，根本没有野生品种，放生了也活不了，因为它没有自行捕食的能力，就算不被别的动物吃了，也饿死了。小千可能看我们毫无兴趣吧，扛着大蟒走了。临走时，说，粉粉，咱回吧，咱不在这儿吓人了。大蟒似乎听懂了他的话，在他肩上翘翘头。

小千刚走，躲在老公身后的宝宝，这才闪出来，说，大金蟒也叫粉粉？

老公一脸惊讶地问我，啊？是这么说的吧？

我当然听懂了，小千叫大蟒蛇粉粉，他叫我们宝宝也是这么叫的。粉粉，原来是这个典故啊。我极不情愿地说，这个小千，我有点讨厌他，宝宝成了他的宠物了。

哈哈，好玩。老公倒是不介意，说，他宠物多了，还有你更想不到的……

老公没有说完，还诡异地笑笑。我看他不怀好意，问他，还有什么宠物？说来听听？

老公说，以后他会带来的……到时你就知道了，有钱人嘛，总是别出心裁。

我瞪一眼老公，对他似是而非的回答表示不满。

不到半小时，小千就回来了。他所住的小区离我们只有几公里，开车很快的。我以为他这回不会再带什么宠物来了，要带，也是那只小花鼠、小仓鼠什么的。

看来我还是对小千现阶段的生活缺少了解。他没有带小花鼠，也没有带小仓鼠，而是带来一只鹦鹉。他一手提着一个大笼子，一手提着酒。酒是茅台酒，大笼子里就是那只精气神十足的羽毛艳丽的鹦鹉了。

宝宝这会儿开心了，羊排对他已经没有吸引力了，在老公和小千喝酒的时候，我陪宝宝一起看鹦鹉。我也喜欢它的样子。我们坐在沙发上，欣赏鹦鹉好看的羽毛，也希望它开口说话。宝宝蹲在我的腿边，目不转睛地盯着笼子里的鹦鹉。小千已经介绍过了，说鹦鹉会唱小曲，还会骂人。但是，可能是到了新地方吧，宝宝再怎么逗它，它都不说话，装哑巴。宝宝有些失望，跑过去，对小千说，小千叔叔，小千叔叔，它不理我。小千拿一块羊排，递给宝宝。宝宝没接，而是拉他的手，试图把他拖过来。小千说，粉粉，听小千叔叔说啊，你要对鹦鹉哥哥好一点，它就和你说话啦，你在幼儿园有没有好朋友？有吧？你点头了，粉粉当然有好朋友啦，你是怎么对好朋友说话的？你就像对好朋友说话那样，对鹦鹉哥哥说话，鹦鹉哥哥就会搭理你啦。

鹦鹉哥哥，给你糖吃。宝宝聪明了，拿糖哄它。

鹦鹉摇头晃脑的，充耳不闻。

宝宝没有招了，生气地说，我不喜欢鹦鹉哥哥，我喜欢小花鼠。

小花鼠叫大蟒蛇吃啦。鹦鹉突然说话了。

鹦鹉突然开口说话，吓了宝宝一跳。宝宝咧嘴笑了，哈哈，它会说话了，他说小花鼠叫大蟒蛇吃啦，哈哈……

我也乐了。可我随即就乐不起来了，鹦鹉说小花鼠叫大蟒蛇吃啦？这也许是真的。

我学着宝宝的口气说，我不喜欢鹦鹉哥哥，我喜欢小仓鼠。

鹦鹉说，小仓鼠叫大蟒蛇吃啦！

一边喝酒的小千正提着酒瓶倒酒，听了鹦鹉说话也哈哈大笑着说，这个家伙，尽说些大实话。来来来，唱个小曲听听。

小千哼了一句，相当于起头。

鹦鹉跟着就唱了起来，哎呀哎呀我的郎……

这什么小曲啊，怪里怪调的。我说，怎么尽教它唱这些？也来一段流行歌曲啊。

哪里是我教的呀，是粉粉教的。

粉粉不就是大金蟒嘛。大金蟒会唱小曲？我又惊讶了。

小千听了我的话，朝我老公扮了个鬼脸。我老公也会意地一乐。

他们又搞什么鬼？我老公也常到他家喝酒的，是不是也跟着学坏啦？要是能跟他学赚钱就好了，学他养这些宠物，我才不稀罕呢。

4

今年的十一和中秋连在一起，假期比往年长了一天。我们都以为小千的老婆会带着孩子过来，一家子团聚过中秋，或是小千回内蒙古和老婆孩子团聚。如果是前者，我们决定要好好请他们一家吃一顿。如前所述，小千的夫人乌兰托娅，不仅漂亮，大方，还是个有主见的小学老师。放假前两天，老公和小千联系时，小千说他哪里都没去。老公一边看着我（见我点头了）一边邀请他来我家玩。小千愉快地答应了。

挂断了电话，老公又感叹一番，无非是说小千还是家底子厚，房地产这么不景气，他不但能撑得住，生活质量还一点也没有下降，真是不简单。接下来，我们又回顾了小千的发家之路。这几年，通过和小千频繁的接触和交流，我们知道他父亲是内蒙古中部一个旗的放牧大户，是最早的一批万元户，三十多年来，不知养了多少牛啊羊啊马啊，还经营自己的冷库。小千常给我们送来的羊肉，就是他父亲饲养场的产品。小千也会说他自己的生意，倒是没有什么特别传奇之处，说不过是大学一毕业，就揣着父亲给他的一百万闯荡京城了。十五六年前，一百万还是能起点作用的，他拿出一半的钱，在通州繁华地段买了一套房子，余下的钱，开了家内蒙古餐厅。没开半年，赔本关门，算一算预交一年的房租和购置的厨房设备，手里现金所剩无几。幸亏买了套房子，他就住在房子里，想着如何回家交差。父亲隔三岔五会来电话问问他，餐馆生意怎么样啊？他都说好。在等待的大半年当中，房价像发面一样鼓胀起来。他决定卖了房子，带着钱，回家继续啃老。没想到的是，房价翻了几番，五十万买的房子卖了一百八十多万，连餐馆亏的都赚了回来。他脑子一热，在城乡接合部的一个新开的价格低廉的小区里，买了两套房子，余下的钱不够买一套的了，他发现燕郊房子便宜，就像大白菜一样不值钱，他大大胆子，把余款全投上，又贷了点款，买了两套。就这样，小千正式开启了炒房生意。这十多年来，几经腾挪，就成了暴发户了。我和老公都感叹唏嘘，但我们也没有什么好后悔的，因为十五六年前，我们口袋里连一万都没有，上哪去赚第一桶金呢？

假期第一天，天刚亮，小千电话就到了，让我们不要买酒，他带好酒来。说还有刚寄来的牛肉干，是老婆寄来的，也带点来给我们尝尝。宝宝听是小千叔叔的电话，憋不住地大声说，我要看大金蟒，我要看大金蟒！老公把手机给了宝宝。宝宝又重复一遍。小千说，粉粉啊，大金蟒不听话，叫鹦鹉吃掉啦。宝宝听了，一副失望的表情，问，鹦鹉怎么吃得动大金蟒？小千说，煲汤啊。宝宝想了想，又问，那你要带什么宠物来呀？小千说，保密。

在等待小千的过程中，宝宝不停地叨叨，大金蟒叫鹦鹉吃了，大金蟒叫鹦鹉吃了。

我知道这是小千的权宜之计，他知道我们都不喜欢黄金蟒。

老公在厨房忙着做菜的时候，小千来了，跑去开门的还是宝宝。宝宝大声叫了声小千叔叔时，声音被咬成了两截，"叔"和"叔"之间突然停顿了。我望过去，发现进来的是一个年轻而高挑的女孩，又漂亮又有气质，刚要发问，跟在女孩身后的小千出现了。

小千手里提着大袋小袋好多礼物。

粉粉，看我给你带什么来啦？小千一进来就逗宝宝了。

突然多了个生人，宝宝还是没有先前那样放得开，他怯怯地盯着小千手里的东西，或是在寻找——小千手里并没有他期望的可爱的小动物，确实只是几只大大小小的提袋。

女孩也看着小千，脸上的笑意里充满了疑惑，你叫谁……啊，小朋友也叫粉粉？你有多少粉粉啊？嘻嘻……

女孩反应过来后，再次瞟了小千一眼，随即又笑脸如花地对宝宝说，粉粉，不认识阿姨吧？看看阿姨给你带什么来啦？

女孩从小包里取出一盒包装精致的巧克力。

我也反应过来了，原来女孩也叫粉粉。我赶快对他们的到来表示欢迎。我比以往更殷勤地招呼他们入座，给他们沏茶，还给他们递水果。同时，我也在想，他们是什么关系呢？莫非就是老公所说的"想不到的"宠物？

老公听到动静了，在厨房里大声说一句什么。我没有听清。不过他这次不像往日那样只伸出头来，而是径直走到客厅，对小千和女孩子的到来表示欢迎。女孩也说了句"辛苦大哥啦"。原来他们认识！我纳闷地想，也许老公在小千家见过她吧？

老公招呼过后，又去厨房忙活了。小千就和女孩子一起，头挨头地逗我儿子玩。宝宝很快就和他们混熟了，还把他抽屉里的许多玩具搬出来，阿姨这个，阿姨那个，特别的亲。还说，阿姨叫粉粉，我也叫粉粉，我们两人都叫粉粉，我们两人都是乖乖。

女孩乐了，她说，我还有一个名字哦，我叫小叶。

不，你叫粉粉！宝宝说。

不，你叫粉粉！小叶故意逗宝宝。

鹦鹉学舌哦。宝宝说，我不喜欢鹦鹉。

哦，为什么呀？

鹦鹉告诉我好多好多坏消息，它说小花鼠喂了大金蟒了，小仓鼠也喂了大金蟒了，它还把大金蟒煲汤吃了。

啊？哈哈哈，这样啊，可是，鹦鹉会唱歌啊，哎呀哎呀我的郎……

小叶唱起了小曲，她比鹦鹉唱得好听多了。唱完了，依然乐不可支地说，粉粉，你不喜欢鹦鹉，那你喜欢不喜欢阿姨？

我喜欢大金蟒，它也叫粉粉！

小叶突然不说话了，表情复杂地瞅了一眼小千，仿佛在说，你到底有多少粉粉？

5

转眼，秋风萧瑟起来。又转眼，寒冷的冬日如期而至。在元旦即将到来的时候，我突然想起了小千。是啊，小千好久没来了。

真是想什么来什么，晚上刚吃完饭，老公接了个电话，然后对我说，明天周末，老千要来玩，我不去菜场了，你下班带点菜就行了。我胡乱应一声，知道他们又要整一杯了。

儿子听到了，突然亢奋起来，嘴里一直念叨着，小千叔叔要来了，小千叔叔要来了……

儿子的反应，让我担心起来，怕小千又带什么稀奇古怪的宠物来。他带来过的宠物可不少，小花鼠、小仓鼠、大金蟒、鹦鹉，还有……我突然想起了小叶？那个绰号叫粉粉的漂亮女孩……

不多一会儿，小千的电话又到了，他说，有点急事，来不了了。我老公有点遗憾，算起来，小千一两个月没有来了，这么长时间，他都干什么去啦？他又培养新的宠物了吗？他是回内蒙古的家里呢？还是和小叶（粉粉）在一起？我想问问老公。可我话到嘴边，又忍住了。

又过了几天，我老公一个人在家喝酒。我老公很少一个人在家喝酒的。可那天他出门办完事，回来就下厨炒菜，就拿出一瓶好酒，自个儿喝开了。酒后闲聊，不知为什么，我提起小千的时候，老公突然感叹一句，老千……好人啊。然后，就没有然后了，就趴到沙发上睡着了。

我知道老公喝多了，这时候是叫不醒他的。喝醉的人，对付他的最好方法就是准备好一杯白开水，等酒醒后给他灌下去，人就清醒了一半。但，我却忘了给老公倒水了，因为电视里正在播出的一档节目，完全吸引了我。这是一档法院对"老赖"资产拍卖的专题片，事情发生在几天前，今天不过是重播。这个老赖没有到现场，虽然直播现场是在老赖多套房产的其中之一处，但他七套房产拍卖的视频都有。视频中，在一套别墅后院的一个笼子引起了我的注意，笼子不小，似乎用玻璃封闭了起来，笼子里的动物是什么呢？狗？不像，狐狸？也不像，当特写镜头推出来时，是一条团成一团一动不动的大金蟒。这条大金蟒太眼熟了，怎么会一动不动呢？是死了吗？变成标本了吗？宝宝也认出了，他大声喊道，看，粉粉！

没错，确实是粉粉！

我想叫醒老公，让他快看，可他依然打着猪哼一样的呼噜。

这是我知道的关于小千的最后一个消息。后来，小千就真的从我的记忆中消失了，就连我老公，也好久不再提他了。我老公还是爱好喝一杯，但，没了和小千喝酒时的"仪式"感了，而是自斟自饮。我们也不再说"整"一杯了。"整"这个字，也在小千和我们失联后，从我们的话语中消失了。直到春节前一天，我突然收到一个寄自内蒙古的包裹，打开一看，是一箱羊排。我立刻就想到了小千，如果没错，这应该是小千寄来的。但是，关于千里马小千的故事，我知道的，仅局限于此了。

拼车记

车子过来了。

没错，一辆黑色的尼桑，车牌正是昨天 QQ 群里私留的那个，京 N—052B2。我一眼就看清楚了。我还知道车主是个女的——QQ 头像是个风景图案，虽然看不出来男女，Q 名叫"清风简"，就是一个偏女性化的名字嘛。没错，正是女的。我还猜她不是一个顶漂亮的女孩，为什么？哪有漂亮女孩会为这点小钱带客的？才收十块钱一个人，就是带满三个人，也不过三十块钱，来回全部客满，也就区区六十块钱而已。为了六十块钱，载三个不相干的陌生人——如果她漂亮，实在是没有道理的——只要女孩漂亮，就不会没有钱（这是我个人臆想的观点，没有验证过）。没错，从缓缓驶近的车窗玻璃里，我看到一张瘦小的略显苍白而干巴的瓜子脸。还有呢，她应该戴眼镜。哈哈，果然戴眼镜。必须承认，能猜对她戴眼镜我是完全没有依据的，完全是瞎蒙，但是眼镜框是活泼的玫瑰红色，却是我没有想到的，也根本就没去想。

我新加的这个群叫"冶金拼车群"。

就是昨天夜里刚加入这个群的。

我住在冶金小区隔壁的新锐时代，每天上班的线路比较复杂，要先从河北三河市的燕郊镇（就是著名的睡城）乘307路公交车，到燕灵路口转819，去北京朝阳的草房，然后再坐地铁6号线，转10号线，到农展馆——那儿离我上班的公司只有五分钟的步行时间。307是一趟只在燕郊镇上跑的公交车，不直接开到北京。所以，无论怎么倒，都要中途转一次。819最方便。819是区间车，负责燕郊到草房。到了草房就好了，上了地铁6号钱，蛛网一样的地铁就可以载你到达任何一个你想到的地方。我每天苦恼于乘车，总是赶赶赶，总是倒倒倒，时间总是不够，身体总是很累，总想找一个简单而方便的线路。听同事说有"拼车"一族，便于昨天夜里在网上搜"附近群"，果然搜到了"冶金拼车群"。一进群，我就留了个言，大意是，有冶金小区或新锐时代附近每天早上去草房的顺路车吗？不一会儿，一个叫清风简的就私Q我了。清风简说每天早上七点前，在冶金小区307公交站点乘车，单程十元，晚上在草房地铁站B口，六点前，同样的价格。真是太让人开心了，瞌睡送来了枕头，这个时间点正合我意。接下来，我开始算账，307是两块钱，819是四块五，每天往返共十三块钱，拼车才二十块钱，等于多花了七块钱坐上了专车，一天七块钱，十天七十块钱，一个月刨去双休日，多花不到二百块钱，这笔账太划算了，而且还省了时间。省时间比省了钱还划算。因为307要绕一个大圈，有两三个路段还时常堵车，大约要花五十分钟左右。819同样不省心，虽然从燕灵路口上车半站地的距离都没有就上了通燕高速，可通燕高速的入口基本上每天也要堵一会儿，如果遇到检查站"有事"，堵的时间还会更长。这截路的耗时也在三十分钟左右，加上转车的等候，就是说，我每天仅从新锐时代到达草房，至少要花费一小时二十分钟，而且，稍有不慎，上班就迟到了。如果乘坐专车（我在草房回燕郊时拼过），半小时就够了。无端省下五十分钟，可以从从容容吃个早点了。

这不，我就是按往日的时间起床，下了厨房、吃过早点出门的。我比约定的时间提前了十分钟，毕竟是第一次吗，宁愿我等清风简，也不能让清风简等我。在等待这十分钟里，我对清风简做了全方位的想象，甚至还猜了她的年龄，三十岁出头，一个很在乎钱的年龄。没想到全部得到了验证。

当黑色尼桑在冶金小区 307 站点前刚一停下，我迅速举手向清风简示意时，一个影子一闪，比我举手的速度还迅速，就蹿到了车边，拉开后车门上了车。我这才反应过来，这一定是个跟我一样的拼车客。没啥可客套的。我急走几步，从另一侧，也就是驾驶员这一侧上了车。没有一句多余的话，也没有多余的动作，两个乘客都干脆利落。

我还没有坐踏实，车子就启动了。我看到前排副驾驶的座位上，放一个女式的小包、一盒抽纸、一个眼镜盒、一块女式手表、两三根扎头发的发圈和一部白色手机，我就知道了，乘客就我们两人，副驾驶的位置她不准备带人了，那里成了她的工作台。坐在我身边的是个年轻小伙子，二十五六岁到三十岁之间吧，小分头，穿一件短袖带领子的 T 恤，耳朵里塞着耳机，眼睛特别大，但他不打算看任何人。他甫一坐定，就在手机上操作几下，然后，我听到副驾驶上的那个白色手机发出"嘀"一声。我知道了，他给她转了款。我也拿出手机。清风简从头顶上的后视镜里瞄到了我的动作，轻声说，等会。

我知道她说"等会"是跟我说的。因为我身边的青年人已经微微闭上了眼睛，不知是在享受音乐，还是夜里没有睡好，现在急需补觉。应该说，清风简的声音不难听。因为只有短短两个字，还无法判定她的音质，更无法判定她是哪里人。但她肯定不是北京人，也不是燕郊人，也不是河北人，甚至也不是北方人，因为她说"等会"，没说"等会儿"。不知为什么，我最讨厌儿话音了，主要是难听，本来很干脆的发音，偏要拐那么个弯，像嘴里含着什么东西一样不清不爽的。这让我对她突然有了一点亲近感。我悄悄打量她。其实我在她身后，能看到的，只是她的头发和半个臂膀。她的头发也是做过的，稍微有那么一点点酒红，而且只是一抹，接近于自然的那种。头发是随意披散着的。我还能发现她穿一条黑色的连衣裙。开车的女人是不是不适合穿裙子呢？我不知道。我有一个挺顽固的观念，就是女人不能穿裙子开车。但我发现很多女人都是穿裙子开车的。可能是太瘦的缘故吧，她几乎陷在了座椅里，露出的臂膀很瘦，不算白，皮肤上有细绒绒的汗毛。我稍微侧头，还能看到她扶方向盘的右手。她的手腕很细很长，手指也细长。

前方出现了红灯，而且在我们车前有四五辆车已经减速停下了。她停好车，拿过手机，说了句，微信吧。我扫了她手机上的二微码。我们瞬间成了好友。我给她转了十块钱。她能如此放心地把我当成"好友"，说明她没有什么戒备心。我对她突然多了份好感，便又写了这么几个字：晚上六点前，在草房站 B 口等可以吧（其实昨晚已经说过了，是明知故问）？她点收了红包，回了一个字，好。这些工作做完后，红灯还没变——燕郊的红灯是 90 秒啊。

　　我们公司的作休时间是朝九晚五。今天我比平时早到了足足四十多分钟。公司的门还没有开。幸亏有手机可以玩。我便点开清风简的微信。她的微信做了设置，只允许看最近三天的内容。而这三天里，她什么都没发。就是说，关于她的信息，我无法知道再多了。简单回忆一下半小时的乘车过程，实在没有什么值得记住的，甚至她的正脸我都没有正面看清。她也没有下车，身高多少也无法打量，瘦是肯定的了。我只在扫她微信的时候，因为身体前倾，闻到她头发上淡淡的洗发香波味。至于和我相邻的乘客，他一上车的姿态一直保持全程，两耳塞着耳机，闭着眼，直到下车都没有变。这四十分钟比较难熬，想着以后每天都要早早到了，可不可以通过微信问问她，让她推后点时间？一想，这话不好问吧，有没话找话的嫌疑，你只是一个搭车客而已，一切以她的时间为准绳。

　　不知为什么，今天工作有些恍惚，也有点干劲，还有点无目的的亢奋。我知道这和拼车这个事有关。毕竟最难走的一段路有车可搭了，不再挤跟柿饼子一样了，况且女司机还不讨厌。五点下班时间一到，我就第一个冲出了办公室。到了草房才五点三十五，离约定的六点还有一段时间。那么，又为什么是六点呢？我又想，她上班的地点离这儿有半小时的车程吗？如果她是五点半下班，磨磨蹭蹭一会儿（女孩的习性），还有二十分钟左右，遇上几个红灯，开不了多远的。如果是五点下班，这个时间能开很远的路程了。在草房站 B 口的马路边，通州和燕郊方向的公交车有好几路，各个公交站点上的队伍瞬间排了起来。我庆幸不需要排队了。在越来越长的队伍里，找不到我的身影了。现在是五月末，天气已经有些热度了，天空飘荡着一团一团的柳絮毛毛，太阳正挂在远处楼房的上空。我朝一个路口望去（可能就是草房路了），本来就不宽的路两边，各停着一排车，这都是住在郊外的上班族的车，大部分是把这儿当作停车场，乘地铁去了，下班后再来开车回家。她也是这么操作的吗？那个早上和我一起拼车的青年人，也会再和我一起回去吗？我四下里张望几眼，没有看到他。在我的对面，是一个叫中弘像素的小区，一片都是楼房，又高又大，有几十幢，在公交车上，我听到有人议论过中弘像素，说这里有许多家公司，仅文化公司就有一百多家。那么说，在这一带行走的人，有许多是我的同行喽？她会在这里上班吗？我这么自问自答显然没有多大意思，因为什么都是不可能的，什么又都是有可能的。

一愣神间，一辆黑色轿车静静地停在我身边，还轻鸣一声喇叭。我突然意识到，这是叫我啦。我赶快拉开车门，果然是她。车里没有那个青年人。我从青年人早上坐的位置，移到我原先的座位上。一个中年女人拉开了前门，问，去通州吗？她摆一下手。又一个小伙子把中年女人挤到一边，扶着车门问，去燕郊吗？她问，燕郊哪里？对方答，北欧小镇。她说，不去那里，去冶金小区，十块，去吗？小伙子犹豫一下，把门关上了。她没在再等，鸣一声喇叭，启动，加速。车上只有我一人。我想问她早上那个青年人呢，话到嘴边，又打住了，少废话吧。

这次听她说了几句话，感觉她声音不高，嗓门是敞开的，清晰，纯脆，普通话略有点方言味，有点江西一带的口音，感觉是易于沟通的那类女孩。车到物资学院附近，她的手机响了，是微信语音模式。她伸手拿过手机：喂……啊？没看到你留言……刚走，到物资学院了……嘻嘻，不可能，车上有人了……呵呵……再见！她把电话扔回到副驾驶的座位上，那儿的东西比早上多了些，没错，多了一瓶酸奶，伊利，枣香型的。我听出来了，有人要搭她的车，还试图让她掉头，她拒绝了。车子很快就到了燕郊，此时正是下班高峰期，路上的车流密集而缓慢。能看出来，她注意力集中，稳稳地驾驶着车，黄灯不抢，礼让行人，也不强行变道，对强行变道的车也让对方更容易通过。快到冶金小区时，她问我，还到 307 站台？这是她第一次主动跟我说话，是一种咨询的语气，很软和，而且，她减速后，侧脸望我一眼，大约停顿有零点五秒钟。就是说，有零点五秒的时间，我们的目光是对视的。我看清了她的脸，长相确实普通，除了眼睛清澈，别无特色，甚至略高的鼻梁两侧，还有许多细密的雀斑。只是那副红框眼镜，让她脸上颇添一点生动。到 307 站台下车当然可以，可如果到前边的香河肉饼店门口下，我会少走二百米左右。她见我犹豫着，又说，到哪里下你告诉我。我说，香河肉饼店对面方便吧？她说好矣好矣。又说，明早还是那地方？我说是。到了香河肉饼店对面，我下车时，比早上多说了一句谢谢。她回没回话我没听清，因为我在说"谢谢"的同时，把车门关上了。

早上出门时，我突然意识到一个问题，昨天晚上下车前，清风简问明早还是那个地方啊？是指哪个地方？香河肉饼店门口，还是 307 路冶金公交站点？我回答时的本意是指 307 路公交站点的，可她问话时是在香河肉饼店门口啊。我赶快拿出手机，给她发一条微信：我马上到冶金 307。同时，把十块钱也转了。这样就保险了。

那个戴耳塞的青年人在我到了两三分钟后，也到了，是从马路对面走来的，依旧背一只双肩包，戴着耳机，正在吃东西，是鸡蛋饼里卷一根油条，腋下夹着一个冰红茶。他随意地看我一眼，就像和无数陌生人相遇在公交站点时一样，并没有做出任何表示。我也没有和他打招呼，因为昨天自始至终，他都没有看我一眼，主观上我认为我们还不认识。七点零五分时，清风筒的尼桑车才到，比昨天晚了几分钟。和昨天的格局一样，我们分别从车两侧上了车。戴耳塞的青年人上车后，拿下一个耳机，用抱歉的口气说，昨天有人约吃饭，没准备赶车，后来请客人突然有事，又不吃了……排了三轮才上了819，晕死。说完，继续在手机上操作，清风筒放在副驾驶上的手机，适时地响了一声。我知道了，昨天那个企图让清风筒调头的人，就是他。其实我当时也隐约想到了。清风筒并没有搭理他。确实，他的话无须搭理。而让我替清风筒抱不平的是，这个青年人说话时，嘴里喷出一股浓郁的鸡蛋饼味和油条味。虽然他的饼吃完了，还喝了几口冰红茶压压，可口腔里遗留的气味和胃里的发酵味还会翻上来。我不能闻这种气味。我不想挤公交车，和车上散发出的各种早点味也有关系。好在他没再说什么，把耳机又塞进耳朵里，抱着包，闭着眼，听他的音乐去了（可能是音乐）。他不说话，车里的鸡蛋油条味就淡了些。但，清风筒显然也闻到了，她把车窗玻璃放了一半下来。由此，我又生了些感叹，为了十块钱，她真是拼了。当初买车时，肯定没想到这一步，肯定只想到独享香车上下班时的美妙感受。但我又想，也许开车时闻不到这种气味吧，一来她坐在前边，随着风力的走势，气味都是向后飘的；二来她要集中注意力开车，就算有浓郁的鸡蛋饼味和油条味，她也不去在意的。

车子到了草房，我下车后，多了个心眼，没有立即钻进地铁，而是观察了一下。我看到清风筒继续驾车，沿着朝阳北路向前行驶了。而那个戴耳机的青年，则往中弘像素小区方向走去了。

我们是三个不相干的人。这样想着，我步履轻快地跳进了地铁口。

今天我运气好一点，刚到公司门口，管钥匙的苗小雨摇着钥匙就来了。小雨这天特别漂亮，穿了一身红，不年不节的，穿什么红啊？再看她咧开嘴大笑、没心没肺的样子，好像捡到钱似的。她一边开门一边说，陈老师我今天表现好吧？昨天知道你来早，我今天也特地来早，不过还是没有你早。我知道小雨住在北四环，地道的北京人，是家里的大宝贝，能起这么早真不容易，就夸她说，你不用来这么早，我在门口等等就行了。小雨说，那不行，不能让您受委屈。我哈哈一笑道，这算什么委屈，倒是你，像有喜事似的。小雨已经开门进屋了。她转身看着我，说，陈老师你看出来啦？哈哈哈，今天是我生日哦，怎么样，我这身红，好看吧？小雨跟我展示一下她的红色连衣裙，我想说像个新娘子。没好意思讲，我毕竟比她大十几岁，我是七十年代末，她是九十年代初，算是两辈人了。我中规中矩地说，好看。

我们公司的氛围特别好，几个女孩都很伶俐，每天上班一到，人人所做的第一件事就是从包里往外拿好吃的，然后每个办公桌上分一点，等到大家到齐时，各人办公桌子上都会堆着六七种小吃食。我和另两个男同事很少带吃的（他们偶尔带），只吃她们的。为了答谢她们，我一般隔段时间请她们吃一顿，也不是什么大餐，就是南京大排档，每人一碗鸭血粉丝，加一份煎饺或大煮干丝或狮子头。今天小雨过生日，我大概少不了要请一顿了。小雨笑吟吟的，正在往各人桌子上分食品。她今天带的是昆明的鲜花饼，昨天临下班前就嚷嚷了，她订购的鲜花饼到了。今天她就分了。她把鲜花饼放一包在我桌子上时，我说，晚上我给你过生日啊，南京大排档。小雨笑得更灿烂了，好呀，嘻嘻，谢谢陈老师。

这样，我在五点下班前，给清风简发了微信：今天有点事，不坐车了。

我等着她的回复，可她一直没回复。我担心她没有看见，影响她带客。

在南京大排档的一个包间里，我们八九个人围着一张大圆桌胡吃海喝。除了每人一份鸭血粉丝、一份金牌煎饺外，小雨自己订了一个大蛋糕。有人还在超市里拿了两瓶干红。喝着酒，吃着蛋糕，刚过了七点，我收到了清风简的微信：不拼车不用说的。她这时候发微信，应该是到家了。我对着这条微信看了一会儿，琢磨着这几个字。这几个字看似简单，但用不同的口气说就是不同的态度。如果是生硬的口气，那就是我昨天讲晚了，她的回复是带着一点情绪的。如果声音软和，那她就是善意地关照，善意地提醒。但意思是一样的，就是说，如果我不坐她的车，只要早上七点前（也许推后几分钟）和晚上六点前，看我人没到，她就不会等我。

拼车的好处马上显现出来了，由于我的早到（八点刚过），工作状态进入也早（我是公司副总），带动了其他员工也都提早上班了（可能小雨跟他们说过什么。小雨是老板妹妹的小姑子。有人侧面问我，是不是公司要减员啦？我当然不予理会。其实，无端造成这种气氛倒是好事），又由于我下班再拖点班（五点十五以后才下班，这样我赶到草房地铁站 B 口时也就六点五十左右），他们也跟着我拖了班。如此一来，有效工作时间多了一个小时左右，工作效率明显提升。老板看在眼里，乐在心头，在每周的例会上表扬了大家，并暗示，如果这样坚持下去，年底增发奖金。所以，连续多天，公司的工作气氛特别好。

但是，今天出了点小问题——下午我收到一条微信，是清风简发来的，她告诉我，因为晚上有事，不能带我了。就是说，我又要自己解决回程问题了。我要不要拖班十五分钟呢？这是个问题。如果拖班十五分钟，我到达草房时，就无法错过819的晚高峰了。而五点半后的819，队伍会排成好几个曲别针阵型，我至少要等一个小时左右才能乘上车，加上路上的堵车，到了燕郊就八点多了，再转307，路上再堵，到家最快也是九点半了（甚至十点以后）。如果不拖这十五分钟的班，至少能提前一个半小时到家。我有点怨怪清风简了，既然你让我们拼车，就得讲究点职业素养，怎么会有事呢？我们拼客可以有事，你可是车主啊。我的怨怪显然没有道理，谁没有一点私事？再说了，今天是周五，她也可能和同事或朋友聚会了，也可能公司里有什么事，而且，如果她未婚（像是个大龄剩女），就是和男朋友约会也有可能啊。说到底，拖班的事是我自己造成的，怪不得别人。

双休日两天，我都宅在家里。

转眼就是周一了，我照例在起床后，给她发了微信，然后从从容容收拾东西，准备在六点五十时出门——现在我已经把时间卡好了，从出门、下楼、出小区，再步行二百米，一共要花费六分钟或七分钟，六点五十出门很合适的，基本上是，我刚到，清风简的车也到了，只有一次，她比我早到一分钟。之前的拼客，除了我和那个戴耳塞的青年，也有别人。有一个看起来跟我差不多大的中年女人，还有一个染黄头发的小伙子。中年女人只拼过一次，黄头发的小伙子至少拼过三次（也可能两次，记不得了），即便是有三个拼客，她也没有让出前排副驾驶的位置，这一点，她坚持比较好（那个中年女人略胖，她只拼一次，可能嫌拥挤就不再坐了）。但是，我微信刚发出去，就收她的微信了，她说，今天有点事，能提早十分钟吗？我立即回了她，可以。提早十分钟，对我不难。

提早十分钟的结果就是，拼客只有我一个人。难道她没让那个戴耳塞的青年提前十分钟？还没容我多想，她就问了，有一股酒味吧？我还没有在意，经她一说，再嗅嗅鼻子，果然有一股异味，不完全是酒精味，严格地说，是臭味，不算太浓，但能明显闻到。我说，有一点。她立即说，烦死了，他在车上吐，到处都是，洗车人都不愿洗了。我问，谁？她说，还有谁。还有谁呢？听她口气，仿佛我应该知道似的，那就是戴耳机的青年喽。他怎么会喝醉了酒？什么时候喝的？昨天是周日，前天是周六，显然不太可能，那就是周五了。周五晚上她不是说有事吗？噢，我恍然了，原来周五晚上她说的有事，就是和他在一起吃饭的。他喝了酒（应该不少），她带他回来，中途在车上呕吐了。她跟我说这些，是让我评论他几句呢？还是仅仅就是她的宣泄而已？她提前十分钟出门，目的就是不想带他？清风简听我没说话，转头看我一眼。我赶忙说，啊……这个……家伙，少喝点啊。她没有再接我的话，可能觉得也没必要跟我说这些吧，也可能是我的吞吞吐吐提醒了她，觉得不该跟我说这个事。是啊，她和一个拼车客喝酒的事，叫我知道了好吗？我觉得这事有点微妙。

因为单位突然安排我出差去常熟，接下来的两天，我都不能乘清风简的车了。这事得告诉她一声。她在我留言后，回复说，收到。

常熟的朋友好客，留我多玩了一天，吃了新下市的杨梅，还带了常熟特产饭粢糕。周四早上，我给清风简发了按时乘车的微信。我还带了两条饭粢糕。如果她不介意，我把饭粢糕送一条给她，另一条带到公司，分给员工们。

清风简的黑色尼桑在七点时，到了。我迅速奔到左侧，拉开车门，发现车里坐着两个女孩，靠近我这边的胖女孩正往中间挪。我听到清风简说，对不起啊，挤了点。我说没事，坐到了胖女孩让出来的位置上。另一个女孩突然"哧哧"笑两声，说，早知道这样，我坐中间了。我看过去，说话的是个瘦子。她的意思不是想和我坐一起，而是说她胖。胖女孩直接开骂，脏字连篇，很难听，接着又警告道，不许再说我胖！我觉得这两位可能是活宝。奇怪的是，我们坐定后，清风简并没有启动车子，而是急慌慌地把副驾驶上的东西往包里收。刚收拾好，戴耳塞的青年人到了。他跟我一样，直接去开了右车门。清风简就在他开了门时，说，坐前边来。就这样，十多天来一直空着的副驾驶的位置上，叫戴耳塞的青年人占领了。在不久前，她还嫌他吐了一车脏东西，还嫌车里散发着酒臭味呢。这几天，发生了什么？我的饭粢糕没有送出去，两条都带到了公司。

　　已经是七月末了。拼车快两个月了。我已经习惯了这样的上班方式，或习惯了这样的奔波。燕郊到北京的这段路程，不再是我的障碍了，拼车的好处是显而易见的。为此，我默默地感谢过清风简——尽管，到目前为止，我还不知道她姓甚名谁，这又有什么紧要呢？

　　有一天早上，我都到冶金307路公交站点了才收到清风简的微信，她休假了，至少一星期。言下之意再明白不过了，至少在一个星期里，我拼不成车了。真是太突然了，我脑子里第一个闪念，迟到了。即便现在就上307，即便很顺利地转819，也赶不上九点上班了——照这种乘车方法，至少要两个半小时，我试验过多次了。

　　对清风简不满的情绪涌上心头。

　　在等307的过程中，我注意观察那几个和我一起的拼车客——

基本上形成固定的拼客就是我、戴耳塞的青年、两个很青春的女孩（就是那个胖子和瘦子）。我们座位格局不变，而且，我看出来，他和清风简的关系已经非同一般了。首先，他给她带了一块鸡蛋饼，鸡蛋饼里裹着一根粗壮的油条。她愉快地接受了（后来带鸡蛋饼就成了常态，不过没看她在车上吃过）。接着，不知从什么时候开始，他不再给她付钱了——他上车后不再操作手机了，她的手机也不再发出任何声响。但他还是喜欢耳朵里塞着耳机，抱着包打瞌睡。不久前，他们的关系更近了一步，他不再在冶金307公交站点上车了，而是直接坐在了副驾驶的位置上了。这说明什么？说明他们搬到一起住了（或至少住同一个小区了）。按说这不关我的事。我只是一个拼车客。但我总是觉得，哪里不正常。哪里不正常呢？说不上来，直觉告诉我，他们不太可能成为一对，不是戴耳塞的青年不配，也不是清风简配不上他，以局外人的眼光看，他们就是不像。

终于等来了307。上车后，我看到了一胖一瘦两个女孩——她俩应该在前一站上的车。她俩也同时望向了我。从她俩的目光中，我知道她们的想法跟我一样，对清风简的突然休假感到迷惘。

一周时间也快，可一周结束时，并没有等来她的微信。我微信她，她也没回。我不能在一棵树上吊死啊，又联系了几个拼车群，都不太合适，不是目的地不合适，就是上车地不合适。又过了一周，还是没等来她的消息。我再次微信她。没想到她这次回了，对不起啊，再过几天好吗？下周一，按老时间，在香河肉饼店门口。虽然这不是一个完美的回复，但也算是给了希望了。

重新坐到清风简的尼桑车里，感觉她车里有一股鲜花味，可能是喷了香水吧。

　　车里只有我一个人。原来常乘车的拼客不见了（戴耳塞的青年应该不算拼客了）。车上稍微有点变化的是副驾驶的位置上，又放了她的包和手机。似乎是新换的包，没错，原来的包是黑色的，现在的包是白色的了。最大的变化还是她，她在脖子上，系了一条小丝巾。大夏天啊，怎么系上了小丝巾？我付款后，她笑着说，耽误你这么多天……不用付钱了吧。我说，那怎么可以。她说，那谢谢啦！

　　一路无话。但小丝巾还是让我顿生狐疑。她莫非是宾馆领班？只有领班才戴这样的小丝巾，起到一种稳重、大方的装饰作用，还有，空姐也会戴这种小丝巾。她不会是空姐吧？不会，空姐不是每天都按时上班的。她既不像宾馆的领班，又不是空姐，那只能说她今天特意做了打扮。没错，不仅颈部多了条小丝巾（很素雅，淡蓝色带米粒样白点的小碎花），也没有像往日那样穿裙子，而是穿了条水磨蓝牛仔裤，我视线隐约可见的右膝盖上有横向裂口的那种，上身是一件白色的休闲款长袖衬衫。最明显处是眼镜，那副镜框是玫瑰红色的眼镜变成了黑框——和我的镜框一样。头发是新做的，那抹酒红还在，只是淡了点，主要是头发剪短了些，以前一直披到腰上的，现在只到肩窝里了。车过物资学院，快到草房时，她跟我说，你是乘地铁吗？到青年路可以吧？我说可以，省了四站地，可少花一块钱。她说，那真好，我在那一带上班。我觉得她的话明显多了些。但我还是说，那晚上回来，我也在青年路地铁口等你？她说，好呀，B口向前一点点，有个公交车站，五点四十你能到吗？我说，能的。她喜悦地说，那好……有情况再微信联系吧。

　　我在地铁上又想了一个问题，她把两头乘车的地点都改了（应该是针对某个人的）。而且对我来说没有什么不好，反而更方便了。如前所述，在香河肉饼店门口上车，单程我能节省二百多米的路程，双程就接近五百米了。在青年路上车，不仅可以省一块钱，关键是，我能提前上她的车了，提前上车，就有机会和她多待一会儿——这是今天突然产生的想法。

一切都很顺利，五点四十不到，她在青年路地铁站 B 口前一点的公交车站接到了我，或者说，我等到了她。等急了吧？上车后，她跟我说。我说，刚好到。她说，我五点半才下班的，你是五点吧？我说是的是的。她的话的确比以前多多了。我注意到她颈间的小丝巾有了一点变化，早上的结是系在前边的，现在结是系在耳朵下边了。

车子沿朝阳北路一直行驶，路过草房时，路边的行人和斑马线上横过马路的人突然多了起来。她也减速慢行。我下意识地朝右侧路边望一眼，就望到了他，那个戴耳塞的青年人，他穿一条颜色含混不清的七分裤，相当于大裤衩，一件短袖 T 恤，依然是背双肩包，依然是戴耳塞，不同的是，他戴一副墨镜。他就站在路边。离他不远的地方是长龙一样排队等车的乘客。他既不去排队等车，也不像是等人，有点无所事事的样子——或许是在等他要拼的车吧。是等清风简吗？清风简很快打消了我的疑惑，她快速通过了草房路口。当车子从他身边驶过时，我看到他胳膊上有几道明亮的疤痕，红的黑的都有，这是之前我没有看到的。

车子过了物资学院，向右拐进了丁各庄路，这是通往燕郊的最近的一条不收费的路。

你晚饭都怎么吃？她又没话找话说了。我说，自己做。我估计她还会问我做什么菜，我干脆直接往下说了，煮面，挂面，我喜欢把干丝、粉丝和挂面一锅煮，再加点火腿——是火腿肉，不是火腿肠，再放点香菇和大白菜，小青菜也行，真是一等鲜。我一口气宣传了我的食谱。她乐了，哈，你真会吃，这么多好东西混在一起，肯定好吃，我就是瞎对付，吃点水果或点心，减肥。我想告诉她，你一点不肥，不但不肥，还偏瘦，女孩如果不想当模特，还是偏胖些好看。但我没说，我继续说吃饭，我相信所有人都会对吃有兴趣的，我不但晚上自己做饭吃，就是早上也自己做。说完，我怕有显摆的嫌疑，加上突然想起来准备送她而没有送成的常熟特产饭粢糕，便旧话重提，知道吗？我差点给你送东西。她表示特别惊讶，啊？是吗？给我送礼？准备送什么呀？怎么没送？我说，不是什么礼……外地的一种小吃，叫饭粢糕。我只回答她一半，怎么没送我没有说，也没法说，当时为什么没送我也淡漠了。她迫不及待地想知道，问，饭……什么糕？好吃吗？我说，饭粢糕，还行吧，小点心嘛，吃吃玩玩的——我吃着挺好，就想送点给你尝尝。她委屈地说，那那那……那……她说不下去了，顿了顿，平静一下，才说，怎么没送啊？我一下子不知道怎么回答了。她也不说了，把车慢慢停到路边，轻声说，我去去就来。她声音里有一种悲伤的情绪——也是我没有想到的。我看到她下了车，从车头绕过，往路边一家便利店走去。这时候，我看到她大约在一米六七左右吧，而且并不算瘦，瘦的印象来自于比例偏小的脸，收身的衬衫，把她的腰衬托得很长，屁股也显出来了，可能和紧身的牛仔裤有关，一双崭新的白色板鞋，无帮袜子，除了脖子上的小丝巾有些不搭调，她的装束是清新而得体的。我光顾看她好看的身材和衣着了，没注意到她掀起眼镜轻轻拭泪的细微的动作——等我发现时，她一只脚已经跨进便利店了，我突然紧张一下，她哭啦？哪一句话触动她的泪点？从便利店出来时，她只是买了一包香烟。我以为她会买饮料什么的，没想到是一包香烟。她上车时，我看到她湿润的眼睛了。她把香烟往副驾驶的位置一扔，说，我不在车上抽的。她抽烟，这是我没有想到的。我说，抽吧，没关系的。她说，其实……她哽咽了，没有说下去。后来还是说了，真是鬼使神差……我不抽烟的……不抽烟的。

她反常的行为，让我想了一个晚上。事实上，我是隐约感觉到她为什么反常了。

第二天，拼车客还只是我一个人。我发现她没有从她此前一直走的老路上走，而是从通燕高速又上了京通高速，从管庄那里下了高速后，拐上朝阳北路的。走这条路线，要交两次过路费。难道她不计算成本吗？晚上她在青年路地铁口附近接到我时，又轻松而愉快地说，我们不走草房了，直接去管庄上高速！她的决定并不让我吃惊——因为她早上已经走过了，成本核算对她不重要了。让我吃惊的是，她颈部的小丝巾不见了，在她脖子上，偏左，就是被小丝巾遮盖的地方，有一块硬币大小的红色疤痕，而且后颈上也有一块疤痕。她受过伤？是什么原因受了伤？我似乎知道，又不想承认我知道。我拿出手机，给她转了十块钱。她看到了，笑一下，说，还想尝尝你的饭粢糕呢。我当然爱听这句话了。一路上，我们都在讨论饭粢糕的色泽、形状和口感，因为我家里没有了，而我的形容又让她馋涎欲滴，我甚至把公司同事对饭粢糕的评价添油加醋地讲给她听。她再次因为没吃到我的饭粢糕而后悔不迭，并且不断地咽口水，最后，眼泪都馋得流下来了。直到我答应她，一定给她搞到饭粢糕时，她才破涕为笑。

黑板报

　　碎石车间的这块黑板报，被两棵矮壮的枫杨树挡住了。

　　我在第一次抄写这块黑板报的时候，就对黑板报的实际效果产生了怀疑，会有人看吗？谁会跑到这个鬼地方看？机器隆隆，粉尘飘舞，在黑板报和厂路中间，隔着一条臭气熏天的排水沟，沟里终日不停地流淌着工业废水。虽然有几块水泥板盖在排水沟上，但经过多年的风雨侵蚀，水泥板已经坍塌一半了，加上粉碎车间位于磷肥厂最偏僻的西南角上，除了这个车间的工人，几乎没有人涉足这里。更烦人的还有这两棵伞状的枫杨树，枝繁叶茂，遮天蔽日，即便站在黑板报前的厂区道路上，想一览无余地把黑板报上的内容尽收眼底，全部读完，也是不可能的事。但，出版黑板报是我的本职工作，就算没有人读，也要按时出版。

　　没想到的是，只出一期，就改变了我的想法了。粉碎车间这个区域、这块黑板报，居然成了我最喜欢的工作场所。

这全是因为她——权且叫她鹅蛋脸吧。

在接下来的几期黑板报的出版，我都使出浑身解数，找稿子，编好，抄好。在这个过程中，我都有一个期待，期待鹅蛋脸能读到我处心积虑收集和创作的内容，并且让她知道，有些内容，有的还出自我的手笔，并因此让我们相识，进而相处下去。这么说你就知道了，我是被鹅蛋脸迷住了。

磷肥厂的大院子里，有许多建筑，大车间、小车间、职工宿舍，还有水塔、堆场、篮球场和大会堂，横七竖八的柏油路，把这些建筑隔成一座迷宫。这个大迷宫里分布着七块黑板报，厂部大楼的门口和门厅里各有一块；食堂的屋山头有一块，宿舍区也有一块，另外几块散落在各个重点车间的墙体上。我每个月的工作，就是轮流给这些黑板报写满内容。我既是编辑，又是作者。

粉碎车间的这块黑板报，是我这一轮出版的第七块黑板报了，也是这个循环的最后一块，加加油，今天就能完成了。可我不愿意加油，不想今天完成。我想明天结束工作。当然，阶段性的工作结束后，我就可以轻松几天，又可以读读书、写写诗。我喜欢写诗。虽然这么频繁地出黑板报让我有时感到心烦，但想到每一块黑板报上都有我自己的一首诗，还是挺有成就感的。特别是这块黑板报，作为这个循环的最后一块（按次序），我要多磨蹭几天。别的黑板报两天就完成了，这一块，我至少要三天，或者四天。而且，我要把我最好的一首诗发表在这块黑板报上，把最好的名人名言留给这块黑板报。为什么呢？如前报述，是因为那个鹅蛋脸的女工——只要我站在高凳子上，书写黑板报上半部分的时候，从黑板上方的一排大玻璃窗子里，能看到车间的全貌。看车间的全貌并不是我的主要目的，再说全貌也没有什么好看的，除了那些一台台笨拙的庞大的粉碎机和一辆辆进进出出的翻斗车外，就是一堆堆磷矿石和蛇纹石了——我喜欢向车间里张望，主要目标是车间里的那位统计员。那是个高挑而健硕的女工，年轻，白净的鹅蛋脸上，戴一副眼镜，工帽子里盘着长长的辫子，蓝灰色的工作服穿在她身上一点也不显得呆板和臃肿，相反的，还有一点俏皮和洋气。她姓什么叫什么住哪里多大岁数有什么爱好，我是一点也不知道的。我只在私底里叫她鹅蛋脸。我悄悄地观察她，已经有三期（黑板报）了。她平时上班时就坐在一张破旧的桌子前，这张桌子在东门边的大窗户下。她就面窗而坐，没完没了地填写一堆表格，噼里啪啦地按着右手边的一个计算器。我从窗户上居高临下地看她，很清晰地看到她的侧面。她的侧面很好看，轮廓俊秀，神态安静，心不旁骛，很多时候都是全神贯注的。和她并排而坐的，应该是车间主任了（从她的行为上我判断出她是主任）。女主任大约四十多岁，瘦小而精干，常常在车间里大声喊叫，她的声音因此会超过隆隆的机器声。她喊叫的对象都是鹅蛋脸。鹅蛋脸不跟她喊叫，只是点头。一个不停地喊叫，一个不停地点头。我有时候觉得这个瘦主任真是不可理喻，你喊什么呢？那么大的声音，和她的体型都不匹配了。可能是因为多年身处隆隆的噪音里吧，喊叫成了她的常态，愤怒的时候喊，微笑的时候也喊。可喊叫的内容，因为变腔的缘故，我一次都没有听懂。鹅蛋脸偶尔也会跟着瘦主任在车间里转转，这时候，她就把挂在脖子上的大口罩捂到了脸上，她整个脸就只露出一双眼睛了。她拿着一个硬面本子（夹子），跟在瘦主任的身后，在每台机器前停留片刻，记录着什么，和工人一起，听着瘦主任的喊叫。鹅蛋脸就这么一路记录下去，一直走向车间的深处，回来时，主任不知转到哪里了，只剩她一个人了。这时候，她是正面向我走来的。她挺胸直背，步履稳健而轻快，身体略有点摇曳，如果她稍一抬头，肯定会看到我。但她不抬头，她都是平视的。即便是这样，我也不敢再看她太久，假装认真地抄写，或者把已经抄上去的一段内容擦掉，换一种颜色的粉笔重写。在这个过程中，假装无意识地向她瞥一眼，心里异常的紧张，也说不上为什么，怕被她发现我在偷窥她。我这是在偷窥吗？

　　已经是临近下班时间了，黑板上还有五分之一的版面没有抄写。这一块的内容属于副刊部分，用一条彩色水线隔开。副刊的头条就是我的一首诗，接着是五条名人名言、一首带简谱的《走在乡间的小路上》的歌曲，这是一首新歌，一般人还不会唱。如果还有点空，我可以抄一首五言绝句，或画一个尾花、模仿一幅《中国青年报》上的漫画。可是，我不想把它抄完，明天还想再抄一天。我多抄一天，就有机会多看她几眼。这是我心底的秘密，没人知道。

　　我要走了。我最后朝窗户里看一眼，对正在埋头工作的鹅蛋脸说，嗨，大美妞，明天见啦。我知道车间里的噪声很大，加上我的声音很轻，料想她不会听见。没想到的是，她听见了。她突然侧过脸看向我。我吓得赶快缩下脑袋，慌张地从一米多高的凳子上跳了下来。由于心慌意乱，脚下没有踩稳，闪了下腰，还差点扭了脚踝。幸亏我手边就是高凳子。我扶着高凳子，听到我"砰砰"乱跳的心跳声。

　　"没有摔坏吧？"

　　一个声音在我耳边响起。

　　这个声音太突然了，完全出乎我的意料，真的把我吓着了。

　　谁会跟我说话呢？我慌乱的心还没有平静，一个身材矮胖、满脸络腮胡子的家伙站在我身后了。他是一直站在我身后吗？还是突然幽灵一般地出现？由于络腮胡子的原因，我根本看不出他的年龄，他可能只有三十多岁，也可能是四十多岁，或者更大点。总之，应该是个老员工了，或者是老的员工了。他认识我吗？且慢，我想起来了，我在办公大楼的楼梯上见过这个人，好像是化验室的技术员。没错，当时他是在和厂办的人说话，他们说的，就是化验室的那些事。化验室不在办公大楼里。在生产科、技术科、调度室等职能科室所在的那排平房的后边。他怎么会出现在粉碎车间附近？换句话说，他怎么会出现在我的身后？

"吓着你啦？对不起对不起。"他一定看到我惊愕的表情了，点头哈腰地向我道歉。

岂止是吓着我啊。我想，我心中的那点小秘密像是被他发现似的，心有余悸地说："吓着什么啦？莫名其妙。"

他讪笑一声，没有走开，看了看我出的黑板报，点着头说："很有才，很有才，小陈你很有才啊……"

他知道我叫小陈？这一次我倒是没有惊愕，或许我在厂里已经出名了，因为每个月循环七块黑板报大家都看在眼里，上边会有我署名的诗。

他看我并没有要接他的话茬，又跟我点点头，走了。

他腋下挟着一卷图纸一样的东西，还有两三本书。那几本书，拉回了一点我对他的坏印象——爱读几本书的人，怎么也坏不到哪里吧？但我看着他的背影消失在路头拐弯那儿，突然觉得事情没那么简单，他观察我多久啦？对于我刚才的思想开小差、伸着脖子向车间张望并消极怠工的情状是不是了然于胸？如果这样的话，他会不会向工会打小报告？现在下班确实有些早了，六点下班，还差一个小时呢。好吧，我再继续工作一会儿。

我只好修订我的原计划，继续爬到高凳子上，把我那首诗抄上了。这是一首歌颂劳动者的诗。因为再过三天，就是五一劳动节了，我这首应景的诗，感觉不错，就是以鹅蛋脸为原型写的，既写出了劳动者的铿锵有力、激情昂扬，又写出了女孩子的风华正茂和天生柔情。我在抄写的时候，再一次被感动了。我甚至想，如果鹅蛋脸读到我的诗，一定也会钦佩我的才华的。连不相干的络腮胡子不是都说我有才嘛。不过，鹅蛋脸要是看出诗中写的是她，她会不会怪我多事呢？不会，她不会看出来的。诗里描述的车间，我又没说是粉碎车间，年轻的女劳动者也是一个瘦弱的女孩子，大辫子谁没有？戴眼镜也不是她一个人，鹅蛋脸更是人数众多。她不会对号入座的。就算对号入座，那才好呢，正合我意呢，正好借此和她认识了。

本来我只是想抄完这首诗，再留点余尾明天干的。现在我改变主意了，我要一直工作到下班时间，不管能不能把余下的工作做完，也要到点再下班。一方面，防止络腮胡子打小报告，更主要的，也想让下班的鹅蛋脸看到我在工作，最好能读读我为她写的诗。

让我失望的是，在粉碎车间下班的人流中，除了七八个人从我的黑板报下边走过外，并没有人驻足阅读。他们从粉碎车间不同的两个后门快速分散了，只有这七八个人从南边的正门方向拐向东屋山头，从两棵巨大的枫杨树下穿过。他们行色匆匆，有的要赶快回家，有的要去食堂排队打饭。他们没有人顾得上一块可有可无的黑板报，就算有个别人看到了，恰巧又对黑板报的内容毫无兴趣。而我，已经抄完了五条名人名言，《走在乡间的小路上》已经抄完了一半的简谱。没看到我希望看到的鹅蛋脸的出现，让我非常的失望，没有兴致继续抄下去了，估量一下歌曲所占的版块，便在右下角，画了一朵尾花。我几笔就勾好了，是一朵漂亮的向日葵。

万万没有想到，这朵向日葵，在第二天早上变成了一个小丑——向日葵被人涂改成了一幅人脸画，一幅蹩脚的小丑。谁干的？几乎没用多想，我就想到了昨天临下班时碰到的那个络腮胡子了。没错，这个人鬼鬼祟祟的，果然没怀好意。而且，他也太嚣张了，在小丑的脸上，直接画上了夸张的络腮胡子。不同的是，小丑的络腮胡子没有刮出青梗梗的青色，而是红黄蓝三色，且人瘦毛长。我简直气疯了，恶狠狠地骂了句什么玩意儿，立即从工作包里拿出板擦，愤怒地擦去了小丑，几乎赌气地又画了幅向日葵。但，随即，我就冷静了，且慢，他为什么要搞破坏？为什么这么明目张胆地挑衅？难道就不怕我找到他？好吧，既然你敢涂改我的作品，我就敢拧断你的手腕！

我决定完成这块黑板报后，就去化验室找他算账。

下了决心之后，感觉像已经拧断了他的手腕一样，有了报仇后的快感。可以，在接下来的书写中，却出现了一些状况，我的粉笔字写不好了。我的一手漂亮的楷书粉笔字，在这天早上怎么也写不好了，手使不上劲，写出的字又歪又软，竖不直，横不平，大小更是参差不齐。我擦了写，写了擦，反复多次，还是找不到感觉。真是中了邪了。我想到了车间里的鹅蛋脸，她要是看到我这副样子，一定会笑话我的。

更让我吃惊的是，我的高凳子没了。

没有高凳子，在书写黑板上半部分内容的时候，怎么办？而且，我想把我那首诗的标题再美化一下，甚至想给整首诗加个花框和题花，效果一定会更好。可没有高凳子，这些工作都无从做起。难道络腮胡子不仅涂改了我的作品，还把我的工具藏了起来？这是完全有可能的。可他能把高凳子藏到哪里呢？我四下里打量几眼，都没有看到高凳子，几处断了盖板的下水道里我都找了，还是没有。这可怎么办？此前从未发生过啊？这家伙也太过分了吧？我下意识地看看我那首诗的标题，天啦，标题也被改了，《献给五一的最美劳动者》，被改成了《献给最美劳动者》。标题是非重写不可了，缺了"五一"的元素，这首诗就失去原有的价值了。

只能去办公室扛一把椅子来了。

事不宜迟，赶快办。

就在我准备去办公大楼的时候，突然觉得自己很傻。去什么办公楼啊？就近去粉碎车间借一把椅子不就成啦？虽然车间里的人我都不熟悉，只要说出我的用途，相信他们也会支持吧？再说了，我可以直接跟鹅蛋脸借啊。

我急转身，从枫杨树下跑过去，拐到了车间的南面，在路过那扇大窗户时，我还朝窗户里看一眼，哈，真幸运，她在。

鹅蛋脸正坐在桌子前，似乎还抬了一下头。她肯定看到我了。我虽然没有停留，但脚步却渐渐减速、渐渐犹豫——胆怯了吗？是的，我怕她认为我是别有用心。

我还是走进了车间。

巨大的机器噪音一下就淹没了我，却没有淹没我紧张的心跳——在噪音中，我的紧张更显得急促而无法控制。

"你好……我……"我强作镇静地走到她跟前，话还没有说完，就发现我的声音被隆隆的机器声又粗暴地驱赶了回来，在我的喉咙里出不去了。

她果然没有听到我说什么。我的声音根本敌不过机器声。她可能只是看到我在说话，看到我嘴唇在动。但是，她的脸怎么突然红啦？是被我的突然到来吓着了吗？她十分拘谨，一双眼睛也充满疑惑和不安。

她的不安，反倒让我平静了。我发现她鼻子两侧的雀斑因为脸红而十分地明显——她脸上有那么多细密的雀斑，我此前从窗户上远远地看她，根本没有看出来。但她脸上的红晕消散的速度也像脸红一样快，并且很快露出一点友好的笑意。

她有礼貌地站了起来。

我不想再说了，因为我做不到瘦主任那样大喊大叫，说了她也听不见。我只是指了指她身边的那把椅子。

她明白我的意思了。但她并没有把自己的椅子让我搬走，而是把主任的椅子搬给了我。这时候我才发现，她的椅子上，有一个坐垫，坐垫的面料，是用各种花花绿绿的碎布拼贴而成的。这个坐垫特别时尚，我们工会的女会计也有这么一个坐垫，是她利用多个早晚的时间缝制出来的，还在上面绣了朵荷花。不知是有洁癖，还是爱护坐垫，女会计的椅子从来不许别人坐。也许，绣这种坐垫的女人都有这种洁癖吧。

我走过去，搬起那把椅子，出门了。

让我惊喜的是，她居然也尾随我出来了。她一定是不知道我搬椅子的用途，才要跟出来看个究竟的吧。或者，她知道我搬椅子的用途，却不知道我的高凳子已经突然不见了，也需要出来看个究竟，弄个明白。

"谢谢啊。"出了车间，我才重新谢谢她。我的声音之大，再次让我感到奇怪了，不过隔着一堵墙，那机器的噪声就减弱了许多。

我故意提高的嗓音，就显得多余而可笑。

她似乎对我表达的谢意不太在意。

我继续解释道，"凳子没了，凳子……抄黑板报的凳子……谢谢啦……"

她听明白了，点点头，说："客气啦！"

"你们车间的声音好大啊。"我没话找话地说。

"是啊……我都麻木啦，对声音都没有敏感啦。"她倒是幽默。

可是，我却不知道怎么往下接了。

停顿了几秒钟——好漫长的几秒钟啊。我咳嗽一声，掩饰自己的尴尬，要说的话还是没有来。我看到她朝东边的路上望一眼。我也转头看去，那条厂区的小路上一个人都没有，两棵巨大的枫杨树的主体部分也被车间的墙体给挡住了，只露出少许的枝叶来。

"你在写黑板报？"她的话仿佛是没话找话。

"是啊。"

"真有才。"她的口气和络腮胡子如出一辙。

"……很奇怪的，凳子昨天晚上还在的，现在就……就没了。"我继续纠结关于凳子的话题。

"是吗？会不会被别人捡了去？"

"会吗？"她用了个特别的字，捡，难道不知道这是我的专有工具？倒是有可能啊，我突然紧张起来，"昨天下午临下班时还在的。"

"没事，先用主任的吧！要用很久吗！主任去厂部开会去了，一会儿就回。"她婉约地一笑，说，"以后尽管来借好了。"

我心里暗喜，常去借凳子，就能常和她见面说话了。

让我非常尴尬的是，高凳子又回来了。高凳子就在黑板的下边，而且就在我要工作的那片区域的下方，几乎就是专门为我安放似的，我可以不用搬动，就可以踩着上去干活了。

"看，凳子！"她也看到了。

"是……是……是，是凳子……怎么回事……啊？又回来啦？"我有点无地自容了，仿佛自己故意玩点小心思似的。

她不再说话，迅速搬走了椅子。

我愣在那里，发了会儿呆。四周并没有人啊。我看了看高凳子。它在几分钟的时间里消失又复出了。一定是有人在捉弄我。对，一定络腮胡子！没错，不是他会是谁呢？这家伙也太损了，太让我没面子了。鹅蛋脸一定以为我是在撒谎？一定以为我不过是想跟她套近乎而已。

当我站到高凳子上时准备工作时，透过窗玻璃，很容易又看到了她。不用说，她依然面窗而坐，在我看她的同时，她向窗外望了一眼，似乎还冲着窗子笑了笑。

早上，食堂门口的水池上，已经有吃完饭的工人在洗碗了。他们把碗筷洗得乒乓作响。

吃早餐的人比较少，许多人睡懒觉还没有起来。我买了稀饭、两根油条、两片油炸馒头和一个卤鸡蛋，还有五分钱的腐乳，量不少，口感也重，是我喜欢的。正吃着，我看到络腮胡子了。真是冤家路窄啊，昨天我找了他一天都没有找到，这会儿却轻易碰上了。

他也看到了我，端着碗，拐了几张桌子，向我走来，坐到我的边上了。

"你好。"他说，一副煞有介事的友好中略带巴结的神态。

我略微点一下下巴，极不情愿地回应着。

他看出我的情绪不正常了吧，更加露骨地说："我喜欢有才华的人……"

"你拿走了我的凳子？"我单刀直入。

"不好意思，借用一下借用一下……"他倒是干脆地承认了。

"还改了我的标题和尾花？"

"什么？"他摇摇头，一副懵圈地结巴道，"那倒没……没，没有，没有没有……"

"没有？"我提高了声音。

"绝对没有……我只是拿走了凳子、拿走了凳子……"

他看我的神情极不友好，赶忙向我解释拿凳子的原因。原来，在粉碎车间南边，隔着一块空地（过去的花园），有一幢掩映在一片水杉林子里的小洋楼，这是当年磷肥厂的主人的住宅，六十多年了，灰色的砖瓦虽然陈旧，墙体虽然斑驳，但依然可以使用。现在，这幢小洋楼成了化验室的仓库，盛放各种试剂和矿石样品以及原始资料。络腮胡子作为化验室的兼职仓库保管员，常到小洋楼里取东西。最近他正在攻克一项研究，需要查找资料并进行试验，便多次往返于这段路上了。因有一箱材料放在阁楼上，需要取下来。但木质楼梯常年失修，损毁严重，所以不敢直接从楼梯走上去。为了确保安全，络腮胡子在昨天早上去小洋楼时，顺手带走了高凳子，完了后又迅速还了回来。如果他说的是真话，那么正是他顺手取走凳子的那段时间里，我到了。但他的话我能相信吗？我盯着他的眼，来判断他的话的真实度。说实话，我是疑惑的，他的眼睛浑浊、无神，可能是熬夜的结果，也可能是惊慌造成的。从他的目光中，我无法断定。不过他工装胸前的口袋里，露出四五支彩色粉笔，还是让我对他的话产生了怀疑。他平时也用粉笔吗？应该是吧？据我了解，有不少部门，都有一块用来记事的小黑板。他们化验室，更应该有这样的小黑板。那么，仅凭他胸前口袋里的几支彩色粉笔，还不能断定是他改了我的黑板报。他既然敢于向我套亲近，并不承认是他涂改了尾花，说明他是有备而来的。事已至此，我也没有必要于揪住不放了。也许坏事能变成好事——至少，凳子事件的直接结果，促成了我和鹅蛋脸的一次接触。从这个角度讲，还要感谢络腮胡子啊。至于给鹅蛋脸造成我故意想和她套近乎的印象，老实讲，也不是什么坏事——是喜欢她才套近乎的呀。

对于枫杨树下的这块黑板报，我比以往更为关心了，也更在乎了。所以，吃完早饭，离上班时间还有半个多小时，我便不由自主地又来到了枫杨树下。我现在不是以一个出版者的身份，而是以一个读者的身份来阅读它了。而且，我把自己想象成鹅蛋脸。如果是鹅蛋脸，她会欣赏哪一篇文章呢？最好还是喜欢我那首诗吧。那可是我的得意之作。我能邂逅她吗？她如果真的来读报的话，倒是有可能的。

然而，我再次吃惊地发现，那枚尾花，又被人修改了，还是改成了小丑状。这不是故意跟我作对吗？也太明目张胆了吧？改了一次，又改一次。而且，这一次的小丑，比上一次更难看，甚至连向日葵外面的圆线都没有保留，而是重新画了个圆，在并不圆的圆圈里，画上了眼睛、嘴巴和鼻子，圆外边，四下放射性的线条一点也不像散发的金光，简直就是一团乱稻草。没错，一定是络腮胡子干的！我毫不怀疑我的判断了。我不仅对络腮胡子乱改尾花的行径特别愤怒，还对他的装腔作势特别讨厌，也对我如此容易就轻信他的谎言而感羞愧。改了尾花，还会改别的吗？我开始在密密麻麻的布满各种内容的黑板报上寻找，果然内容也被改了。改了一个字，把一个"的"，改成了"得"。不过这一次倒是让他改对了。改对了就能改吗？改对了字，却把字写丑了，那个"得"，又笨又拙，还明显比别的字大，破坏了黑板报的整体美。不行，我得去找他算账——也许他还在食堂吃饭呢。

我一转身，愣住了。

我身后站着一个人。在枫杨树下，紧靠着粗壮的树干那儿，站着鹅蛋脸，她还是穿那身我看惯了的工装，蓝灰色的，很合体——总是比别的女工的工装合体，她把帽子拿在手里，长长的辫子搭在肩上。她正看着我，眼睛亮闪闪的很有神采，似笑非笑地红着脸。

我脸上的表情可能是太狰狞了吧，吓着她了，致使她立即收敛了笑容，跟着就是紧张而局促地瞟了眼那枚尾花。

"太阳花，好看吧？我改的……"她说，"这首歌，我也喜欢……唱。"

"啊？！"我在两种情绪的转换中有点艰难地不知如何说话了，刚才的愤怒是针对络腮胡子的，瞬间了解了真相，我本能地转怒为喜了，"哈，这样啊……你会美术？这笑脸的太阳花是你画的？"

"是啊，我在工人文化宫夜大美术班学画画呢，我们老师是朱晓虹。"

这个画风转得也太快了吧？我再次看了看被她重画的尾花，突然觉得不难看了，有了她的"太阳花"，整个黑板报也活了。原来的向日葵，变成了太阳花的大笑脸，是向日葵的夸张版，而太阳花周边放射的金光，更是活泼而写意，有了点睛之笔的意味。

"你把凳子搬走了，不然，我还想给诗歌的标题再美化美化——老师教过我们如何美化黑板报的。"她有些遗憾地说，"这首诗多美啊，这个叫耳东的作者是你吧？是你的笔名？嘻嘻，我猜的。"

我点点头，承认我是诗歌的作者，心里不觉有点美滋滋的。同时，我又想，怪不得，原来她想拿我的黑板报试试手的。我再次打量一眼黑板报，觉得如果有一块黑板报的风格，不同于另外几块，也未尝不可。难道不是吗？我把七块黑板报，几乎画成同一种样式了。这真是一种很笨的操作。便说："好呀，你可以来美化一下啊。我也正好向你学习学习呢——我去搬凳子。"

"到哪里搬凳子？别跑那么远了，去车间搬我的椅子吧。"她听了我的鼓励，情绪也上来了，也有了创作的冲动了。

我跟她一起往车间走去。她走在前边，能感觉到她欢喜的样子。

工人们还都没有来——车间的工人，都是踩着点来上班的。没有机器的轰鸣，车间里静得让人有点不习惯。

我第一眼还是看到了她的椅子，她的椅子上垫着一块椅垫子，很好看，我上次就发现了，并不算秘密。但，在她把椅垫子拿到桌子上时，我发现了她的一个小秘密，镜子。她的桌子上有一面带支腿的方镜子。如果她在办公的时候，把镜子的角度调整得恰到好处，是轻易就能看到车间屋山上那一排大窗户的，如果我探头向窗子里张望，自以为很隐蔽地偷窥她，欣赏她，对她想入非非，其实，全在她的偷窥中了。

五一节的前一天，我知道她要在五一节那天的晚上，在夜大上美术课。我就在她下班的时候"邂逅"了她。我告诉她我也想去工人文化宫玩玩，我知道那里可以溜旱冰，还可以看电影。

"溜旱冰？那多浪费时间啊，你也可以上夜大的美术班啊？嘻嘻，你不学也行，以后我帮你美化版面。"她扶着自行车，看着我，认真地说，"可以吗？"

品　茗

老葛来了。他是来开会的。他来得太早了。

会议室里，只有两个穿制服的女服务生，一个整理席卡，一个摆放纸杯。整理席卡的女孩叫尹小树，瘦高挑，瓜子脸，厚眼皮，一副明显没有睡醒的慵懒样子，她负责把席卡摆摆整齐，却心不在焉地对一个席卡咯咯傻笑，笑声像水淌一样，好听，也有一点点夸张，宽松的白色工作衬衫里，有两只小兔子随着她的笑在跳跃，好欢快的节奏。

老葛正好赶在步点上，听到了她的笑，也看到她青春泛滥的带动衬衫而跳动的身体，虽然只是无意的一瞥，却感觉到了她的欢快。

小树没有注意从后门进来的这个早到的与会者，随口说，还有叫这种名字的，真要笑死宝宝啊，葛首紫，割手指，嘻嘻嘻……割什么不好？非要割手指，做了什么坏事啦？双十一就不用剁手了，帅哥还美女呀？我昨天削苹果真差点削掉了手指头，原来是他在捣鬼。小树说罢，还看一眼自己的手指尖。小树的手指精瘦而细长，指甲上只敢涂上无色的指甲油。无色指甲油不像有色那么扎眼，有着温润而持久的光泽。

另一个女孩咳嗽一声，提醒小树，来人了，别多嘴。

果然来人了，小树吐一下鲜红的舌尖看一眼来者，摆放好"葛首紫"，小腰一扭，屁股一甩，亭亭走几步，把另一个摆歪了的席卡扶正，看到来者正好坐到"葛首紫"的席位上，小树脸顿时红了——刚才的话都叫他听了去，这个人，怎么来这么早？

老葛听没听到小树的话呢？也许听到了，不去在意。也许没听到，刚一进门，哪会那么在意？老葛面无表情，旁若无人地从随身的拎包里，往外掏东西。老葛先掏出来一只紫砂小茶碗，又掏出一只紫砂小茶壶，漫不经心又谨小慎微的样子。

小树因为多说了话，又不知道这个"割手指"的深浅，怕他有过火反应，心窝里"嘭嘭嘭"地狂跳几下。再瞟他一眼，看到他掏出的小茶碗和小茶壶，精美可爱，小巧玲珑，煞是喜人，觉得这人和他的名字一样，怪怪的。没想到让小树惊讶的还在后边，他继续往外掏宝贝，是一只紫砂的小茶托。这三样倒是配套。而最后拿出一个圆形紫砂茶漏，才觉得这个人真是太繁缛了，太讲究了，讲究得有些过头了。这是开会啊，又不是在你家，带这么齐全又典雅的茶具，搞茶会啊？茶艺表演啊？小树心想，别叫我给你拿开水瓶哦，我可不敢服侍你。

老葛仿佛知道女孩的心思，他抬起目光，正好看到墙角茶柜上的几只开水瓶，便起身走过去，自取一瓶开水，回到原座位。他做这一连串动作时，轻手轻脚，悄无声息，甚至有些女人般的轻盈。

小树看这人也是平常的人，相貌平平，衣着平平，甚至面目表情也没有过人之处，装什么×？这是叫人笑话的节奏啊，等会许主任来了，看他还装得下去。

许主任，就是景区管委会主任许保国——听听人家这名字，保国，保卫祖国，多高大上。不过许主任还没来，陆续进来的与会者倒是五花八门、五彩缤纷。小树从许主任嘴里，听说过有些人的名字，虽然对不上号，知道这些人都是本市鼎鼎大名的艺术家、文化名人，一个比一个牛。看看，第二个进来的，一看气质就非同寻常，是电视台金牌节目主持人，叫牛飞，留着油滑锃亮的光头，乒乓球型的小圆脸，驴屎蛋一样的肿眼泡，在电视里满嘴生硬的幽默，像拿着一根痒痒爬，举在你面前，激将道，笑，笑，笑，笑啊，你他×倒是笑啊，不笑老子要咯吱你啦。但人家好歹也是节目主持人，装×也有资本。再说这个披肩长发的刀条脸，小树不仅听许主任说过，还认得，是许主任的座上宾。画院陈院长，著名国画家，善画泼墨山水，常到景区写生，和许主任是老朋友。人家是画家，所以要留长发，还披肩的。才进来的这个穿旗袍的大美女，是作曲家，叫汪丽丽，景区区歌就是她作的曲，区歌的词作者正是许主任。汪丽丽为了给许主任写的歌词谱曲，没少来景区采风，每次来，不是和许主任钻树林，听各种鸟鸣；就是和许主任探溪涧，听溪水流下的叮咚声；或者爬悬崖，听晚风吹过时的树叶的嗖嗖作响，她随身带着录音笔，把这些天籁般的声音录了下来，拿回家慢慢消遣。汪丽丽受这些大自然的声音启示，创作的景区区歌在全国四A级风景名胜区的区歌评比中荣获优秀奖。又进来的这位，虾着腰，缩着手，是青年书法家何大花——这是他的艺名，不管他的书法如何，只要见过他一面，就不会忘记，只要听说他的名字，心里就会"扑扑"

偷笑，一个大老爷们，虽然天生一副鬼鬼祟祟、心猿意马的猥琐神态，也不至于叫何大花啊，以名取胜啊？不过此人不可貌相，和许主任关系非同一般，每次来景区都不会空手，葛藤粉一盒一盒往车上装，脸都不带红的，美其名曰，补肾。看他那样子，腰都直不起来了，补了也白补。小树想到这里，不知为什么脸上一热，联想到那些到处可见的小广告，增大增粗持久什么的，脸上的火苗苗便突突往外冒了。

　　景区的党办主任卜雅芳进来了。

　　小树努力恢复常态，脸上的热度渐渐消退。小树知道，这席卡的座次，是卜雅芳昨天晚上根据与会人员的名单提前摆好的。小树她们一早来，只是按惯例整理下。小树还知道，卜雅芳是来查看一下到会率的，人齐了时，再去隔壁休息室，请出与会领导——今天因为是专家务虚会，没有市里的分管领导参加，最高领导就是许主任。许主任夜里宿在山上的苏东坡小院，和小树她们的宿舍只隔一段曲里拐弯的长廊，中间插着两三座短亭、长榭，风雅得不得了。午夜时，许主任给小树发了微信，让她过去。小树欢欢喜喜地到了他的房间。所以，有关今天的会议内容，小树半夜里就知道了——创"5A"级景区的会，主题就是大家为景区创"5A"出谋划策，畅所欲言，然后上山游览，找差距，提问题，再吃喝一顿，每人带两盒云雾茶和两包葛藤粉，结束。所以没有会标，没有领导，与会者也是许主任亲自点的名，都是宣传文化系统的精英，说白了，都是许主任的朋友。

　　但这个葛首紫会不会让许主任感到不舒服？小树了解许主任，他严谨、规矩，看不惯不拘小节者，更不喜欢太过随意的人。对这种人，许主任的口头禅是，不上套。看看，这个葛首紫正在泡茶——

眨眼间，不知什么时候已经取出一只鼓形的景泰蓝茶叶罐。这种微型景泰蓝茶叶罐，她没见过，大约是个宝物。小树从他泡茶的程序看，不是泡什么昂贵的茶，不过是普通的绿茶，说不定就是云雾茶。如果不是在会场，他可能是个上档次的茶客，可这种时候，在这种场合装 ×，显然不合时宜。难道不是吗？先来的人，面前只有一支笔、一张纸、一只纸杯。而葛首紫面前摆开了茶具，说好听点，是讲究，说难听点，是张狂。小树纳闷了，把葛首紫这名字放进脑子里回放过滤了好几回，就是没有印象。许主任怎么没提过他？也许提过，她忘了。他那么多朋友呢。再说了，这二十来个名单，也不是有一半陌生嘛。小树发现，不止她一个人看葛首紫像遇见外星人一样，许多人看他都表现出不同的神情，或嘲弄的眼光，或鄙夷的神态，或不解，或惊讶，或讥讽，或厌恶，有的甚至还交头接耳，大约和小树一样，也是打听此人的来头吧。小树虽然年轻，也算阅人无数，还真是头一遭在大庭广众之下看到如此丢人现眼的家伙。

在与会人员到齐后，葛首紫的茶也泡好了，他小饮一口，放下茶碗，再续上茶，再饮一小口，旁若无人地享受着，和会场气氛极不搭调。就在这时，许主任在卜雅芳的引导下，健步走进会场。跟在许主任身后的，是两个副主任。许主任跟大家寒暄、入座，一个副主任宣布开会，并介绍今天的来宾，然后，直入主题，说许主任隆重邀请大家来，主要是听听大家对 5A 级景区的可能性建设献计献策，大家都要毫无保留地发言啊。

与会者大多认识，有的还是朋友，即便不是朋友，也相互知道大家都是许主任的贵宾，说话便随便、痛快。许主任一边听，一边不经意地扫视着众人，目光和注意力再回到发言者的身上，对发言者提出的意见表示肯定。而小树有一种担心，担心那个装 × 的葛首紫会破坏许主任的情绪。不幸的是，她的担心成真了，就在许主任扫视中，目光定格在了葛首紫的身上了。此时葛首紫正往他的小杯里注水，然后又小抿一口，毫不在意别人的发言。小树替葛首紫捏一把汗，如果许主任打断正在进行中的发言，呵斥姓葛的，他会不会很尴尬？小树参加过 N 次由许主任主持或主讲的会议，批评景区的各级领导丝毫不留情面，像大人骂小孩一样。他痛快地骂，对方也毕恭毕敬。但那毕竟是在本单位或本系统。今天不同，今天都是社会各界的艺术家，许主任真要动怒，葛首紫肯定下不来台。这不，许主任的目光，看一眼发言者，看一眼葛首紫，表情中有些不解，也有些迷惑。在不解和迷惑中，许主任的目光和表情严肃了。严肃不是好兆头。

还好，小树预想中的"愤怒"没有发生，许主任在每一个人的发言结束时，都会点评几句，有对景区现阶段的不满表示接受，有对批评者提出的问题解释一下，还不时指示做记录的卜雅芳，记下某某重点。轮到葛首紫发言了。葛首紫不慌不忙小饮一口，又续上杯，又小饮一口。会场中发出细微的声息，不是笑，不是嘘，总之，有那么一点声息，是从无数鼻孔里、口腔里发出的。葛首紫沉静一下，开口了，怎么说呢？景区和人一样，体现的是惯常的个性、品质、气韵，保持住了，就是特色，人云亦云，千篇一律，不应提倡，5A 不 5A 也意义不大。有些东西，不应该争，就摆在那儿，给了，应该，不给，也不是你的错，只要自己修行到了，足够优秀，就可以满足了。就说这些，完了。他的话简短而平静，声音也不是气沉丹田的那种，相反，还有些沙哑和低沉。对于葛首紫的发言，许主任破例没有点评。等到下一个人发言时，小树才算松一口气。小树甚至想，许主任的好情绪，都是她的功劳。

发言环节结束后，接下来的活动是上山，现场考察。

众人沿着景区的山道，拾级而上。平时散漫惯了的艺术家们，自然分成好几拨，拖拖拉拉的。预先安排的两个导游，根本应付不过来。好在大家都是当地人，多次来过景区，熟门熟道，多了导游的解说反而生分了，所以小树和卜雅芳就难得的清闲了——她们本来也是导游出身，讲解景区的风景可谓驾轻就熟。特别是卜雅芳，还得到过全省导游技能比赛的一等奖，许主任就曾经直言不讳地叫小树向她学习，还夸她是一杯好茶，经得住泡。小树当然知道许主任和卜雅芳是啥关系了。但是小树不怕，卜主任毕竟快四十岁了，马上就要人老珠黄了。卜雅芳大约也知道此中的微妙，对小树都是很客气的。

山上树绿花红，风光无限。行不多远，葛首紫就形成自己独立的"群体"，成了孤家寡人了。

小树远远地望着，不禁心生同情。这种一瞬间的感觉不知从何而来，按她个性，不应该同情葛首紫，他装 ×，会上那几句发言也不地道，许主任未必满意。可小树内心柔软而敏感的地方被触动了，隐约就向着他了。小树听许主任教诲过，同情弱者是女孩的美德。不知道葛首紫算不算弱者。现在的许主任，正和电视台光头主持人、画院的长头发院长、美女作曲家等人走在一个小集团中，卜主任也紧紧跟在他们一旁——她当然不是插话的，她要听许主任和艺术家们的谈话内容——这也是会议的一部分，形成文字材料时必须写进去。但，许主任似乎并没认真听艺术家们的说话，而是回身张望。山路蜿蜒，藏在密密的树丛里，忽隐忽现。走在石阶上的稀稀拉拉的人流也忽隐忽现。小树所在的位置，恰在一个弯道上，可以望见孤单的葛首紫，在许主任的位置，看不见他。除非许主任的视线会拐弯。那么许主任在望谁呢？小树心里"嗵嗵"地跳，不会是望自己吧？他们有约在先，工作中，不许互相挑逗，不能眉来眼去，要保持正常的工作关系，否则，聪明人太多了，有一点风吹草动，就会被别人识破。小树知道许主任这种人，变脸很快的，就算在山道上望望她，也符合他的个性。许主任可以望，自己得要保持定力啊。小树便假装顺着许主任的目光，朝山下望去——葛首紫就走到他脚下了。这段石阶很陡，几乎呈垂直状，小树看到葛首紫的双肩包沉沉的，她知道他包里都是茶具，刚才无缘由升起的一丝同情，又烟消云散了。活该！小树想，活该！可葛首紫却仰着头看她了，不，是越过她的头顶，向天上望去。小树看到，许主任已经迎了下来，没错，是往回走了。

许主任脱离艺术家队伍，往下走了十来级。他是等葛首紫。

有好戏了。小树想，会上，许主任当着众人的面，不好意思批评他。现在他落单了，许主任不会轻饶他的。可让小树万万没想到的是，当葛首紫超过小树，和许主任会合时，许主任热情地要帮他背包。葛首紫哪里肯，坚持自己背。小树感到奇怪，许主任的茶杯，这会儿都是卜主任帮拿着的，怎么会帮一个装 × 的人背包呢？

包背不成，那就聊聊吧。在许主任的邀请下，葛首紫和许主任便在路边的长石凳上坐下了。

上面就是南天门了，是景区一个重要的景点，自然风光特别美丽，号称人间天堂，两棵大白果树和一棵美人松更是名声远扬。小树的小耳麦响了，她接到卜主任的指令，要在南天门茶楼给他们做茶艺表演。所以，小树再累，也不能像许主任和葛首紫这样坐下来喘口气，而是要一鼓作气往上爬。但她从许主任身边经过时，听到葛首紫的话，又是吃了一惊。葛首紫说，从前这条道，不是这样的，是乱石铺街的那种道，大条青石板，宋人修筑，《隆庆海州志》上有记载，明朝又几次加固，那可是宋时文物啊，可惜三十年前被扒了，修了这种光滑整齐的石阶，就没那个味了。小树不敢多听，袅袅娜娜目不斜视地从他们面前经过了，往石阶上没爬几步，听许主任叫道，小树。

小树娇喘着回首下看。

帮葛老师的包带上去。许主任说。

还没等小树答应，葛首紫就抱紧包，连说，不不不不不……

许主任跟小树挥一下手。小树才又往山上爬去。一脚一个台阶，每一步都费力。小树在心里嘀咕道，吃奶的尽都没有了，还拿包，美死你了！

南天门的意思，就是说这段路通到天上了。路的顶端就是南天门，过了南天门，就到天界了，可见这段路的险峻。南天门虽然在景区的半山腰上，很多当地游客，到了南天门就不想往上爬了。一是南天门是一处较缓的大山坡，像一个大平台，平台上集中了历代修筑的许多名胜，庙宇、道观，错落地分散在高大的林子下，后建的亭台阁榭也布局精巧，还有绿地、人工瀑布，该看的景都有了，而且关键是，人也累了。外地游客就不一样了，他们还以为越往高处走，风光越好，所以一定要爬到最高峰，其实，那里除了有一个最高峰的标志碑外，什么都没有。因此，小树被告知，南天门是艺术家们考察的最后一站，要在紫云阁品茶，用餐也是在紫云阁附近的味芳楼。

小树到了南天门，先在栗桂园吃一碗绿豆茶。绿豆茶是盛夏里消暑的好饮料，现在虽然才是六月初，爬了几千米长的山路，也累得口干舌燥、浑身冒火了。栗桂园的门前广场上，一只只放好调料的白茶碗一溜摆在简陋的长桌上，由食客自己取用。茶碗里的食材，是冰镇过的绿豆饭团，还有一份比绿豆饭团小一半的糯米饭团，加一汤匙绵白糖、一方丁冬瓜糖、一枚莲子、几根红绿丝。绿豆饭团的绿和冬瓜糖的绿、糯米饭团的白和莲子的白，色泽都是不一样的。那几根红绿丝更是别有情趣。先不要讲茶的滋味了，就是看一眼，暑气都会大减。更讲究的是冲泡绿豆茶的水，若要是把它当成一般的冷开水，就大错特错了，那是冰镇过的薄荷水。薄荷水的做法也不复杂，就是早上在山涧里采来新鲜的薄荷叶，洗净后放适量在山泉水里，煮开冷却、冰镇，装进一只水罐里备用。小树端起兑好原料的白瓷碗，走过去，拧开水龙头，一碗甘甜味鲜的绿豆茶就冲泡好了，汤匙搅拌搅拌，坐下，迫不及待喝一口，清凉直透心脾，满口生津，心气随即平和了。小树付了款，这才去了紫云阁。

紫云阁除了大厅，还有好几个茶室，其中最大的那间，叫淡墨痕，能容二十来人一起品茗。由于事先早已约好，小树径直就走进了淡墨痕。长案上，茶具已经摆好。小树稍做准备，只等艺术家们来品茗了。

奇怪的是，一等再等还没有人来，一个多小时了，他们就是爬也爬上来了啊！小树有些纳闷，莫非不来啦？没接到通知啊。小树在耳麦里问，卜主任，我到了。小树的意思，客人怎么一个也没来？卜主任说，好的。好的是几个意思？隐约地，小树听到有嘈杂声，有音乐声，还有说笑声。现在还不是旅游旺季，也不是双休日，景区的人不应该这么噪。莫非是他们？小树便走出紫云阁，重新来到南天门广场上。南天门广场上果然人不少，栗桂园的绿豆茶摊前，坐了好几个人在吃茶。而音乐声，来自东侧的山坡上。山坡其实就是两棵老白果树下的一片草坪，传说两棵老白果树的树龄有两千多年了，一雄一雌，是情侣树，树下的草坪，成为人们必游之地。此时正有一个着松绿色长袍的女子在弹古琴。小树走近了才认出来，此人也是与会者，年轻貌美，有没有发言，小树忘了。小树不懂古琴，但她知道弹奏者一定演技高超，否则，不会有这么多人在围观。她什么时候把古琴搬上来的呢？她穿得如此考究，如此专一，一定是事先准备好的。一曲弹完，现场响起热烈的掌声。有人起哄，让美女作曲家唱首歌。汪丽丽也大方，走到古琴边上。古琴是不适合伴奏的，但万事皆有可能，汪丽丽唱的就是景区区歌，古琴家也会弹奏，居然还搭上了调。也不知是汪丽丽的曲写得不好，还是她唱功不行，总之，演出不算成功。但这又有什么关系呢？汪丽丽的一招一式，都是专业的，就像在舞台上一样。而掌声依旧热烈，特别是许主任，恨不得多出一副巴掌来，难怪，唱的是他作词的景区区歌嘛。而画家已经打开速写本，盘腿坐在草地上，给古琴演奏家和汪丽丽画速写，一勾一撇，几笔成趣，形神酷似，啧啧称赞声在他周围响起。闹哄了过后，美丽琴师又弹起古琴。大家慢慢安静了，低缓的琴音在半山腰萦绕着，绵绵不绝，许多人都沉浸在琴音中。

小树没有看到葛首紫。

小树快速扫过一张张神情亢奋的脸，看到稍远处的等露盘上，背向坐着的，正是葛首紫。葛首紫果然是个特立独行的人，他不跟大伙一起乐，也不听古琴，却跑到悬崖边上发呆。悬崖边上的等露盘，在一个突出的岩石上，一面是数十丈深的大涧。据说，这个等露盘是汉唐时期的古物，是古人在夏至这天，用等露盘里的夜露煮水泡茶，饮后可以消除百病。小树是从不相信这些迷信传说的，等露盘那儿她也不敢去，因为等露盘下是一个大山涧，山涧绿幽幽的深不见底，她看了会头晕。从前她给客人讲解时，都是远远站着的。

　　小树，去喊声葛老师，到紫云阁品茗去。许主任出现在小树身边，他小声说完，径自向紫云阁走去了。小树觉得许主任的话很别扭，平时他都说喝茶的，这当儿怎么突然来了句品茗？品你个头啊！小树不知哪来的不满意。小树不满意也没有办法，还要去喊葛首紫。她走到离他约三米的地方，轻声道，葛老师，许主任请你去紫云阁……品茗。

常来常熟

1

好久不见吴来蔓了。其他方式也没有联系过。偶尔在朋友圈看到她一星半点的讯息，不是转发一个无关紧要的推文，就是在共同好友的微信下点个赞，如此而已，并没有进一步加深接触的意思。但是，盛大博突然告诉我，吴来蔓要去常熟了，参加迷喧的诗集首发式及作品研讨会。盛大博的言外之意，你不来？盛大博是在电话里跟我说的，口气有些拽，也有一点点调侃的意味。盛大博的话很讨厌，本来我已经答应迷喧要去常熟的，他这么一说，似乎我去常熟，就是冲着吴来蔓去的。但我还是实话实说道，迷喧早就邀请我了。盛大博松了口气，说，好嘛好嘛，那就去吧。他说好嘛好嘛的口气，也让我讨厌。

盛大博是一家文化出版机构的副总编。好像五六年前我们刚认识时他就是副总编了。早就说要上位当一把手，一直没上去。他自己说过，吴来蔓也说过，有一两次，似乎马上就要当上了，后来还是副总编。这次去常熟，是迷喧希望我能去的。本来我事情多，没准备去。迷喧说，来吧白老师，我很看重我这本诗集的……盛大也来。盛大，是大家对盛大博的简称（大多数时候称盛老师或盛总），也是昵称。既然这样，那我也不好说什么了。你知道的，迷喧是个诗写得不错的诗人，又是女诗人，又是残疾女诗人，爱面子。她叫我去的意思，无非是想我为她写一篇诗评，她说"我很看重这本诗集"时，声调软了下，带有女孩子的娇弱。我立马就决定去了。这时候，我还不知道吴来蔓也去。其实我应该想到吴来蔓也会去的。吴来蔓一直是迷喧的责任编辑，也一直在盛大博分管的部门工作。迷喧出过三本诗集，吴来蔓没少费心血。可是，盛大博对我和吴来蔓有过误解——虽然很快消除了误解，但彼此心里都有了疙瘩——此是后话，现在不提。盛大博这次主动打电话，说吴来蔓也要去，似乎不是要进一步消除我们之间的误解，而是仿佛误解又加深了一层。盛大博真是不可理喻——他一直都是个不可理喻的家伙。

我们到达常熟那天是周一，入住的是常熟国际大酒店——这是迷喧早就安排好的。在楼底宽敞的大厅里，我首先见到的是吴来蔓。吴来蔓还是那样精致、考究，那条浅灰色小围巾尤其风雅，和她的肤色颇为匹配。她老远就望到我了，一直在笑，还不停地跟我招手。

我请她帮我看着行李，然后去服务台办好了住宿手续。回头看到她正在接电话。我穿过大厅走过去。她电话还没有接完，伸手向我招一下，示意我在她旁边的沙发上坐下。

　　我也习惯性地拿出手机，翻看朋友圈，却对她和谁通话表现出浓厚的兴趣。果然，她是和盛大博通电话。她说，好呀，好呀，好呀，正好为你们祝贺……嘻嘻嘻嘻，等着啊，迷喧开车去接你们了……我们呀？我们在大厅等你们啊……那好，一会儿见。她挂了电话，这才笑吟吟地看着我，说，怎么一点没变啊？我说，你倒是变了，越变越好看了。她对我的夸奖表示了默认。又说，不知道吧？是我让迷喧叫你来的，她对你上两次写的诗评很满意。这回还要辛苦你了。你好好再给她写一篇，我也可以找地方发表。我说，发表不难……主要是我太忙……一定要写吗？吴来蔓白了我一眼，不写请你来干吗？我说，盛大博说你也来的……我才来的嘛。吴来蔓惊讶地张圆了嘴，睁着好看的眼睛，问，盛大博这么说的？我说，是啊。吴来蔓脸上现出鄙夷的笑容，"切"一声，说，这个家伙……哈哈哈，不管他，就算你是冲着我来的……反正我们要吃他的喜酒的——神不知鬼不觉的，他结婚了。哦，这倒是个新情况。怪不得吴来蔓刚才在电话里说"祝贺"他的话了。我假装不经意地观察一眼吴来蔓——我一直以为，吴来蔓会嫁给盛大博的，五六年前就这么认为的，可每一次都落了空。我的"不经意"，还是没有逃过吴来蔓的法眼，她嗔笑着说，你又瞎想什么？我敷衍着说，他这是第几次结婚？第三次了吧？真佩服他啊。吴来蔓再次白我一眼，你太小看他了吧？第五次了。我禁不住"哑"一声嘴。吴来蔓说，羡慕了？我也毫不留情地喷道，说你自己的吧？吴来蔓听了，做出差点晕过去的表情，嘻嘻地笑说，你这情商，我活活给你急死了，白老师，你什么时候能减少点智商提高点情商啊？哈哈哈，不过这样也好，我不喜欢世故的人，也不喜欢张扬的家伙——别得意啊，我也不喜欢你这样的，眼睛这么不识人。好吧，我想，我压根就没指望你喜欢。那么，她说我这样的，是什么样子呢？在她心目中，一定是磨磨叽叽、优柔寡断、心猿意马、左顾右盼、没有主张的家伙。不过话说到这里，我还是愿意上她的当，顺着她的话风走下去，便问她，我这样是什么样？我以为这一脚把球踢过去，她会停不住的，没想到她又一脚踢了回来，你自己知道！话不好再往下说了。我看看门卡——为了转移尴尬，赶快开辟新话题，你住几层？我们上楼去啊？她说，我们应该挨在一起的吧？1026，你呢？我看着门卡说，1030，反正都在十层。她说，你先上去吧，我等等盛大博——我还要看看她夫人长什么样子呢？

2

晚上是接风宴席。迷喧方面很重视，她请来了常熟尚湖诗会的古会长做主持，还有两位当地的著名诗人，一位叫欧阳先生的，另一位叫胡洁。后者在常熟市公安部门工作，以写小叙事诗见长，她的一首写当地见义勇为的小叙事诗，还获得过全国征文比赛的大奖。

我们都坐定时，盛大博和他的新婚夫人还没下来。迷喧有点急，她不停地看手机，恨不得盛大博能从手机里走出来——她刚打过盛大博的电话了，说马上下来。我知道盛大博的马上不一定是马上。马上是个不靠谱的说法。从盛大博的嘴里说出来就更不靠谱了。但是，他会在房间里干什么呢？洗澡？还是办公？洗澡是有可能的，因为我刚才也洗了澡，洗个热水澡可以解除旅途疲乏，对喝酒有利。可是洗澡也洗不了两个多小时啊。就算两人轮着洗了，时间也够充裕的。古会长开了句玩笑，说，再等会吧，人家毕竟是来度蜜月的。在座的人都善意地笑了。迷喧假装没听懂，征求我们意见似的说，我上去请请他们吧？我们都说算了。我们不想让迷喧再跑一趟，一来，迷喧小时候患小儿麻痹，行走不方便；二来，盛大博虽然是贵宾，让一桌人等他，有点过分了，感觉他还没到让主人三请五请的份上。再者，迷喧坐在这儿，丰胸、细腰、鹅蛋脸，很漂亮的，一旦起身走路，一高一低，一颠一簸，身体就成了扭麻花状，就破坏她的美丽了。我在心里也觉得盛大博不应该这样，迷喧在下午四点多时（盛大博入住以后）就给我们每人发了微信，说好六点准时在二楼餐厅虞山厅用餐的，现在都快六点半了，人还没影子。你有什么事忙不完呢？本来只是请你个人来出席首发式的，你带来新婚夫人也未尝不可，这么不尊重主人，就是你的不对了。

盛大博还是露面了。和他夫人双双进入包间时，已经快七点了。盛大博可能也觉得自己过分了，一照面就说抱歉。抱歉抱歉抱歉抱歉，他一迭声地说，还做出抱拳作揖的动作。他生一张棱形脸，说抱歉的时候，棱形脸显得更长了。不过从他的这个表情看，确实是真心觉得对不起大家的。他穿一身合体的新西装，蓝底带浅灰的暗条纹，白色衬衫，挺精神的。在盛大博频频作揖时，他身边的新夫人倒是落落大方地跟大家微笑着。她更是衣着考究，虽然没施浓妆，能看出她的淡妆是经过精心而细致地收拾的。我是第一次看到他这位新夫人。迷喧和古会长等人已经见过了。我由于入住以后就躲在房间里读迷喧送我的诗集（我要准备明天首发式的发言），错过了第一时间瞻仰这位新夫人的机会，这会儿见着，仅从相貌上觉得，她配盛大博绰绰有余了。而且似乎比吴来蔓要大两三岁，有三十七八岁的样子了，她头发略微烫过，笑容是健康的，也是礼貌的，和盛大博的歉意形成挺好的呼应。盛大博在心怀歉意的同时，对于全桌人都站起来迎接他又略有点趾高气扬式的满足，在示意大家坐下后，自己也抖擞精神在预留给他的座位上坐下了——他们夫妇挨在一起。这时候我才注意到座次排序，主持人古会长右首是盛大博，挨下来是盛大博夫人、吴来蔓、迷喧。在古会长的左首是我，挨着我的是胡洁和欧阳。这个安排颇有学问，抑或有吴来蔓的意见。因为按一般的规矩，盛大博和我分坐在主持人两侧是没有问题的，接下来按客人的身份，吴来蔓理应挨着我坐——主人也可能是这样安排的。但吴来蔓这样一调整，就更符合现阶段的形势了，也更自然了——盛大博毕竟是她的上司，陪陪上司的新婚夫人，再贴切不过了，能起到一石二鸟的作用，即既能避免和我坐在一起，让盛大博心里平和一些，又能照应他的新夫人。

常熟的喝酒很自由，照例是主人一番开场白（主要是介绍来宾和陪客的姓名，由此我知道盛大博的新夫人姓王），然后领一杯酒后，就互相敬酒了。盛大博当然是大家敬酒的第一人选了，大家都懂事，敬他酒时，都带上小王了，也正好有了"新婚快乐"的敬酒词。盛大博很得意这样的祝福，都是一口闷。小王倒是矜持多了，有时象征性地举举杯子，有时湿湿嘴唇。一连几杯过后，盛大博的话开始多了起来。本来他就是个多话的人，在任何场合都愿意成为中心人物，加上酒精的作用，更使他神情亢奋了。不过这时候他的话还在他自己的可控范围内，大致都是些场面上的话。待到他主动回敬大家时，明显感觉到他话里有了些酒大的气味。在敬古会长时，说你这个会长好啊，手下都是美女诗人，都是你亲自培养的吧？美女诗人们诗集出版越多，我们来常熟喝酒的机会就越多啊。古会长适时地说，欢迎常来啊，常来常熟嘛。盛大博回应道，哈哈，常来常熟，常来常熟。盛大博在敬迷喧的酒时，一定要迷喧干一杯。我们都知道迷喧不能喝酒。但他依然不依不饶，说我今天就是为你来的，诗集出版是大喜事，你刚才敬我们喜酒，现在我代表我和小王回敬你一杯，新诗出版了，是喜事，那酒就是喜酒了，喜酒是要干的。迷喧在他逼迫之下，只好把酒喝了一半。盛大博不乐意了，走过去，抢过迷喧的酒杯，说半杯酒也当个事，我帮你代了！一仰而尽。迷喧有点难为情。我悄悄观察一眼小王，她还是很镇静，那始终微微的笑意像是雕刻在脸上似的。盛大博没有回到座位上，他开始绕着桌子敬酒了。欧阳是能喝点酒的，不露声色，让干就干。盛大博有些骑虎难下，英雄气概又不能在欧阳面前失去，一连干了四杯。在敬胡洁的酒时，气焰就略微下降了些。我知道盛大博的酒量也就是五六两的样子，他这一番下来，已经差不多半斤了。胡洁在常熟的女诗人当中，算是能喝酒的，虽然绝对酒量不能和盛大博比，二三两酒应该没问题。加上她今天不是重点，前边的酒都是意思意思，留了酒量呢。同时呢，她也是觉得盛大博太嚣张了，在盛大博敬了她一杯酒之后，她假装不悦地将了一军说，盛总，你敬别人都是四杯哦。盛大博哪里受得了这个言语，立即又补了三杯。胡洁这才乐了，也一杯不少地陪他喝了，祝福语也是"常来常熟，常来常熟"。盛大博经过几番鏖战，才杀到我面前。我们是多年文友，经常共同出席一些活动，来到常熟，我们都是客，应该是同一个战壕的战友，这一点他搞得比我明白。他到我面前就冷了脸，老白，你他×打盹不能装死啊，看着我一个人喝啊？你也敬敬大家啊？我这一圈要撑不住……嗝……了。他打了个酒嗝。我担心他现场吐酒（这事他干过），立即站起来，试图护送他回到座位上。我的举止显然惹怒了他，他借着酒劲，说，老白你小子不够朋友啊，我都给迷喧的诗集写了序了，你的评论还没见影子，你以为请你来常熟是光喝酒不干事的？酒也得喝……喝啊……打一圈啊……机会……老子留给你了……你小子……早知你小子……老子……啊？他装疯卖傻的样子，不止我一个人看出来了，吴来蔓也看出来了。吴来蔓毕竟是他的部下，赶快过来打圆场，盛老师，您请坐。盛大博这才骂骂咧咧地回到座位上。盛大博骂我的话，还有另外一层意思，只有吴来蔓能听得出来。他所说的机会，并不是说我没给迷喧的诗集写评论文章，而是指他放弃追求吴来蔓了，言下之意，老子把机会（吴来蔓）让你了，你还不感谢我？早知你这样子，老子就不让给你了。其实，他一直以来并没有释怀，还在误解我。我和吴来蔓之间并没有他认为的那种情感。但我和吴来蔓一直有一种心照不宣的默契。早在迷喧出版第一本诗集时，盛大博就追求吴来蔓了。可以说，迷喧的诗集能让吴来蔓担任责编，也是盛大博故意安排的，目的就是增加他们单独在一起的机会。在迷喧第一本诗集的研讨会期间，吴来蔓为了躲避盛大博的纠缠，故意装着和我亲近的样子，给盛大博造成我是他情敌的假象。盛大博果然上当了。他是个要面子的人。他的要面子，和别人不太一样，不是要争个你死我活。他的哲学是，你看好你拿走，我还不爱要呢，凭我的学问（他自称出版家中最著名的诗人兼评论家）和地位，要找个什么样的老婆找不到？于是，在迷喧那次研讨会结束不久，他就结婚了。他结婚的事，也是吴来蔓告诉我的。为此，吴来蔓还在南京大排档请我吃了一顿，算是庆祝摆脱盛大博的纠缠。后来盛大博怎么又离了，什么时候离的，我一概不知道。三年前，在迷喧搞第二本诗集首发式时，吴来蔓继续装作跟我很要好的样子，我也乐意配合她。那时候，盛大博在喝酒、喝茶和游玩时，就跟我不脸不腔的，我还以为他不过是妒忌而已。没想到又是隔了几年，他这次炫耀地带着新婚夫人来参加活动时，还是对我耿耿于怀。好在，我和吴来蔓都不需要再装了——他又结婚了嘛。但盛大博的话里，还是带有影射的意思，这就不能不说是他的气量问题了。吴来蔓倒是不介意，特别是在酒席这种公开场合，她表面上还是要维护盛大博的权威的，所以她端起酒杯，也仿照盛大博的作风，从古会长开始，依次是迷喧、欧阳、胡洁，每人都敬了两杯。吴来蔓能喝点酒，她的酒量不比盛大博少，她很从容地就喝到我这儿了。依照盛大博"我们是一伙"的意思，她到我这里就打住了，不跟我喝了。盛大博却不愿意，正色道，不行啊小吴，老白和我们不是一个单位的，我们借迷喧的酒，就是主人了，他就是客了，喝！吴来蔓一笑，说，白老师，反正也是要敬你的，我就借花献佛，预祝白老师这篇关于迷喧的诗评，繁花似锦，花团锦簇，影响巨大！话都这样说了，为了营造气氛，这个酒我就不能不喝了。我在盛大博的监视下，跟吴来蔓喝了两杯。这还不算，盛大博又跟着说是响应小吴号召，再次敬了我两杯。

按照一般的酒场规律，酒喝到这里，酒宴差不多就要结束了，主要客人应该主动说几句感谢的话，主持人正好就坡下驴，进行下一个程序。但盛大博显然没有尽兴，在吴来蔓依他的意思打了一圈之后，还要让我向吴来蔓学习，也打一圈。我没听他的。他便摇动他的三寸不烂之舌，带着酒意地说，老白，我都叫你老白了，虽然我比你大大大……大七八岁，你也四十出头了，可以称老了，你还能落在小小小……小吴美女的身后？小吴都喝了，就是引导你你你……你也要跟进的，怎么这点觉悟都没有呢？快快快……快，当着小吴的面，不想混啦？就不要好好好……表现表现啊？他都结巴了，不知是真醉了，还是装的。但我不会听他的，我不表现，我是打定主意不给他面子了。一来，我要让他知道，我不学吴来蔓，我和吴来蔓之间的关系不是你想的那样，吴来蔓不爱你，跟我没得半毛钱关系；二来，我不是你的部下，凭什么要顺着你的意思？三来，我晚上还得把迷喧的诗集看完，草拟个明天下午研讨会的发言提纲，不能因为喝酒而误了正事。另外呢，我料想我不喝，他也不会跟我真发脾气，毕竟他的新婚夫人（据刚才言谈中得知，这是他们结婚的第七天）在场。但盛大博可能真被酒精烧糊涂了，他看我不理他的茬，便把任务落实到新婚夫人小王的头上了。他怂恿小王喝。这是我们都没有想到的。小王也没有想到。但她的惊讶程度好像还没有我们来得夸张，定力比我们预想的坚定多了，基本上保持稳定的表情，似笑非笑，盛大博再怎么怂恿，她就是不喝，连表示一下都不表示，似乎就是不给盛大博的面子。盛大博不甘愿，觉得太没面子了，继续劝他夫人。夫人依旧无动于衷。盛大博明显上火气了，加上酒精作用，他的话也越说越多，越说越激动，越说越不像话了，批评小王道，你你你……连你都不架我势，谁还架我势啊？我我我……我前老婆帮我代酒都代到吐了，前前前……前女友喝喝喝……都喝了（说这话时，他望向吴来蔓，仿佛吴来蔓就是她前女友），人家都喝喝喝……喝到最后，爬着进电梯的。盛大博真是胆大啊，这叫什么话啊？我们都替盛大博担心了，就不怕小王秋后算账？连古会长、迷喧都觉得没趣了。同时呢，我们也都觉得小王太固执了，端起杯意思一下，我们也会给面子的啊，盛大博的脸上也就过来了啊。到了这当口，还是古会长酒场经验多，他以主持人的口气征求盛大博道，盛老师，我们赶下一场，望虞台那边都安排好了。古会长还没等盛大博开口，迅速向大家宣布，进军望虞台，参加第二场活动，品茶听古琴！

3

盛大博果然酒大，上车时连腿都抬不起来了，还是小王和古会长一起合力，把他塞进轿车的。到了望虞台，也是小王把他给扶着才走进茶社的。盛大博腿上打着飘，假装清醒地问小王，这是什么……地方？白酒就不……不喝了，来，来，来……来点……啤的。小王像哄小孩子似的对他说，好呀好呀好呀，来点啤的。古会长一脸的坏笑，还会心地看一眼吴来蔓。我也觉得这个新娘小王的度量真大，盛大博刚才的话够伤人的，她还对他那样好。要是小王像他前老婆或前女友那样，不是喝吐了，就是喝到爬进电梯了，谁来携扶他？不过盛大博所说的爬进电梯的前女友，不是别人，正是吴来蔓。那还是第一次参加迷喧的诗集研讨会的第二天晚上，我们到长江边的一家会所去吃江鲜，吴来蔓回宾馆上电梯时，打了个软腿，并非是爬进电梯的。当时盛大博不在场。他是真喝多了，直接被抬进宾馆的。为了渲染气氛，表示吴来蔓能在关键时刻倾心保主，也让盛大博心理平衡一下，她第二天就对盛大博夸张地表白说喝多了，回来时是爬进电梯的。由于我们都做了证明，盛大博居然相信了。后来，吴来蔓还说，真为他的情商着急。

望虞台的古琴师是虞山琴派的正宗传人，一个穿中式服装的长须光头的中年男人，风度十分儒雅。他端坐于琴前，屏息敛气，拨动了琴弦。琴声刚响，盛大博就很不满意地说，弹什么呀？杀猴啊？真是差，差，差……老子都要吐了。说着，就站起来，打着晃要走。小王赶紧去携他。古会长、迷喧和吴来蔓也去帮忙。一行人就出去了。

这时候，我可不能走。一来我得给迷喧的面子，当然还有古会长、欧阳和胡洁一行了，因为多次来常熟，和他们早就成为朋友了。二来我们得学会尊重。我虽然不懂古琴，但我知道这是高雅场所，高雅艺术，如果大家一窝蜂带着酒气都散了，对茶社、古琴和古琴师都不尊重，我们会被人家误认为是一群乌合之众。再说了，盛大博是因为酒大才被护送回宾馆的，其余人酒都不大，一会儿还会回来的。果然，不多一会儿，古会长、迷喧和吴来蔓就回来了。古会长对我说，小王不让我们送，我叫了辆滴滴。吴来蔓轻轻叹息一声，说，可能要出事。我们谁都没有重视吴来蔓的话，大家都坐下来听琴品茗了。吴来蔓看我一眼，欲言又止地想说什么，可在那样的环境里不便再小声嘀咕了。我的意念中，"出事"二字也只是稍一闪念便忘到脑后了。

果然出事了。

确定出事是在第二天即周二的中午。

因为下午两点钟，迷喧诗集《白云堆上》的首发式暨研讨会就开始了，盛大博是最重要的嘉宾，不仅要坐主席台首席位置，还要做重点发言。但是，他却失踪了。其实，早上他就有了失踪的迹象，这时候大家才恍然大悟——早餐时，盛大博夫妇没到餐厅吃早餐，迷喧还给他们房间打了电话。接电话的是小王。小王告诉迷喧，盛大博昨晚喝多了，还在睡觉。她自己也不饿，不吃了。这个电话表面上合乎情理，其实经不住推敲，盛大博喝多了，你并不多啊。你小王下来吃个早餐，也快的，吃完带个鸡蛋、牛奶或几片面包回房间，等盛大博睡醒了再给他吃嘛。但是谁都没有这么想。我也仿佛觉得，他们正在度蜜月，包里肯定有不少好吃的小零食的。再说了，古会长那句话也可以再延伸嘛，既然是在蜜月期，早上多缠绵一会

儿也在情理之中。上午我们去看柳如是墓时，迷喧又继续打电话问
小王，要不要出去转转。她代盛大博说不去了，上午继续休息。没
想到的是，中午午餐时，还不见他们夫妇二人的影子。迷喧再次把
电话打到他们房间时，接电话的还是小王。小王说，盛大博还没有
回来。还没有回来？迷喧紧张地问，他出去啦？小王说，出去了，
说出去散散步的，一会儿就回。迷喧挂了电话，一脸懵，一会儿回
来？一会儿是多会儿？现在都十二点了，难道午饭也不吃啦？迷喧
在大家提醒下，打了盛大博的手机，更让人莫名其妙的是，他的手
机关机了。再问小王。小王说她打也关机，并且说，盛大博是一早
七点就出去的。那么就是说，小王在早上撒谎了，她说盛大博在睡
觉时，其实他并不在房间。小王为什么撒谎？盛大博为什么整个上
午未归？手机为什么关机？中午还回来吗？下午的会议能赶上吗？
而更让人匪夷所思的是，小王又打电话给迷喧了，她让迷喧放心，
不会有什么事的，下午的会盛大博一定参加。

4

下午的研讨会盛大博到底还是没来参加。为了等他，会议推迟
了二十分钟——不能再等了，因为文艺处处长和文联主席都到了，
不能因为他而耽误领导的日程安排啊。主持研讨会的古会长只好宣
布开会。盛大博的席卡还空在那里。因为大家还有一个幻想，就是
他或许会在研讨会的中途，能够赶回来。

意料之中又意料之外的是，一直到研讨会结束，又一直到晚饭
后，盛大博都没有露面。好在，迷喧的作品研讨会和晚宴都还成
功——如果不算盛大博缺席的话。

　　我们坐在宾馆大堂的咖啡厅里喝茶，等迷喧和吴来蔓带来的最新消息——她俩去小王的房间了。古会长、胡洁和欧阳也一直关注这件事，他们三人在和我有一搭没一搭的聊天时，都试图从我的话里听出关于盛大博失踪的蛛丝马迹。在他们看来，盛大博失踪这件事太重大了，欧阳甚至用征询的口气问胡洁，可以报警啊。胡洁轻轻摇摇头，说失踪二十四小时才可以立案的，再说了，要报警也是他夫人报啊，别人不合适的。我有些茫然，甚至不能为盛大博的失踪提供有益的线索而内疚。但有一点让我们稍稍宽慰的是，小王一直跟迷喧说放心，让迷喧放心，让我们也放心。小王的语调和神情也一直是坦然而轻松的——这也可能是她一贯的作风吧。是的，你从小王的言行上根本看不出她的紧张或有意外事件发生的迹象，似乎一切尽在她的掌握之中。但这同时又暴露出另一个更让人担心的信息，既然你小王知道盛大博的行踪，为什么不和我们明说呢？

　　迷喧和吴来蔓回来了。

　　不用问，没有更新的进展。这两天，我们看惯了迷喧的愁眉苦脸，也看惯她不方便却一直不停地行走。她俩在我们身边的空椅上坐下。我们都看向她俩。她俩略有些疲倦，虽然装容都保持得较好，但精神头明显不在状态。她俩在我们的注视下很有些局促，似乎找不到盛大博都怨她俩了。事已至此，我们在这里待多久都解决不了问题。古会长说，研讨会也结束了，明天早上就是失踪二十四小时了。古会长的言下之意是，既然关键时刻你盛大博都能缺席，现在找到找不到你都无所谓了，明天直接报警，由警方处理得了。

　　夜色已深，古会长和迷喧、胡洁、欧阳他们告辞走了。

　　咖啡座里只有我和吴来蔓了。我看着吴来蔓，觉得她应该猜出其中的端倪。就在刚才，有公安工作经验的胡洁采取排除法推测，盛大博的失踪，和研讨会本身没有关系，和这座城市没有关系，和迷喧也没有关系，和在座的同样没有关系。换一种说法，这是他们的家务事，即小王一定知道他的失踪。既然小王能知道，作为盛大博多年下属的吴来蔓不可能得不到一点口风和暗示吧？但是吴来蔓看我在看她，没好声气地说（这一阵谁都没有好脾气），看我干什么？又不是我藏起了盛大博！我说，刚才我们公安专家胡洁诗人推理说，他的新夫人应该知道他的行踪。我的话音还没落，吴来蔓就说，当然当然，那不是明摆着的嘛。我倒是吃惊了，吴来蔓早就知道啦？为什么呢？我说。吴来蔓说，你傻呀？还为什么，痴子都能听出来……昨天晚饭时的盛大博多丑态百出啊，小王不觉得丢人？他那些屁话，小王不揪住才怪了。对了，没听见？我说，听见什么？吴来蔓声音突然变小了（其实完全没必要），半夜里，隔壁的电视机，声音那个叫响啊，我活活被吵醒了。我也想起来了，确实，今天凌晨两三点时，我突然醒来了，仿佛附近有很大的噪声。由于头一天晚上喝了酒，迷迷糊糊又睡了。经吴来蔓一提醒，记忆的闸门重又启开，我也觉得那巨大的声音来自隔壁。隔壁1028室就是盛大博夫妇的房间啊。我和吴来蔓分别住在他们的两侧，声音自然最先传到我们的耳朵里了。盛大博夫妇把电视开那么大声音干什么呢？显然是为了掩饰别的声音。掩饰什么声音？掩饰他们争吵的声音呗。那么至少可以说，小王是知道盛大博失踪的缘由的。沉默了一会儿，吴来蔓心有余悸地说，白老师，你说盛总这事……幸亏他老婆来了，不然……我可承担不起这个责任啊。我说，跟你没关系的，即便要承担，也是我们大家一起承担！再说了，如果他新夫人不来，也就没有这些故事了。我的话可能触动了吴来蔓，她眼里突然闪动了泪光。我赶紧又是安慰又是赞赏她说，你表现够好的了……

我都没想到你会表现的这么沉稳这么负责。吴来蔓看着我，嘴角荡漾着微笑，轻声说，是吗？……呀，谢谢白老师这么夸我。我听出了她话里的温柔，立即警觉起来。吴来蔓心情大为好转地说，真是怪了，我们这种人……你白老师这么优秀、这么有才怎么也单下来啦？我想说，你也不是单下来了吗？但我没有说。这事我从来就没想明白。再说了，和一个单身大龄女讨论个人的情感问题，那是要谈恋爱的节奏啊。以前那几次来常熟，吴来蔓主动亦步亦趋地跟着我，和我亲切交流，挤挤挨挨，说说笑笑，都是因为盛大博，都带有表演的成分。现在不需要表演了，不用我再配合她了。我呢，因为明天就要离开常熟，赶在后天去沈阳师大参加一个学术研讨会，加上准备加个晚班，把今天下午的发言提纲整理成一篇像样的稿子，就和吴来蔓打个招呼，离开了咖啡厅。

5

一夜过来就是周三的早上了。因为我返京的高铁是早上九点四十，所以早早就到餐厅吃早餐了。正在吃水果时，手机响了，是吴来蔓的。吴来蔓问，干吗啦？我听她的口气奇特的冷静，知道她在装神弄鬼，盛大博一准是有了消息。我忍不住笑说，快讲快讲。她憋不住，还是乐了，哈哈哈，知道啦？消息灵通啊，怎么我就没想到呢？这个盛大博，居然在派出所待到现在，真是应了那句话，不作不死！我一听就懵圈了，派出所？盛大博进去啦？吴来蔓说，是啊，你不知道？我也是才听迷喧说的……哎呀，说来话长，你在哪？我说我在餐厅啊。她说，才七点啊，你真积极！我说我是九点四十的票，早点吃好去车站。她说，等我下，我马上过去。

不消几分钟，吴来蔓就来到餐厅了。我们所坐的位置是一个相对安静的拐角，加上吃饭的人不多，我得以听吴来蔓给我讲了事情的经过。原来，盛大博昨天一早就出门了。出门后一个人在街上瞎逛，心情极度恶劣（大约半夜和小王吵架吵输了，憋了一肚子火气），约十一点时，拐进一家小酒馆喝酒了，喝闷酒，幸亏还记得下午两点要参加迷喧的作品研讨会，没敢喝白酒，喝了常熟特产桂花酒。桂花酒属于黄酒系列，一坛三斤，只有十来度。盛大博喝这种甜腻腻的酒不过瘾，对这种酒后劲估计不足，一不小心就全喝了。不到一点钟出门走到街上时，只觉得头重脚轻，天旋地转，便在路边供市民休息的椅子上躺下了。躺下就睡着了，加上他躺着的姿势不太雅，被一个女清洁工叫醒了，目的是劝他回家睡。没想到三言两语就争执了起来，盛大博更是出言不逊，满嘴酒气，一副醉态地教训起清洁工来。其时恰逢常熟争创全国文明城市的验收期间，满街都是戴红袖标的执勤人员，立即就围上许多人，并有好事者报警。警察很快就赶到了。盛大博一看警察来了，气不打一处来，叫嚣着让警察用警车送他去参加一个重要会议。警察让他出示身份证，他不出示；问他哪里来的，干什么的，他只说从北京来；问他参加什么会，到哪里开会，也是语焉不详似是而非。盛大博不但不透露自己的真实身份，还强势用语言威胁警察，并有暴力倾向。警察无奈，要把他带走讯问。他急了，打了试图控制他的一个协警的耳光。这一动手不要紧，三四个警察、协警一拥而上，按倒了盛大博，还给他上了铐，塞进了警车，送到派出所后，直接关进了铁笼里。起初，盛大博继续嘴硬，在笼子里大喊大叫，后来见一直没人理他，服软了，并且解释自己的行为。但是无论是大喊大叫，还是服软解释，都无人理他。他就在笼子里待了一下午，又待了一夜，到了第二天的凌晨五点钟，值班的一个副所长对他进行了讯问，并预先告诉他，一，你喝醉了，不听城管人员规劝，违反了社会治安；二，你袭击了警务人员。前两点有全程录像。第三，临时滞留你是要让你醒酒的，只有醒了酒，神志清醒了，才能讯问，希望你配合我们的工作。盛大博这才一五一十地回答了警察的讯问。在六点左右时，电话把小王叫了去。小王听了事情原委，以为不过是罚款而已，一听说还要行政拘留，也不顾面子了，赶紧打电话给迷喧，迷喧又叫了胡洁。胡洁正好在这个所工作过，经过协调，没有罚款也没有拘留，在讯问笔录上签了字，出了派出所，这阵子和迷喧、胡洁正在兴福寺吃面呢。

　　吴来蔓的讲述并没有带上个人情绪来贬低盛大博，我甚至还听出了她语气中对盛大博充满了同情。但是我怎么会有一种幸灾乐祸的心理在作祟呢？我虽然觉得我不应该这样，可我内心没有撒谎。我尽力掩饰自己的情绪，用同情的口吻说，怎么会这样呢？警方也太不近人情了吧？盛总怎么不打个电话啊？这个亏吃得。吴来蔓说，他也想打啊，在手机没电之前，也就是他喝酒之前，小王打他电话了，他告诉小王，说他手机快没电了，吃完饭回去。他手机没电还怎么打电话？迷喧和我们后来不是都没打通嘛。你没看小王，开始不是还挺沉着啊？那是她此前接到过盛大博的电话了。我发现，吴来蔓在替盛大博解释的同时，话里是带有点小情绪的，似乎怪我不通人情似的。她又说，你起这么大早吃早餐，是不是要急着赶车啊？好像听你说是上午的车。我说是啊，九点四十的，一会就出发了，迷喧那么忙，我也不让她送了，等会儿我自己叫个滴滴。盛总我也不见了，你代我向他问个好压压惊吧。吴来蔓看着我，犹疑着，才说，好吧，只能这样了……我要陪他们一起回的，我们都是下午三点钟的高铁……那，我们也就此再见啦，你真是个大忙人。……唉，这次这个活动参加的，真是多灾多难、筋疲力尽——本来还想和你聊聊的……好啦，你去收拾下东西吧，听说还有什么纪念品。我去大厅等等他们。吴来蔓走了。我目送着她，回味着她的话，还有她告诉我的关于盛大博的遭遇，心里原有的那点幸灾乐祸，瞬间演变成了五味杂陈。不知为什么，我同情起吴来蔓来了。真是怪事，明明是盛大博的麻烦，我怎么同情起吴来蔓啦？就是因为她摊上了这么一个猪一样的领导？

我匆匆上楼，带着昨天就收拾好的行李从电梯下楼，穿过大厅时，在大厅里四下看了看。我没有看到吴来蔓。或许她出去了，或正在和兴福寺吃面的盛大博夫妇、迷喧、胡洁他们会合去了。想起以前我几次来常熟，到兴福寺吃面、喝茶，基本上是一个固定的节目。兴福寺的面、浇头、小菜，还有泉水泡的虞山白茶，都是我喜欢的。这次没吃成，只能空留遗憾了。但，那遗憾，恍惚又不仅是没吃到面和茶，恍惚和没有在大厅里见到吴来蔓有那么点关联。

从常熟国际大酒店门前打车到苏州北站，四十分钟就到了，换了车票还不到八点半，坐在拥挤的候车室里，心里有些失落。失落的缘由也是无根无绊的。迷喧的微信也到了，她对于没能送我表示抱歉，对于这次活动遇到的麻烦表示抱歉。我倒是替迷喧感到委屈。但遇到这种事也是没有办法的。何况盛大博在这次活动中所表现的不完美（丑态），完全是他自己造成的，损失最大的也是他自己。好客的常熟人有一句口头禅，叫"常来常熟"。我看他下一次还怎么好意思来。就算他好意思来，我也不愿意再和他一起出席活动了。对，我不会再来了，一来迷喧这个活动都是私人花费，且意义不大，我不想再助长她这种行为了；二来我真不想再见到盛大博他们了，也包括吴来蔓——和盛大博在一起，我觉得有失颜面，和吴来蔓在一起，又会产生内疚，挺奇怪的内疚。

我一边胡思乱想，一边仰着脸，看着电子屏幕上不断变换的列车时刻表，觉得时间好漫长，我的那趟车的前边还有七八趟。再看那些匆匆忙忙进来的人群，不少人手里除了行李，还拎着一箱大闸蟹。现在正是十月下旬，是大闸蟹上市的季节。我手边不是也有一箱吗？早饭前我去服务台交房卡、存行李的时候，服务台的服务员让我带一箱大闸蟹，说是一个叫迷暄的女人安排人送了好几箱来，有我一箱——这当然是意外的惊喜了。我发现，旅客们手中的大闸蟹的箱子上，都有几只逼真的螃蟹画，螃蟹们仿佛要从纸箱上爬下来。我眼一晃，看到一箱大闸蟹放到我对面的地上，呵，和我同款啊。我一抬头，看到吴来蔓正向我笑。啊？哈，怎么是你啊？吴来蔓说，我改签了，也九点四十。我继续吃惊地说，你不和盛总他们一起走啦？胆子不小哦，不怕他给你小鞋穿？吴来蔓说，不怕，盛总现在不是我的领导——你别误会，不是我跳槽了，是他竞选上岗时，没当上副总，一个月前就办好了内退的手续。原来这样。吴来蔓继续说，本来我不想说这个的……可为什么要为他保守这个破秘密呢？你说是不是？哈，我好赶啊，就怕赶不上这趟车。吴来蔓擦着脸上沁出的汗，欣慰地微笑着。我突然觉得应该把座位让给她坐啊，便站起来说，你坐。她再次一笑，坐下了，仰着脸说，谢谢呀，嘻嘻嘻……对了，跟你说个事啊，王会长的那本诗集，明年一月也出版了，他让我邀请你一起来参加首发式啊。到时候我们一起来，好不好？

济南行

去济南，不是因为旅行，也没有特别要办的事。目的就有一个，见菜菜。

菜菜当然不是一盘菜了。菜菜是一个人，姓蔡，一个长相不讨厌的女孩。当然，在相约去济南看她时，还是找了一个借口，去看老舍旧居。因为我要写一本类似于"旧时人物"的书，其中有一篇是关于老舍的。老舍可写的地方太多了，限于字数，我只能截取他生活和创作的某个片段。哪一个片段呢？理所当然的，便选择了他在济南齐鲁大学教书和生活的那段时光。我在微信上把计划告诉菜菜时，菜菜一点也没有隐瞒自己的兴奋。她问我多会儿到，我说周末。她说那就是明天啊。我说是啊。她说票买了吗？我说没有，不会网上买票，明天起个大早，到北京南站买到高铁票时，再告诉你车次。她问，要不要我帮你买？我说好啊。她说稍等会儿，我看看票。片刻之后，她就给我发了三张截图，都是北京南站至济南西站的高铁时刻表，七点以前的我就不去考虑了，我选了一个 G11，八点整的，途中时间只用一小时三十分钟，到达济南西才九点半，时间恰到好处。她回复说好，下单啦。我在收到她的购票信息后，通过微信把钱转给了她。她说，急什么。还配了一个调皮伸舌头的笑脸。

第二天早上我刚上了车，就微信告诉了她，又说，方便把我们见面的地点告诉我，我打车去，中午请你吃饭，饭后去看老舍旧居。她毫不犹豫地回复说，我去接你。她要接我，是我没有想到的。因为我知道，从济南西站到繁华市区，还有二十多公里的路程呢。

其实，昨天晚上她热情地要给我买票，也是我没有想到的。我最初以为，作为异性朋友，而且又是比她年长十岁的油腻未婚中年男，她会从内心里排斥我的，之所以还接待，无非是面子上过不去，或她真相信我只是因为要看老舍故居，才要去济南的。她并不知道我内心的小九九——通过断断续续几次零星的接触，我已经有点喜欢她了。从她热情买票和去济南西站接我这两件事情上，看出来她对我的到访不仅是表面热情，是真心充满了期待，至少不讨厌。我能想象出来，我们聊微信时她的样子，一准还是笑微微的，细长而白皙的手指在手机上快速地操作着。在我的印象中，她算不上美人，但耐看，皮肤是小麦色的，嘴略大，牙齿不太白也不太整齐，笑时，右腮上有个深深的酒窝，而左边的酒窝却变了形，成了饺子状，而且是瘪皮的饺子。当然也是生动的、欢乐的。对了，她是一副欢乐的脸型，清澈而灵动的眼睛也很配合她的酒窝，什么时候都是充满了笑意。在高铁上的这一个多小时里，她的生动的笑脸一直停留在我的记忆里。我开始回忆我们认识的过程。那应该是在两三年前吧

（准确时间忘了），我老板和她老板共同招待我们共同的客户，我和她作为很次要的陪客，坐在她老板的客人和我老板的客人身边。我们都没有别人放得开。她尤其的拘谨，担负的基本上是给其他人倒茶的角色。酒喝到较劲的时候，她老板怂恿我打一梭。按说我这点酒量是不敢出头的，但我老板已经喝了不少，有点撑不住，眼巴巴地看着我。我正要豁出去准备肉搏的时候，她说话了，她说，可以拉个网嘛，陈老师不是海边来的吗？撒网应该是你的特长啊。真要感谢她啊。我借坡上驴地说，正是这个意思，来，敬远道而来的珍贵客人，我干了，你们随意。因为前边有了她的铺垫，这一网拉得很自然，也很顺利，而且并不是我干了客人随意，大家是都干了，都给面子。她的老板有点不满意，但也不好说什么。她看气氛又冷下来时，对她老板说，汤总，我也向陈老师学习，拉一网啊？她的老板——也就是汤总——我这时才知道她的老板姓汤——以前我老以为姓唐，连声说，要的要的。于是我看到，她很得体地站起来，端起酒杯，小抿了一口。她没有像我一样干杯，而是小抿一口，自然引起对方的不满了，大家起哄说不行，要干。她照常是说了通干了就醉了，醉了也要干的豪言壮语，干了一小杯。这次招待皆大欢喜，我们阵营里没有醉的，对方阵营里也没有损兵折将。送走客人之后，我想感谢她的圆场。可她已经打了一辆车走了，可能真喝高了。

　　我到了济南西站，还没出大厅，就收到她的微信了，是语音：陈老师你到了吧？我骑自行车去办公室开车时堵了，要晚点到。你就在东进站口等我。外面太冷，你先在里面待会儿，我快到时再打你电话。我给她回了个好，又回了个不急。然后把她的语音又听一遍。她声音很好听，略微沙哑，却有动人的磁音，特别是声线，会在一个平行的拖音中发生变化。我曾被她的声音感染过。那是半年之前的草原之行，她在草原上奔跑欢笑，我还给她拍了照片。她看我拿着手机对着她时，立即不跑了，停了下来，说，你别拍我呀，拍大草原啊，哈哈哈——你要拍就拍吧，别把我拍难看啦！由于看到草原的激动和奔跑时的喘息，她的声音比平时略高了些，恰恰达到她音质的最美处，就像一支美妙的乐曲，直抵内心，感人至深。正如我所愿的，她接着说，好好拍呀，多拍几张，选好看的发我呦。然后她又跑开了。我们同行的还有两位女士，她们就跑到一边拍照去了。我也不远不近地拍她们。就是在这次旅行中，我们加了微信。当时是两辆商务车，拉了她的公司和我们公司的七八个客户，连同她的老板和我的老板，共十来个人，目的地是赤峰市克什克腾旗国家地质公园。还没到地质公园，我们在半道上就玩疯了。晚上住温泉酒店。晚宴是她老板安排的，却叫我去点菜。当然是她的主意了。在车上时我已经把照片发给了她。我选了几张我认为是好看的，有她单独的，也有她和另两个女士同框的。她只回了一个调皮的笑脸。点菜时，我们认真地商量着菜，其实也不是商量，只要我说了一个菜，她菜谱上的照片看都不看，就说好。中间还说，陈老师我顶佩服你。我哦一声，不知道她佩服我什么，是我拍的照片吗？她说，你上次点菜的水平真高，真的，那家饭店我们也请过客，菜一点儿也不好。可那次你点的菜，简直像是换了家饭店。所以我才知道，点菜也是门学问，会点菜的能把一般的饭店点成高档饭店，不会点菜的能把高档饭店点成一般的饭店。我知道她指的我是"拉一网"的那次。她这样鼓励我，我就很有信心地点了一桌菜。喝酒时，主客果然都满意。也是在这次酒宴上，我们都暴露了身份。先是她的老板，不知怎么说到我的前女友。这倒是我乐意听他说的。说我前女友，说明我现在还单着。我乐意让菜菜知道我的单身。可有人起哄说，说说是哪一个前女友啊？汤老板说，我也忘了，陈老师的前女友，连他自己都记不清了。这一句我就觉得不一定是好话了。汤的意思，无非说我滥情嘛。那么她呢？菜菜呢？有前男友吗？汤老板不会拿他的助手说事开玩笑的，我的老板也不会说。但她的另一个秘密还是暴露了，这便是年龄。席间一个客人说他现在到哪里都是老大了。我不服气，看他像个75后。汤老板果然当场揭露了他，说你不过是75后，我和老陈可是70后，70后都没敢说老。汤老板可能把自己人给忽略了，又说，这桌上都是七十年代的。我立即纠正他，说错了吧？要罚酒的哦。汤老板反应也够快，抱歉地对他对面的菜菜说，不算你。我连估带猜地说，人家是85后。她很不好意思地自嘲说，八五也不下了。那我就知道了。我说，属牛？她颇颇点头。我讨好道，这就对了，到了草原，就到你老家了。她开心地继续点头。因为这次草原之行就是放松，所以席间的气氛也很好，我还调侃了汤老板，我说，汤老板，你这个班子最好，有汤有菜的，就差一碗饭了。再物色个姓樊（饭）的助手，就全了，有汤有菜有饭，配合一定好，生意一定红红火火。没想到我是惹火烧身，因为我的名字里有个"凡"字，被菜菜立即抓了个现形，说，哈，那就差你啦！不知为什么，我发现她脸红了下，立即低头，假装吃东西了。好在我的老板立即打岔说，自家人别挖墙脚啊。

我的手机又响了声，一看，是菜菜的微信语音：陈老师我马上到，你出来吧。

上了菜菜的车，心情格外的好。一来是济南少有的青天白日，二来她黑色羽绒服里穿了件红色毛衣，挺喜庆的。而且，她车里没有烟味，有一股淡淡的清甜的微香。她看我手里拿着一个杯子，便把车挡边放杯子的位置腾出来，说，放这里。

出了济南西站，车子行驶在济新大道上。她不断地变道、超车，熟练地把握着方向，问我，我们先去哪里？我看了眼时间，还不到十点。我说可以先去老舍旧居。她说好呀，我查过了，南新街老舍旧居离我们公司不远。那地方是老城区，不好停车，要不，把车停我们公司，步行去怎么样？好像只有一点几公里。这个计划当然很好了，我没有不赞成的理由，说，步行好啊，可以看看老济南的街景。她说，济南呀，就是一个大集镇，建筑啊，街道啊，就两个字，土气，真没什么好看的。我说，哈，我喜欢济南啊。她说济南有什么好喜欢的。我想说，济南有你呀。但我没说，觉得这话还不到要说的时候。便扯道，济南啊，有大明湖啊，有趵突泉啊。她说也只有这些了。不过呢，还好。我说就是嘛，别不满足。她说我并没有不满足啊，我只是觉得我们济南还可以更好……路左边就是我们公司了，就是这幢楼，从前边红绿灯拐过来就到了。

车子在院子里停好。她拿了我的杯子，说，上去加点水吧？正好认认公司的门。我说好啊。拿了包下了车，跟她横穿了院子，走进一个很隐秘的小门，又穿过一条长长的过道，掀起厚重的门帘来到一个大厅。在穿过这条幽暗的过道时，她放慢脚步跟我说话，我们的胳膊就若即若离地相碰到一起了。她说，走这儿近，外面大街要绕一大圈。在说话和向前行进的过程中，我们又碰了好几下。虽然我们都穿着羽绒服，那种碰撞，还是能够确切地感觉到，让我产生了异样感。我觉得她是故意的。这是个好预兆啊。我特别希望这样的异样感能持续下去，我就能趁机拥抱她了。可是这条很长的过道还是短了些，又掀开一道门帘，就是一个大厅了。那儿，这是正门。她说，呀，双休日电梯没开，我们走上去吧，三楼。走走也好。

她带头走在了前边。

她公司的办公室不小，里外各两大间，有十来张办公桌。因为今天是周六，没有人来上班。我们进门时，还略有些灰尘味。我在门旁边的沙发上坐下，看着她去墙角那儿开了饮水机的开关。她走回来时，笑着抱歉道，没有好茶叶哦。我说，我有。我把放在沙发另一头的双肩包拎过来，拿出了一盒在高铁上刚开封的云雾茶。她说，好茶吧？我说还行。她对着我的茶杯说，要换一杯？我说不用了，高铁上泡的，还能喝。她便把我的包移一移，在我身边坐下了。三人沙发，让我的包占了靠近扶手的位置，我们便离得很近了，她身上的甜爽味取代了灰尘味。她从茶几的下层拿出一包一次性纸杯，又恍然地说，纸杯泡茶不好吧，我有杯子哦，还是新的呢。她又离开沙发，去拿了一个带盖的玻璃杯子，打水把杯子洗了洗，正好水也开了。她过来给我的杯子续水，又拿起云雾茶。我说不能先放茶，你先倒一点点水，凉一会儿，再放茶。她说，是吗？我说云雾茶是绿茶，嫩，开水会把它泡熟了，减少香味。她呀一声，说我也学了一招。我们喝了会儿茶。她夸我的茶好。我夸济南的水好，可惜这是桶装水，要是喝一杯趵突泉的泉水泡的茶，那才是好水配好茶啊。她说好办，我们看过老舍旧居，直接去趵突泉，喝一个下午都可以。她的话，像是知道我喜欢泡茶馆一样。我们边聊边饮着云雾茶，有一搭无一搭地说了其他话，在说到她济南的公司时，她纠正我说，不是她的公司，还是汤总的，她只占百分之十五的股份。我说那也投不少钱吧？她说没有呀，老板送的，没投一分钱本金，年底参与分红。汤总真是精明，我想，这样就把人心给笼住了，就能死心塌地为他工作了。接下来，聊天的范围进一步扩大，比如我问她去年分了多少红。她说十来万吧。不过她还没拿到现款。汤总说她现在不用钱，等需要时给她。随时需要随时给。这又是汤总精明的地方。但是，我却为她多了分担忧。这种承诺往往是不靠谱的。我说你可以在济南买房啊（这句话很关键，起到一石三鸟的作用）。她说我也想啊，可济南的房子也限购了，而且没有好位置。济南人都说，住东不住西，住南不住北。可我就喜欢西边，靠高铁站附近的，去北京也方便。我现在租的房子也靠西哦，有啥呀。我附和她说，就是，住哪里哪里就好，看和谁住了。我要是想定居济南，就在高铁附近买一套，出行多方便啊。她很赞同我的话，同时问，你会在济南买房？可能是这句话太露骨了，为了掩饰自己的冒失，赶快看了眼手机，惊讶道，呀，都十一点啦！我们是先去吃饭，还是先看老舍。我说随便，济南都有啥好吃的呀。她说济南啥都不好吃。又笑着说有你在，点啥都好吃。要不这样吧，我们步行去老舍旧居，路上遇到什么吃什么。要是不想吃，看完故居我请你去吃鲁南小镇，我家乡的口味，不过得回来开车去——靠我住的附近。我非常赞成她的安排，特别是末一名句，让我多了些想象。她说那就走吧，包不用带了，杯子也不带。

　　老舍旧居确实不太远。她拿着手机导航。我们走一阵大路，便拐进一条小巷，又走了一会儿，便拐上南新街了。在路上行走时，也发现了几家饭店的招牌，确实看不出有什么特色，她提议要请我进饭店吃点，都被我拒绝了。我惦记着鲁南小镇。听店名也许一般，但她说是她家乡的口味，我倒是愿意尝一尝的，至少她会满意的。只要她满意，这顿饭就不算亏。如果也对我胃口，那就赚大发了。关键是，鲁南小镇离她住的地方很近，吃完饭可以去她的住处看看，如果……能住在她家当然就完美了。这次济南之行，最大的心愿，或者目的，不就是这样的吗？即便不能一步到位（她也有着女孩特有的矜持），只要她同意我住在她家，那也说明她在某个方面已经接纳我了。所以，当我在路上看到一家叫城南旧事的馆子时，我根本假装没看见。这个城南旧事，也可能适合我们两人此时的心情。但比起鲁南小镇，还是差了点。我这样想，并不是轻佻，或不正经——老实说，我是爱上她了。自从和前女友分手以来，还没有一个女人让我如此认真过，如此用尽心机。是的，对菜菜，我是真的动心了。以前零零散散的几次见面，都是别人安排的场合，我们无法近距离分享对方。但正是这样作为旁观者的观察，才让我们彼此好奇吧？我心里就像被投进了一块石头，荡漾着的涟漪不小心荡到了脸上，被她发现了，她说，想什么呢，乐的。我想说和你在一起能不乐？可说出来的却是，感觉快到了……老舍旧居。

果然就到了。

老舍旧居的门是朝西开的，灰色的门楼和砖墙，有一点旧时感觉，挺好。我给她拍了张在门厅里的照片。她也给我拍了张。我想来张合影。可没有一个参观的游客。我又对着墙上的碑刻拍几张。旧居的院子不大，正房三间，还有东厢房和西厢房，分别是一展厅、二展厅、三展厅。我们依次序，看了一遍墙上的图片。内容不算多，大约只用了半小时吧。然后我们在院子里，对照图板上说明，看了那口古井，还有老舍和新婚夫人一起养荷花的大缸。菜菜喜悦地说，唉，陈老师，其实当初他们住在这里蛮好的。我说当然，大学教授，著名小说家，新婚夫人——收入高，美人相伴，幸福生活啊。说罢，我还看她一眼。她突然扑哧一下笑了。没等我问她笑什么，她就自我坦白道，你发现没有，当初他们结婚的时候，就算用今天的标准来看，也算是大龄青年了。我觉得也是。她这样说，是不是把她和我都扯到一起啦？

出了旧居，我们在门口巷子里又流连一会儿，有点恋恋不舍的意思，才沿着巷子向北走去。右边的人行道太窄了，两个人根本无法并排走。可她偏要和我并排走。我们的胳膊就不停地打架。我乐于这样，她也乐于，因为我们要说话。试想一下，如果一前一后，如何说话？我对着前边的空气说，她对着我的后背说。或她对着前边的空气说，我对着她的马尾巴说。也或许呢，是为了让我们的胳膊互相打架，她才有话要说吧。她说，近吧？巷口对面就是趵突泉公园了。我说真好，这么方便。她说找个地方吃饭吧，你一定饿了。我说公园里有面馆吗？她说好像没有。又肯定地说，没有。我说买块煎饼吃吧，我喜欢吃济南的煎饼。她说那还不简单，鲁南小镇，晚上请你吃个够。我说超市里没有吗？这些小超市？她说超市里的都是机器煎饼，不好吃。我说先吃不好吃的，晚上再吃好吃的，有前边不好吃的一对比，好吃的就更好吃了。她扑扑笑着，说对对对，终于赶上一步，抱住我的胳膊了，她的笑还在继续，我的胳膊在她笑声的带动下，也在颤抖。说话便突然停止了。这样走了一会儿，前边正好有家便利店。她说那好吧，中午就请你吃块煎饼，以后可别说我小气啊。我说我还怕你骂我不请你吃大餐呢。说笑着，进了便利店，三块钱买了一包煎饼。

过了马路，就是趵突泉公园了。

我一共花八十块钱买了两张门票。四十块钱一张不算贵，高铁上的一盒饭还五十了，菜菜还让我省了中午的午餐钱呢。我并不是要这样算细账。我的意思是，能和喜欢的女孩一起逛闻名遐迩的趵突泉公园，是多少钱都买不来的。而她又不是一般的女孩，下次再见时，我们各自在对方面前的身份就变了。我不再是一个油腻中年男，她也不是大龄剩女了。我们进了园门往右拐，先去了一个园中园，看了画展。对画我们都不太懂。和不多的游客一样，我们对园中的蜡梅产生了浓厚的兴趣。特别是菜菜，她说来济南三四年了，虽然北京济南来回跑，济南不能说不熟，却一直不知道趵突泉有这么多蜡梅。关于蜡梅这种神奇的植物，她懂得比我还少，一边拿着手机拍照，一边说，大冬天的，怎么会开花呢。我说蜡梅蜡梅，就是在腊月里开的呀。她查了下手机，噫一声，说，今天是十二月初三，还有二十多天就要过年了。真不高兴过年，一到家他们就问来问去的。我也有同感，但也许今年不会不高兴了。我想。我们又看了李清照纪念馆，从园子的西边绕过来，找到了趵突泉。我们选了一个最佳位置，趴在栏杆上看泉。那三股泉水不知疲倦地往上涌。我想起张宗昌的一首诗：趵突泉，泉趵突，三个眼子一般粗，三股水，光咕嘟，咕嘟咕嘟光咕嘟。我的声音很小，就在她的耳边，只有她一人能听到。她痴痴地笑，说到底是文人，张口就来。我说不是我写的，是张宗昌，当过山东省主席。她说哈，这样啊，等会儿百度他一下。看，那条鱼。她指着一条身上带着大白花的肥鱼。我也看到，那条鱼正垂直在水底的石壁上。她说，真神奇，还能保持这样的姿态。我说它在吃东西呢。她说可能吧。水很透，很清，不管多深都能见底。我们又互相猜猜水有多深，我猜一米五，她猜两米。由于没有裁判，也就没有结果。

终于走进趵突泉边上的茶社了。偌大的茶社里空荡荡的，只在东南角有三个人。我们在东北角的位置坐下来。服务员送上来一张茶单。我觉得，喝茶不仅要品茶，还要看。我喜欢绿色的茶叶在清透的水里慢慢舒展的样子，特爽。茶单上的龙井、碧螺春都很贵，一百多一杯，只有日照青便宜，分两种，五十块钱一杯和三十块钱一杯的。我对菜菜说，我们喝绿茶，日照青可以吗？我把茶单放在她面前，她并没有看就说可以啊。我对服务员说，两杯日照青吧，这种的。我把手指点在五十的位置上。服务员说可以，却站着没走。我才知道要先交钱。我赶快拿出一百块钱给服务员，对方说正好。菜菜这才说，呀，这么贵。我说不贵，这么好的水，这么好的茶。菜菜的表情还是嫌贵了。我表示无所谓地笑笑，心想，好水我是确定的，说茶好，我还有点疑惑，因为日照青毕竟不常喝，而且北方绿茶的火气都大。待两只高高的玻璃杯从茶托里移到茶桌上时，色泽果然不错，透，让人怀疑这是不是水，叶子是鲜艳的绿，亲切，晃眼。菜菜惊讶地啊一声，拿着手机对着她的杯子拍照。我想起放在她办公室里的那盒云雾茶，配上这个水，品质又会上一个台阶的。菜菜拍了照片，说，我都一两年没在朋友圈发东西了，今天要发一回。我说我也不喜欢在朋友圈乱发。她说我不乱发，我只发一杯茶，一枝蜡梅花，谁都不知道是在哪里，对了，我发三张，我看你在老舍旧居里拍了墙上的碑刻，我也拍了，没有一张好的。你发几张给我选选。我便把照片发了她，还给了她的建议，选那幅刻有："骄傲自满是我们的一座可怕的陷阱；而且，这个陷阱是我们自己亲手挖掘的。"这是老舍的名言。她说好，又乐了，哈哈，这格言像是在提醒我们啊。陈老师，我选照片，你想词。我随口就来，暖冬、阳光、清茶。她操作了几下，说，好了，你不要点赞啊。我说好。我知道她的意思，我们会有共同的好友，我一点赞，容易被人怀疑我们在一起了。在她看来，显然现在还不是公开我们私聚的时候。这倒是让我欣慰，至少她把我们的这次秘密约会当回事了。我看了她刚发朋友圈的三幅图，一枝背景是蓝天的蜡梅，一朵朵黄色的花骨朵儿大小错落，很有诗意，那最大的一朵，叶瓣已经裂开了，跃跃欲试的样子；一幅是刻有老舍名言的碑刻，画面和刻痕里镶满了阳光；一杯养眼的绿茶，仿佛能闻到飘逸的馨香。我夸了句好，端杯小饮了一口，品品，说，不错。她也开始饮茶了。但她望望我的茶，又看看她的茶，奇怪地说，你的茶色怎么有点暗、有点深啊？瞧我这杯。我也仔细看了看，确实，她的那杯更浅清些。她又嘻嘻笑道，我是浅的，透明的，你呀，老谋深算。我说，我老谋深算都被你看透了，说明你更……她不等我说完，直摆手，好了好了，说不过你，嘻嘻。聊天是随意的，轻松的，主要说她公司的一些事，说选题，说策划，说渠道，说回款，说济南的人力成本比北京低了一半（这可能就是汤总把同类型的公司开在济南的原因吧），说有很多合作伙伴不理想，总之是各种不顺。我附和着，表示认同她的观点。她一边说话一边看微信，说几分钟就这么多点赞了，说有人问我在哪里呢，嘻嘻，我不说，憋死他们。我不停地给我们的杯子续水。屋里的温度很高，我们都脱了羽绒服。有一度，我们突然都没有了话。又一度，我们争着同时要说什么，最后她说你说，我说你说。我们又一起偷乐。我们坐了很久了，感觉看老舍旧居和逛趵突泉公园的时间加在一起，都没有我们喝茶的时间长。茶都喝淡了，这时我才想起来，刚开口，她也开口了，我们几乎同时说，煎饼呢。哈哈哈，我们都笑了，声音响了些，感觉不好，四下望望，茶社里零散的喝茶人并没有注意到我们。她伸下舌头，声音小到不能再小说，吃煎饼啊。我说好，当茶点吃。她从一个椅子上拿出那个塑料袋，取出一包煎饼，揭了一块给我。我用手撕着吃，哈，真香，越嚼越香。我夸煎饼好吃。她又说，晚上让你尝尝正宗的鲁南手工煎饼，那才叫香呢。我相信她的话。

我们吃了会儿煎饼，讨论着煎饼卷甜葱好吃，还是卷老干妈好吃，还是卷虾皮好吃。服务员悄悄过来，善意地提我们说，五点半就下班了。我和菜菜同时看看手机，五点十分了。时间好快啊。菜菜把手机放回桌子上，说我去去洗手间啊，手机放这儿。我说没事。在菜菜去洗手间的时候，她的手机发出震动声，可能是消息、微信什么的。她回来时，一边用面巾纸擦着手上的水，一边说，你也去下洗手间吧，我们准备出发。我起身时，提醒她道，你手机振动了，看下。

回她公司的路程感觉比来时长了些。一来可能天色已晚，气温下降得多，有点凉意了。二来可能是她的情绪略略地有了点变化。这种变化，不是恋爱中的人是体会不到的。比如她的神情会有间歇性的停顿。比如她看手机的频率比先前多多了，其实手机上什么信息都没有。比如她的笑声和快乐的样子打了折扣了。比如为了照顾我的情绪而强装出来的笑和愉悦。她的变化让我担忧。我从我自己的身上没有找出原因，又从她的角度审视了今天的见面，觉得没有问题。那么——我不太敢想，是因为她的手机收到了什么信息？这是完全有可能的。因为途中，她的手机似乎又振动了，她看了眼，没理会。如果是电话，她该接听啊，如果是短信或微信，也应该回一下吧。济南的街灯和别处的街灯并没什么两样，亮度似乎不够，灰塌塌的。我们走在这样的灯影里，心事和灯影一样模糊。

到她公司时，已经六点了。

她似乎并不急于带我去吃鲁南小镇，也没有像刚来时和我同坐一张沙发了，而是拖过来一张椅子，坐在我对面，端庄而又淑女。她甚至把我们的杯子又重新沏了茶。要是把这杯茶再喝淡了，怕是要一个多小时吧？鲁南小镇还吃吗？鲁南小镇吃不成，她家我更是去不成啦。这样的结果和我的计划相去甚远。我只好试探着说，菜……把茶带上，我请你吃饭去。她勉强笑一下，声音很轻地说，陈老师真对不起……本来说好要请你吃……的，可突然有了急事……我马上就要去办个急事了……真对不起啊。我松了口气，这就是逐客令啊。我突然有点伤感，心里忽地全空了。以前都是我离开前女友的。另外呢，我的前女友并没有像汤总说的那样多，只是有一个同居的年代比较久而已，和她散伙后，在短短一两年内，我确实频繁交往过几个女孩，但并没有进入实质性的交往，严格地说，就像我面前的菜菜，算不上女朋友。这当然是几年前的事了。那时候还不到四十岁。人一过四十，心态就变了，就变成中年心态了。我不再急于寻找女朋友了。可没想到几年前就仿佛似是而非认识的菜菜，却有众里寻她千百度地突然出现了，仿佛她一直都在等着我似的。没想到当我真的处心积虑地要和她接近时，却是这样的结果。好吧。幸亏没有表白，否则，以后见面还不大好处了——毕竟我们两家公司的关系非常要好，两个老板也是多年好朋友。我伸手拎起身边的包，果断站起来，保持风度地说，真是打扰你啦，你有急事……我可能帮不了你了……下次见。她说下次见。又说，马路对面，向西三百米左右，有一家汉庭。我说谢谢，我有办法。我出了门，她又追出来说，杯子，茶叶。我急刹车，心里说，瞧我，还是慌神了。我冷静了一下，接过她递过来的杯子和茶叶盒，看她一眼。她没敢看我。我发现她眼睛湿润了。

我没有住在济南。我突然觉得济南太陌生了。我打了个车，直奔济南西站。

我是在七点四十时，上了济南西开往北京南的高铁的。

我脑子里一直混乱着，糊涂着。坐下一会儿，还没有平静下来。我拿出手机，随便地翻看着朋友圈。突然看到三分钟前的一条微信特别扎眼，汤老板发的。只有一句话，济南，你好！下面是一幅图片，夜色中的济南街景。

我脑子豁然开朗了。

我又往下翻找菜菜发的微信，没有找到。她发微信的时间应该是下午两点左右。可上午的微信都翻到了，还是没有发现她的图片。就是说，她把那三幅图片删除了。

几天以后，又是周末了，我在把手机里的图片往电脑上整理的时候，又看看我在老舍旧居拍的几十幅照片。电脑的效果，比手机清晰多了。在翻到那几幅老舍名言石刻时，发现画面上有些异样，仔细看，我大吃一惊，石刻图片上，影影绰绰的，有拍摄者的影子，就是我的影子。而我的身边，是菜菜的影子，因为角度问题，她的脑袋几乎贴在我的左肩上，而这张图片，正是那天菜菜发到朋友圈的那一张。当时并没有注意碑刻里的影子，太淡了，和墨黑的石碑几乎混淆。即便是现在，不去全神贯注去注意也看不出来，而且影子只是人的轮廓，根本看不清面容，就是熟人也不会认出来。但是，是菜菜发的图，就会被认为是菜菜拍的图片，菜菜拍照时，身边多了个男人的影像，说明什么呢？

我冷静一会儿，在心里问了问自己，我爱菜菜吗？如果是肯定的声音，我不会轻易放手。可是我心里还没有发出任何声音，手机倒是响了起来。手机的声音抢了我的问题。我拿起手机一看，啊，菜菜的电话。我心里怦怦地跳，赶快接通了电话。

一瓶红酒引出的事

"老陈，帮个忙，邀请我去你家聊会儿，十点前打我手机，千万千万！"

老阳在电话里的口气很低，低到我只能勉强听到，而且有点急切和气喘吁吁。老阳就是夏阳。老阳并不老，可二十年前我们就叫他老阳了。朋友们都喜欢这么称呼他，他自己也喜欢这个称呼。他突然让我邀请他来我家聊会儿，我就知道，他遇到事了，需要搭救了。只有我们这些关系密切的朋友，才能懂他。

我看一眼墙上的电子钟，九点五十六了——这事干得，马上就得邀请啊。

我立即拨通了老阳的手机。

"喂——"老阳拖长声调，又装腔作势地惊讶道："老陈？是你啊？啥事？"

"忙啥呢？"我也煞有介事地说，"好久没见你啦，朋友从山上拿来二两好茶，还有慧心泉的水，第一个就想到你了，有空吗？过来品茶聊天啊！"

"改喝茶啦？你有好茶想到我，就像我有好酒就想到你一样——给你带瓶红酒啊。对了，多多也在家，听说你家书多，二楼书房像个图书馆，正好参观参观。"

多多是老阳的老婆，上海一所初级中学的优秀班主任，天天跟学生斗智斗勇，对付老阳这样的艺术家绰绰有余。她要随老阳一起上我家来，我估摸着，这就是老阳让我邀请他来我家的缘由了，或者呢，和他要送我的那瓶红酒有关。那瓶红酒肯定来路不明（或有特别的深意），只有说是送给我的，才能自圆其说。

这些年，我一直宅在家里，写一些我愿意写的文章，过一种清闲的小日子。老阳就曾羡慕过我，认为我的状态极佳，不像他，一心追求太多的钱，然后用这么多钱过烂日子。但朋友们都说，他的话过于矫情，他的日子不是什么烂日子。难道不是吗？老阳是那种在我们这个俗气的世界里难得见到的真正的雅人，他画油画，画具有莫奈风格的印象派油画；他收藏吉他，据说还有一把李宗盛的手工吉他，有一把罗大佑弹奏过《光阴的故事》的吉他；他写诗、作曲、填词，自弹自唱无所不能。关键是，他还有钱。他有钱得益于早期承包了一家五星级酒店的桑拿中心，因为酒店老板只是想靠桑拿中心招揽人气，几乎白菜价包给了他，一包就是六年。谁都没想到二十世纪初的六年中国家经济突飞猛进，六年里他赚得盆满钵盈，又恰到好处地抽身而退，紧接着在新开发的东部城区买了几间门面房，没想到又赶上房价猛涨，又翻手一连炒了几套，如此妙手经营几年之后，坐收门面房的租金，一年就是四五十万的收入。后来又潇洒转向，回归到艺术家的队列里了。大约是在四五年前吧，多多以特级教师的身份，被上海某区的一所初级中学引进，他也随多多成了新上海人。但他的朋友圈还在本市，在上海待不了多久就要回来玩几天。可能正是他不断地回来，才引起多多对他行踪的怀疑吧，多多也会和他一起趁着双休日回来，反正开车也就三四个小时，周五晚些到家，周六周日住两天，周日晚上再回上海。多多说是陪他，实际上带有监督的意思。但有时候，他也会不随多多去上海，而是单独留下来，玩个一周半周的（那多多的监督还有意思吗？那就是警示吧）。我们在一起喝酒或参加某个读诗会时，常听他接到多多的电话，催促他回上海。他都会把手机给我，让我和多多说两句。说两句，意思是证明和我在一起，好让多多放心。

根据我对老阳的了解，他昨天回来，晚上肯定出去见朋友了，喝酒了，而且，出了点小状况，否则，不会出现这种局面——我家有什么好参观的？多多是老师，什么样的图书馆没见过？我觉得我的责任挺重大的。回味一下老阳的电话内容，有两个关键词：红酒；邀请。我邀请他，很自然就实现了。红酒是他带一瓶来，这是要证明红酒确实是为我买的，为了让这个理由充分，我也赶快把我储藏的红酒放几瓶在书房的酒柜里了。

半小时之后，有人敲门了。

果然是老阳和多多。

这真是一对神仙夫妻，老阳瘦高、英俊、长发飘飘，多多微胖、白皙、神采奕奕。我简单欢迎他们到来之后，便领他们到楼上的书房坐下了。我尽量少说话（怕言多必失），只顾烧水泡茶，悄悄观察他俩的一举一动。我已经发现老阳的神情是尴尬的，多多的微笑也不太自然，更主要是，一向讲究的多多，既没有化妆，也没有带包。

多多是老师，平时虽然不是浓妆艳抹，但也都是要精心修饰的，脸部保养、手部护理，一样不差，这回太素了。太素了说明什么？心情不佳呗。心情不佳到什么程度呢？连包都懒得拿了。

老阳拿过随身带的背包，"哗"地拉开链子，取出一支盒装的葡萄酒。

不等老阳开口，我抢先说："你看，又给我带酒。知道我好这口啊？我这儿有法国波尔多 AOC，原瓶原装，来一杯？"

"不不不……"老阳连忙说，"我已经对红酒无所谓了，这是专门给你带的。"

我接过酒，一看包装，全是外国文字。生产日期我认得，1993。我一边假装拼读包装上的字母，一边思忖着刚才的话有没有漏洞，一边想着这瓶好酒是不是小猫送他的？我的话应该没有漏洞，至于红酒是不是老阳的初恋女友小猫所送，我也只能猜测到这儿了。而我话里的用词也是有含意的，我强调了"又"字，说明老阳给我带过酒，我要请他喝一杯，说明我平时确实好这一口。老阳的话呢，更是表明了他的态度。看来我们一唱一和配合得还算天衣无缝，因为我的眼角的余光，发现多多掠一下长发，还扶一扶眼镜，神情不那么绷着了。

我这才放松下来。我和老阳合演的这出戏成功了。

我开始烧水泡茶，讲了这个茶是山民采制的野生茶，水是有名的慧心泉的水，也是今天刚灌装的。我们又聊了些上海方面的话题——这也是我的一个小策略，因为我并不知道昨天晚上老阳干了什么，一瓶 1993 年的红酒又意味着什么，适时地把战场开拓到上海，岔开话题便于顺畅交流。我还尽量多问多多学校里的事。最后，是老阳忍不住把话题又引到自己身上的，他说他最近很勤奋，画了一批画，感觉不错，大约有三十幅。我便怂恿他，可以搞个画展嘛。老阳眼睛突然放亮，又瞬间黯淡，表示三十幅中，有不少是重复的风景画，要搞展览，还得再精练精练，淘汰几幅，再增加十来幅。

话说了不少，茶也喝淡了，我提出要请他俩吃饭。

多多听说要吃饭，赶紧说："不了不了，老爸老妈准备半天了，全是好吃的……陈老师你这茶太高级了，现在才四月下旬，就有新茶，而且是野生的，真是奢侈。其实我更喜欢你的书房，这么多书，真馋人啊，下次来要好好参观参观。"

我把他们送到门口时，老阳趁多多不注意，跟我挤了下眼睛，表示我们配合不错。

2

半个月后，老阳从上海给我打来电话："老陈，好久不见啦？想念兄弟们啊……再帮我个忙，今天晚上七点至八点之间，给我打个电话，邀请我到你那边搞个画展，拜托啦！"

画展的事，此前也说过。现在再说，也是水到渠成。

何况，老阳的事，我是不能不办的。当年他做桑拿的时候，我没少去他那里蹭澡、蹭饭、蹭茶、蹭酒。他早期的画，被他制作成精美的明信片，十二张一函，函套是绸缎封腰的，特精，作为桑拿中心的年票赠品，很受朋友和客户的欢迎。那时候还没有文创产品一说，他的这套赠品，就是用现在的眼光来看，也是新潮的。如前所述，老阳不仅有多种爱好，还会时不时地组织一些很雅的小活动，比如在酒场开始前，他会把他带来的十二张一函的明信片每人分发一套，在大家的赞许声中，跟服务生一举手，就有身穿旗袍的高挑女生给他送上一把吉他，自弹自唱起来。老阳的很多歌都是忧郁的，或带有民谣色彩的。这些歌很好听，但又不知是谁写的（只有我们少数几个朋友知道是他自己的词曲），给听众带来不小的惊讶。他很享受这种惊讶。在这些活动中，更会吸引许多女文青（我们有不少交叉的朋友圈），其中就有小猫，她是一个画家兼诗人。一开始我们不知道她和老阳的关系，以为她和老阳不过是画友或诗友，或两者兼具，后来，才知道他们是曲友，更没想到的是，他们居然是师生兼初恋。老阳当过两年多的大学老师，这是大家都知道的——二十世纪九十年代初，老阳从北师大毕业后，分配到海州师范学院，主讲"思想品德"和"马克思主义哲学"，小猫就是他班上的好学生。这两门课，据说最难讲，却被老阳讲成了海师的名课，学生都爱听。小猫就是被他的讲课深深吸引的优秀学生。后来，他们之间便产生了令人唏嘘的爱情。但他们的师生恋，被比小猫高一班的一个女生扼杀了，这个女生就是老阳现在的老婆多多。多多小用手腕，邀请老阳利用五一小长假去苏州旅行一趟，就彻底把他捕获了。这个故事被老阳一个作家朋友写成小说，题目叫《夏阳和多多的假日旅行》，发表后引起了较大的反响。后来老阳从教师岗位上辞职，去承包大酒店的桑拿房，不知道和这场恋情有无关系。我知道的剧情是，小猫在这场恋情失败之后，埋头苦学，考取了南师大艺术类研究生，专攻美术教学，终于在学业上压过多多一头，这才心平气和地到一所学校任美术老师去了。小猫师承老阳，爱好多样，除了在教学之余画画山水小品外，也喜欢写诗和作曲。另外，她又把自己培养成葡萄酒发烧友了。小猫偶尔参加我们饭局的时候，都喝自带的葡萄酒，据说是外国的什么品牌。但饭局上不谈酒，不是谈诗就是谈画，也会唱一首歌，是她自己作曲的歌。开始我们不知道，后来才发现小猫使用的歌词，竟然是老阳的诗。小猫自己也写歌，不唱自己作词作曲的歌，却唱老阳的诗，这让老阳感动的同时也让我们感动。小猫在酒桌上唱老阳的诗，不知怎么被多多听到了风声，便勒令老阳不许再和小猫来往了。老阳究竟执行得怎么样，不是太知道，至少我们在和老阳一起参加的公开活动（包括饭局）上，不再有小猫的身影了。接下来的几年，老阳成为一个不自由的自由艺术家时，反而和我来往较少了，和朋友们也不像做桑拿时那么频繁相聚了。在这几年间，老阳完成了不少艺术作品，印象派油画、先锋汉诗、具有浓郁美国西部民谣风格的歌曲，还收藏了很多吉他。但女人的敏感和多疑永远是无穷大的，或许多多对老阳依旧不放心，这才有她应聘上海一所小学并把老阳也顺便带走的果敢决定。

老阳要回来搞画展，我自然再一次想到小猫了。关于小猫后来的故事，随着老阳一家到上海定居，我也所知甚少了。小猫也便从我的朋友圈里消失了。她还画画吗？还作曲吗？还写诗吗？还发烧葡萄酒吗？我就是想知道这些，也是无从知晓了。

遵照老阳的指示，我按时打去了电话。我还给他找了个画展的地方——久畹兰。老阳对我的"邀请"表示感谢，对能到久畹兰搞画展，也表示开心。久畹兰是个茶社，也兼做茶艺培训，除了几间茶室，还有一间很大的教室，把教室的桌椅茶器并一并（或临时搬走），就是个理想的展厅了，很适合搞尺幅较小和规模不大的油画展。我知道老阳的画是小画，五六十厘米见方，数量也不多，和久畹兰真的很匹配。何况久畹兰的女老板胡云不仅是我的朋友，也是个崇尚艺术的文化人呢。我便和胡老板联系。胡老板对我的创意非常欣赏，不仅愿意提供场地搞画展，开幕式那天的司仪和嘉宾的茶水都由她负责。更让我感动的是，她正在进行中的三个茶艺班的近四十名学员，也全体出动，捧个人场，烘托气氛。我听了之后，把胡老板的决定，结合我的创意，写成正式的邀请函和创意策划书，通过微信发给了老阳。邀请函上，连画展具体的时间都敲定了。老阳及时回复了"谢谢"。老阳的谢谢从字面上看虽然平淡，但我能感觉到他内心的激动。有了这个邀请函，我私底里认为，他可以名正言顺地多回来几次了，能名正言顺地多待几天了，更能够名正言顺地和朋友们喝喝酒、谈谈艺术了。

接下来的几天里，通过微信和电话，我知道老阳都在紧张地画画，装画框，定制摆放油画的架子。在这些工作收尾之前，老阳又给我来电话了，大致还是请我在某个时间段，打电话请他提前两三天过来，因为虽然画展是在周六、周日两天，布展啊、请嘉宾啊等都要提前做准备。所以我又适时地把电话打过去了。我能猜到，他在接电话的时候，身边的（或隔壁某个房间里），多多一定是听到了。然后，他再和多多知会一声。多多就是有一千个一万个不情愿，也不会扼杀老阳对艺术的追求的。毕竟，一个画展，对于一个艺术家来说，其意义是非同寻常的。

3

老阳从上海回来的第二天，他托运的油画也按时到达了。

还是在昨天，老阳自驾车来到久畹兰——因为事先约好，我在久畹兰喝茶等他。他一进来，我看他一点也不是风尘仆仆的样子，也没有刚刚经历舟车劳顿的辛苦样，不像开了三四个小时的车，仿佛刚从外边散步回来，飘逸的长发，有破洞的牛仔裤，一双高帮的黑色休闲皮鞋和露出来的蓝灰色袜帮，一件不知是时尚、还是洗旧了的白色 T 恤，T 恤上是一个正在演唱的吉他手——仅从装束和形态上看，老阳不像一个年近五十的中年人，倒像是个更年轻的、从本地某个艺术工作室出来的新派艺术家，旁若无人，目空一切，自命不凡。我跳起来招呼他。他迎着我狠狠给了我一拳，使了个只有我能会意的眼神。

胡老板正要征询他喝什么茶时，他竟然要喝葡萄酒，并说，反正不用开车了。我正担心胡老板为难，没想到茶社还真有——胡老板变戏法一样地拿出一瓶葡萄酒，优雅地给他倒了一杯。接下来，我们开始聊正题，又参观了已经腾空的大教室。整个过程，从布展、到开幕式的流程说下来，也就几分钟，感觉他也没认真听，总是一副心事重重的样子。但他似乎很满意。可能是为了感谢胡老板和我吧，他晚上要请客。我看他心里有事，就婉言谢绝了。他说好，等开幕那天再聚。然后，把杯中的葡萄酒一饮而尽，匆匆告辞了。

但是，画到了的时候，老阳却迟迟不肯露面。胡老板打我电话，挺急的，因为明天就是周六了，周六上午十点，就是开幕式了，如果不及时布展，时间上怕是很紧张了。胡老板在电话里跟我说，在画刚一到时，就联系了老阳，可他就是不接电话，联系多次都不接，让我再联系一下。我正准备给老阳打电话时，手机就响了，是老阳！真是心有灵犀啊，我赶快接通。只听老阳说："喂，老陈，麻烦你个事……帮我布个展。另外，如果多多打你电话，就说我刚和你在一起布展……反正你知道怎么好就怎么说，明白吧？先这样啊。"老阳果断地掐断了电话。

这家伙，这事做得，也太大条了吧？看来搞画展，也不过是他的一个借口。但是，什么事比画展更重要呢？什么事能让他丢下画展的布置而去忙呢？我来不及多想，赶快赶到久畹兰，我得替他救救这个场子。

现在，我的感觉，不仅是在帮老阳的忙了，也是在帮胡老板的忙了。对于胡老板和久畹兰来说，画展是一件大事，因为她已经在自己的公众号上推送了一篇文采华丽的预告，她的朋友圈都知道了这场规模虽然不大、艺术水准却相当高光的小众油画展了，点赞的人很多，而且很多朋友都转发了。我也转了，老阳和多多也点了赞。现在，在布展的节骨眼上，老阳却玩起了失踪。

我和胡老板及久畹兰的工作人员，把一个个画架组装起来，再把老阳的作品一件件摆放到架子上，又核实了卡片。在做完这些工作的时候，已经是下午七点多了，就是说，我们忙了整整一个下午。而在这个过程中，老阳一个电话都没有打来。但我还是松了口气，胡老板同样也像完成了一桩大事露出了笑容。我还拍了几张展厅的全景和两三幅代表作，发在了朋友圈，并且在文字说明上，让人感觉是老阳和我一起布的展。

在翻看朋友圈时，我发现很少露面的多多也发了篇微文。

多多在朋友圈的这篇微文引起了我的兴趣。多多只发了一张图片，我一眼就看出来是老阳的画，这幅画截取的是我转发胡老板公众号里的一幅。画面上是一个夸张的人脸。老阳喜欢画人脸，这是我们都知道的。好朋友他都画过，他画的一张我在吃早餐时的造型，虽然有点形似，但变异的太厉害，感觉并不好。老阳准备参展的这组画里，也有几幅人脸，我当然辨别不出是谁了。而多多发的这张，同样变异的厉害，不仅五官不清，连脸型也模糊，仅从色彩上能感觉到应该是个女性。再看多多的文字，我觉得有点意思了："某人邀请我周末回故园搞画展，被我无情拒绝。我冷漠地说，我得回家带猫、撸猫。某人立刻受到一万点暴击：宁愿陪猫也不陪我！猫重要还是我画展重要！天哪，问我这样一个显而易见的问题！亲爱的某人，你辛辛苦苦管理家产事业，挣钱养家，早起晚睡拼命写诗画画，还作词作曲弹吉他会朋友，而我的猫呢？他们只会吃了睡，睡了吃，偶尔打个呼噜卖个萌而已。所以，当然……猫更重要啊！因为你有你的三妻四妾、狐朋狗友，而我的猫，只有我啊！拿自己和我的猫相提并论，是多么的不自量力啊！"

什么情况？多多的这段文字看似风趣幽默，云山雾罩无厘头，让人不知所以然，实则又暗含多重意味，特别是这里的猫，和小猫有无关联系？真不知道他们又在玩什么斗智斗勇的游戏了。

4

老阳还是露面了。老阳在周六画展开幕的凌晨，给我来了电话，要我在七点之前赶到久畹兰，他要换几幅画。

这家伙，不是添乱吗？

这次老阳倒是守信，我赶到久畹兰时，他已经到了，他从车上卸下来的画就靠在久畹兰的电梯间。我们聊了几句，主要是我问他这两天怎么失踪了。他倒是轻描淡写，说没失踪，说画画了。我知道他在本市还有一套住宅，也是他的工作室。但我不相信他这时候还能画画。可他又确实带来了不少画，共十五幅呢，肯定不是这两三天里画的。

等胡老板开门后，我们赶在八点半工作人员上班前，把画换上去了。老阳一副胸有成竹的样子，换哪幅画，直接就把原画撤下，把新画摆上。对于他新换上去的画，老实讲，确实更好，不仅是画的色彩更为准确，构图也有穿透力，还和他一贯的画风不太一样。

老阳对新换上去的画很满意，一连拍了不少照片。

九点以后，陆续有观众来了，有不少是老阳和我共同的朋友。在画展简短的前言上，我和胡云的名字都出现在上面，是以策展人的身份出现的。所以，我们三人一起在门厅里迎接、招呼各路来宾，向他们寒暄问好。让我和老阳都非常吃惊和没有想到的是，混在来宾行列里、穿一身考究裙装的、很出挑的，居然有一张我们非常熟悉的面孔——哈，这不是多多吗？

多多在没有任何预兆的情况下，来了个突然袭击。看她一脸狡黠的笑，我就知道她有多得意了。

但是，我和老阳的吃惊也是不一样的。我的吃惊里，更多的是拌着惊喜。而老阳的吃惊很快就被更大的吃惊取代了。当然，他的更大的吃惊，别人很难察觉——完全被他强装的喜悦掩盖了。只有我能看出他喜悦背后的惊慌和错乱。我觉得我要帮帮老阳，同时还要让多多感受到我的热情——在我的暗示下，多多被工作人员引导到贵宾室了，那里备有茶点、水果和各种饮料。

多多刚脱离我们的视线，或者说，我们刚脱离多多的视线，老阳就快速走到我身边，小声而急切地说："你去和多多聊会儿，稳住她，我要把早上换上去的画再换回来。"

这家伙，又在搞什么鬼？

我顾不得那么多了，因为老阳在我愣神的时候，猛地在我腰眼里抵了一下，示意我赶快去办。

我走进贵宾休息室，对多多哈哈笑道："老阳看到你来了，牙都喜掉了，怎么样，路上还顺利吧？"

"就你会说话——他的牙不是喜掉的吧？是吓掉的吧？路上有什么顺不顺的，到了就是顺的，要是不顺，就到不了了。"

我听出来，多多的话是故意找茬，或者不大想跟我讨论这个事。我问她喝点什么，她说她车子里有水。我要给她来杯咖啡，她说不用。我要给她泡杯云雾茶，她说不喝。我要给她来杯果汁，她更是摇头。我就知道了，她不是不用，不是不喝，是不想用、不想喝。我知道我不能再继续热情下去了，这会让她产生怀疑的。

"还没回家吧？"我还是没话找话地说。

"没有，我妈不知道我来。也不知道夏阳都回来几天了。"多多的后一句是对老阳的不满。

我替老阳遮掩说："这几天都忙布展了。"

"是啊，也辛苦你啦……我看看画展去，咱家老阳不得了啊，闹这么大动静！"

"那是啊……为老阳骄傲吧。"我一边说一边想着，才几分钟，老阳不会还没有换好画吧？为了确保起见，我又劝她吃个点心，还推荐了一款桃花糕，说这是以一个月前的新鲜桃花为主要原料配制的。

"是吗？桃花糕？我等会儿再吃。"

多多还是到展厅来了。

还好，早上新换下去的画，又被老阳换回来了。现在，在展厅的三十八幅画，又都变成从上海托运来的那批了。而换下来的画，转眼不知存放到哪个房间了。

多多一幅一幅欣赏画去了。老阳也在准备接受电视台的采访了。我突然有种冲动，想知道那十五幅画，究竟是谁画的，其实，我已经猜到了，那应该是小猫的作品。老阳想在自己的画展上，在展出的作品中，掺杂十五幅小猫的画，这又是什么目的呢？如果真是这样，对于老阳这几天的失踪，我似乎又找到了注脚。对于多多

的驱车几百里赶来出席开幕式，赶来看画，也就有了一个合理的解
释了。

5

半年之后，已经是秋末冬初了，我还是有一搭没一搭地和老阳
保持着见面和联系，一月一次或两次，不算频繁，不算密集，也不
算疏淡，喝喝酒，品品茶，谈谈闲话——总有说不完的闲话，也会
聊聊他新画的作品（微信朋友圈他也经常发）。说到画，他依然是热
情不减，兴致盎然。偶尔，我会故意提到小猫，说她的音乐和绘画，
甚至她的诗，他会突然停顿一会儿，就像打了一个"嗝"，眼睛亮一
下，神情跟着就黯淡了。然后，说："小猫是天才。"就转移别的话
题了。

有一天，老阳来电话，请我给他作一首歌词。他是诗人，写了
无数首诗，也写了无数首歌词。他的诗，有时候就是歌词。或者说，
他是把诗当着歌词来写的，他在很多场合唱诗。如果谁有兴趣，到
酷狗音乐、虾米音乐、网易云或QQ音乐搜一下，他的歌会跳出来
几十首。这些歌，词、曲、唱都是他一个人。了解他的朋友们都知
道，这只不过是他大量音乐作品的九牛一毛而已，就像我们并不知
道他画了多少幅画一样，展览出来的，不过是冰山一角。一个专业
人士，突然让我给他写词，有点说不过去啊。但是他的理由也充分，
让我写一首纪念我们二十多年友情的诗（词），名字都给我起好了，
《我家住在新浦街》。一听这名字，我就知道什么调调了。我脑子里
迅速出现二十多年来我们相处的点点滴滴，创作的冲动油然而生，
一首三四十行的歌词一挥而就，我得意地通过微信发给了他。他的

反应和我一样，觉得写得很到位，是他想要的东西。第二天，他就打我电话了，要我邀请他参加读诗会，以读我的诗为主的读诗会，还要在读诗会上唱诗，就唱《我家住在新浦街》。并且，和以往一样，让我在某个时段里电话邀请他从上海回来。

我照他的指示，电话打了，邀请函发了，时间就定在本周四。

老阳提前一天到了。照例，跟我们照个面，打几句哈哈，他又忙别的去了。

参加周末读诗会的诗人没有几个，就一桌（十二人），而且人选都是老阳确定的。我到得比较早。但，在比我到的更早的人当中，不仅有老阳，还有多年不见的小猫。

这也算是惊喜了，能在这种场合见到小猫，是我没有想到的。

老阳经常给我们带来惊喜，也偶尔给我们带来小麻烦。小猫今天能在，我首先想到的是小麻烦——老阳就不怕多多再像上次画展那样搞个突然袭击吗？看来老阳是考虑周全的。因为这个诗会不是放在公共场所，比如久畹兰这样的地方，而是一个私人的小型会所，比较隐秘，这是其一。其二，在时间的选定上，是在周四。周四不是周末，多多就是有心要搞突然袭击，也得专门请假了。

小猫也看到我了。她跟我举了下手，幅度不大，只是个简单的示意。我却发现小猫的精神特别不好，脸色苍黄，眼神无光。还好，她脸上露出的笑意（尽管是强装的），还能看出以前的风姿。我走到小猫身边，试图和她打个招呼，毕竟，很多年不见了。但，距离越近，越让我心里意识到小猫确实不是以前的小猫了，她憔悴多了，像一朵枯萎的花。

"你好！"她说。仰着脸看我，并没有站起来的意思。

"你也好啊，好久不见啦！"我说。

"是啊，好久了……"

老阳也过来了。老阳对小猫说："这是老陈。"

"知道的……"

老阳说："能请到小猫，不容易的，等会你主持，我拍拍照片，请小猫第一个读诗。"

"不呀，我是来听你唱诗的，听你唱老陈的诗。"小猫声音很低微。

待我们都坐下后，我收到老阳发的一条微信："小猫身体不好，不是一般的不好，可能活不过这个冬天了。你知道就行了，开始吧，气氛由你掌握，别提小猫的病，也别让她多说话。"

老阳的微信里，传达许多重要的信息，我能感受得到。我悄悄看一眼小猫，看看她的神色。她很平静。即使岁月在她脸上没有留下痕迹，也会在眼睛里和神态上做下记号，但此时，她很平静。

读诗会开始了。我简单介绍了来宾。在介绍小猫时，我特意强调了她不仅是诗人、作曲家，还是画家。我注意到在我介绍她还是画家时，她的眉毛跳动了一下。按照我和老阳设定好的程序，先由老阳唱一首歌。就是我写词的《我家住在新浦街》。老阳显然做足了准备，他在摆好的麦克风前坐好，抱起了吉他，没有别的辅助音乐。只见他酝酿一下情绪，开始弹奏，在并不复杂却异常忧郁和怀旧的一段前奏之后，老阳用带有磁性的、略有沙哑的男中音唱了起来：

> 那夜已近十点
>
> 我骑车在海连路上
>
> 经过当年的麻纺厂
>
> 只是早就看不见

那些雪白的姑娘

我家住在盐河东
华联后边的河南庄
那些年时常来喝酒的兄弟啊
你们如今在何方

谁还会在民主路上
静静地等待一场雪
谁还在曾经的大转盘
唱着轮回的歌
谁还会在陇海线上
聆听遥远的汽笛声
谁还在空旷的蔷薇河
仰望最初的星空

我家住在盐河东
华联后边的河南庄
那些年时常来喝酒的兄弟啊
你们如今在何方

　　老阳深情地唱着，所有人都保持音乐响起时的姿势，托腮的，歪头的，耸肩的，一只手支着下巴的，端着茶杯做喝水状的，像雕塑一样，生怕动一下，产生的一点点动静——哪怕是细微的风，也会惊扰这好听的歌。是的，真是太好听了。我不止一次地听老阳唱歌，唱别人的歌，唱自己的歌，应该说，这一次，或这一首，最让我动情，不仅是因为我写的词，实在是音乐、声调和他的全情投入触动了我心底最柔弱的部分。我禁不住热泪盈眶了。我看到小猫也眼含泪水，鼻翼在微微抽搐。有一个女诗人，竟然两手掩面，饮泣起来。大家都沉浸在对遥远往事的回忆中，仿佛回到旧日的时光里，那骚动的青春，无序的情感，不可名状的忧伤，还有街头酷酷的哼唱，全部蜂拥而至。

老阳演唱后，是读诗。我临时改变了计划，别读我的诗了，读小猫的诗。

小猫推辞不过，要发表感谢的话，她用微弱的声音说了几句，主要是感谢生活，感谢朋友们，感谢父母把她带到这个温暖的人世上，还感谢老阳和我，能在一个特别的场合，展出她的画，虽然不是她的个人展，能以这样的形式亮相，也弥补了她人生的遗憾……

6

当今年的第一场寒流光临小城的时候，老阳的电话不期而至，他声音低缓而沉痛地说："老陈，小猫走了……我要回一趟新浦……明天就回，我要为她唱诗……请你……请你随便找个理由，邀请我回去一趟，晚上六点后都可以打我手机……"

我听到老阳哽咽着，没有说下去。但，我听明白了。挂断了电话，我看一眼时间，已经是下午五点十分了，想个什么理由呢？我脑子里突然出现了空白，啊……难受吗？还真的很难受，邀请多年的好友回一趟故乡参加朋友的葬礼，居然要用这样的形式。

电话打完不久，我又想起一个事来，给老阳发了条微信："那瓶红酒，我替你保存着了，那是 1993 年的酒，我知道，那一年对于你们一定有着特别的意义。"

猫　脸

她学着猫叫："喵——喵——喵——喵——"

根本不想停下来，她节奏均匀，气息平稳——把声音憋着喉咙的深处，让声音贴着口腔缓缓而出，每叫一声之后，都拖带一种悠长而好听的韵律，深情，婉转，余音不绝。

我没有看到猫。我看到的，只是她撅起来的肥硕的屁股。我是在跑步时听到她的声音看到她的屁股的。她屁股裹在修身的长裙里，被枝叶打散的一束光，正好落在她屁股上，我无法细看，因为我无法停下来。我停下来，看一个逗猫女人的屁股，怕引起对方的不悦。如果她再漂亮，勾起我心里欲望的魔鬼，动了邪念，就是犯错误也未可知。所以，我丝毫没有犹豫，就从她屁股边跑过去了，我身后还不断传来她拖着长音的尖细而暧昧的唤猫声。或许她本身就是一只猫吧？

"喵……"

夜色已经很浓了。清明已过了几天的四月，春风十里的晴朗之夜，处处弥漫着花粉香和新鲜树叶、草芽的气息，我在"非中心"的便道上已经跑到第三圈了。"非中心"是一个庞大的商务区，数得上名号的公司有几百家，沿着围栏内侧的，是一圈平整的柏油路，路两边是各种茂盛的植物，还有高大的道旁树。透过道旁树和修剪出不同形状的四季常青的观赏花木，能看到一幢幢钢架结构的写字楼。写字楼大都在四五层左右，每幢都有不同的造型。在楼与楼之间，也有绿地和花圃，毫不夸张地说，这里环境之美，堪比公园，也比公园适合跑步。因为非中心就在我们小区的边上，隔着一条马路就可以过来。每到晚上，当各幢商务楼里的灯光渐渐熄灭后，"非中心"也随之安静。我每天晚上下班回来，已经八点半左右了，再简单吃点东西，就会来夜跑，每次五圈或六圈。我算过了，每一圈大约在十二分钟，五六圈下来，要占用一个多小时。可能是我夜跑时间太晚，在我记忆中，并未遇到夜跑的同好，也未遇到遛狗、逗猫的宠物爱好者，突然间出现一个嗓音如此妩媚、屁股如此性感的女人，让我在惊异之余，心生某种期待？期待什么呢？期待能看清她的面目？期待她能知道我在跑步？期待我们能搭讪并相识？在深夜十点多钟，一个陌生的女人在无人居住的商务区找猫，这实在是一件诡异的事，是她家的猫丢了吗？还是她发现了一只可爱的流浪猫？想收养它？这个商务区里有不少流浪猫，它们经常出没各个灯影暗淡处或两幢楼的阴影间。我不止一次地看到过它们，有时一个夜晚能看到多只不同的猫，在我不太有心的记忆中，至少看到过白猫、黄猫、灰猫、狸猫、大黑猫，这些猫可能流浪时间太长了，生存能力很强，对人也比较友好，每次和我不期而遇时，并没有惧怕或立即逃逸躲开，如果我也像那个女人那样，停下来唤它两声，就有可能跟我回家了。

女人唤猫声在我身后渐渐微弱下来，直到听不见了。但，微微熏风中，似有若无的，还仿佛飘荡着她的声音，变得越来越急切的声音。我心里动了下，突然加快跑步的频率——我想赶快绕过一圈，看她的猫找到了没有，如果她同意，就是帮她找猫也可以啊。从她唤猫的声音和她圆润而结实的屁股来判断，她年龄应该不大吧，我心理上的预期，她可能在三十岁左右，或三十五岁左右。这样的年龄，在深夜里和一只猫联系在一起，不能不让人有一探究竟的好奇心。

我跑过了南门，南门是一个封闭的门，从未见它打开过。又跑过东门，东门有两个保安在玻璃房子中值班，每次都看到他们在打瞌睡。跑过东门，我开始在风中寻找那种独特的唤猫声。东门离唤猫女人不远了，向北跑到那棵巨大的枫杨树下，拐过弯，如果她还在，远远的，不要说她的声音能听见，甚至能看到她躬身曲背的身影。但是，风中并没有她的声音，那种抽丝般的唤猫声，没有再出现。我抬头向前方看去，前方依然幽暗，稀稀拉拉的路灯和沿铁栅栏的地灯，照射出的不同光影，像一条迷幻的隧道，在隧道中，隐约看到一个影子在向我跑来，是她吗？我不觉放缓了脚步，注意着对方，在渐渐跑近时，我看到这是一个穿浅灰色运动衣和白色跑鞋的女孩，她身材高挑，步伐轻盈，扎着马尾辫，奔跑时，马尾辫在脑后欢快地跳跃。这又是一个新情况——首先可以确定，她不是唤猫女，其次，她是去年入冬以来第一个出现在"非中心"跑道上的夜跑者。

那么，她和唤猫女有无联系呢？

幸好那个唤猫女还在。不过已经不是刚才的唤猫声了，而是换了一种声音，一种家常的"喵喵"声，"喵喵，喵喵……"声音不大，仿佛那只躲在绿化带里的猫，就在她眼前，已经向她靠近，伸手就可摸到，而又胆怯、犹疑地不敢靠近，所以，她的呼唤是亲切的，友好的，略带哄骗的。

我由慢跑，变成了快走，在离她越来越近时，由快走，变成了漫步。她还是屁股朝向窄窄的便道，而把脑袋几乎埋进了绿化带里。这次我看清她的衣装了，没错，她确实穿一条长裙，烟灰色，外罩一件白色的细毛线外套，看起来洋气而不花哨。

我从路牙石上跨过，走到草坪上，凝视她饱满的屁股（因为最引人注目），轻咳一声后，说："你家的猫咪丢了吗？"

她身体静止了。她一定是听到我的声音了。静止，是在思考要不要搭理我吗？她直起了腰，掠一下短发，掠发的手还停在耳朵和肩的中间。她没有立即转身，继续背对着我。她身上被枝叶打碎的灯影所笼罩。由于她处在两根路灯的交汇处，加上和便道相隔的地灯橘黄色的光，还有远处写字楼门厅里的那盏白炽灯，三种不同的光束，从不同的距离照射而来，使她身上的各种暗影特别的支离破碎，丰满的人体也变得魔幻起来，像极了一幅艺术品。她顿了有三秒，或四秒，才说："是呀，你怎么知道？"

她的反问有点莫名其妙，嘴里不停地发出唤猫声，当我没听见？

"我听到你在唤猫——是你家的猫咪吗？"

她没有说话，而是转过身来。

当她的面目正面出现时，吓了我一大跳，她瞬间变成了一只大猫。她当然不是猫了。她不过是生了一张猫脸而已。她脸是圆的，眼睛是圆的，嘴是圆的，更搞笑的是，猫鼻子特征更为明显，加上枝叶割碎的光影投射到脸上，像极了猫的胡须，如果不是事先确定她是一个身材适中、略微丰满的女人，我一定会把她误认为是猫精。我吓得差点后跳一步，差点闪了老腰。还好，我不过是腿弯子一软，恢复了常态，我不知道我在灯光、夜色和暗影的作用下会是什么样子，也会吓她一跳吗？没错，她正满脸惊悚地盯着我，眼睛里有两道冷冷的光。我向她报以友好的一笑。

"猫咪？谁是猫咪？"她口气和她表情一样的生硬而冷漠。

我感觉到她的不友好，对我的搭讪满怀敌意，便不再想搭理她了。我后退一步，退回到路上。在这个过程中，我继续微笑着，还略略地点一下头，算我表示的歉意吧。如果她这时候转变态度，我甚至可以继续和她说点什么，就是帮她找猫，也是可以的。但她的目光始终是拒绝的，我便摆开我的架势，继续跑步了。

隔天，在相同的时间，我再次跑上"非中心"的便道，第一个想到的，就是会不会再遇上那个长相酷似猫的寻猫女孩。她那么小心，那么戒备，那么敌意。她可能是太爱猫了，和猫朝夕相处、耳鬓厮磨可能也太久了，不然何以连长相都像猫呢？难道真的物以类聚吗？她说"谁是猫咪"的时候，我感觉她就是猫咪，高冷的猫咪。她的猫找到了吗？她有没有找到或继续找猫咪，和我又有何干呢？好吧，不管她了，她就是在，我也不会再搭理她了。而有可能，她不会了。昨天我夜跑的最后一圈，在途经她唤猫的路段时，她就不在了——有可能被我吓着了，也有可能没有找到猫而泄气了。我是停下来，观察了那一带的地形，发现她寻猫的地方，正巧是两个树种（绿化带）的交接处，即红继木和小叶黄杨的连接段，道旁还有一棵较大的悬铃木，我们通常叫它梧桐，或法桐。我在梧桐树下站了站，才继续跑下去。

果然如我所料，她不在梧桐树下，这是显而易见的——你总不能期望一个不相干的人在某地干同样一件和自己不相干的事吧？可是，既然不相干，在发现她不在现场时，为什么突然释然中又略有遗憾呢？为什么又仿佛一件事情得到了完美的解决呢？可见整个一天，我都在惦记着她，在那样一个时间段里，在那样一个夜风送爽、花香四溢的灯影里，一个怪异、诡谲且算不上漂亮的女人，在为她的一只猫而苦恼、纠结，一定有着某种特别的因缘。但当我从梧桐树下跑过、并张望一眼两种绿叶乔木的交接处时，好奇心再次萌发，何不过去看看？虽然昨天的现场不可复制，虽然也许并无可看之处，我还是禁不住刹了车，启动倒挡，踮着脚尖，向后快速退了几步，观察了一下，确实，那儿什么都没有，没有人，也没有猫。没有就没有了，但，神使鬼差的，我又继续向那里靠了靠，从红花继木和小叶黄杨的交汇处，也就是昨夜唤猫女孩弯腰站立的地方（那儿有一条一拃宽的缝，如果侧身，可以走过去），向里望望——这是一种下意识的行为，也许只是想看看女孩寻找的猫，会不会突然冒出来。我不是时常会发现猫们有这样的行径嘛，它们会轻灵地出现在某个路段、拐角、树杈或造型各异的暗影里，从容地散步或慌张地跑过。猫们天生有种狡诈和刁蛮的习性，智商超高，和主人在一起时，会装出温驯、可爱的一面，而本性中的冷漠是改变不了的。昨天夜里，唤猫女没有找到它，今天它能出现吗？

"喵喵，喵——"我也唤两声。

并没有猫来回应。

但，也没有让我失望，我看到深蓝色花纹的瓷碗了，碗不大，不是一只，是两只，一只里有少许的猫粮，另一只里是半碗清水。我瞬间明白了，那女孩是来投食的，她应该是个动物保护者，对流浪猫有着特别的情感。她昨天对我的态度，可能是以为我要搞什么破坏，就是偷猎流浪猫也有可能。我并不怪她。我的心情好极了。我看了看四周，虽然没有发现猫的踪迹，感觉它们就躲在某一处地方，不是一只，是好几只，在它们饿了或渴了的时候，就会如在家般出来享受美食。它们不再受饥渴的折磨，而是享受到被关爱的温暖。我的心情也温暖起来，真似如沐春风了，再次跑上被灯影割裂的便道时，有一种惬意和幸福的感觉，仿佛是我得到了关爱。我还在想，也许在商务区的别处，在许多个角落里，还有多处这样的猫粮投放点。说不定每晚都能和流浪猫们不期而遇，而它们如果不是行走在享受美食的路上，就是享受完美食后走在回家的路上，呵，那该是怎样和谐的世界啊。

就这样，我跑了一圈，又跑了一圈，当我跑了第三圈时，我无意间瞥一眼梧桐树下红花继木和小叶黄杨的交汇的豁口处，惊讶地发现了两只闪闪发亮的光点躲在绿叶乔木丛里，虽然我已经跑过了四五步，我还是想到了猫。没错，那应该是一双猫眼，只有夜色中的猫眼，才会发出那样的光。是一只饿了的猫吗？如果它是来就餐，我打扰它了吗？我刹住车，轻抬轻放地向后退了几步，想看看它，它对我也许会友好；也许呢，它就是我刚才唤出来的，熟悉我的声音，以为是我给它投放的猫粮。

"喵——"我轻唤一声。

就在我躬着腰，以友好的姿势向它接近时，那双夜明珠般闪着蓝光的猫眼突然从绿化带另一侧飞蹿起来，一团巨大的张牙舞爪的黑影突然出现在我面前。我被吓得飞了起来，脚下像装了弹簧一样向后飞去，后背重重地撞到了梧桐树上。在飞翔中，我看清隔着绿化带的，不是猫，是一个人。她的衣服仿佛是一件宽袍大褂，灰黑的色调上画着的图暗，和灯光照射的凌乱的枝叶投影十分相似。看来她是经过精心化妆的。没错，她确实是个女人，而且可以断定她就是昨天晚上唤猫的女人，虽然她戴着一顶黑色棒球帽，还戴着一副特别的可以反射出镭光的墨镜，但那猫样的脸型不会改变。她装什么神？弄什么鬼？喂猫就喂了，这里躲那里藏的，把自己装成一只猫。昨夜里是嘴巴里不停地叫唤，让人误以为在唤春呢，现在又是这样的画风，想打劫？

"对不起……"没想到我开口还是道歉了。

但我立即后悔向她道歉了。她应该向我道歉。她吓着我了。

她没有说话，也没有立即走开，就这么看着我，像一尊恶神。

空气中弥漫着血腥味。我感觉到那种扑面而来的带着血腥味的凶相，新鲜而真切，仿佛血腥味真实存在一般。没错，真的有血腥味。

我觉得这一点也不好玩。

我是带着慌乱和鄙夷之心，重新奔跑在"非中心"的便道上的。一边跑还一边想，真是自寻烦恼，跑你的步吧，别左顾右盼惹火烧身了。

那个穿白色跑鞋、扎马尾辫的女孩又迎面跑来了（她每次都是逆时针的，而我是顺时针），正好在南门内小广场的路灯下，那里有整个商务区最亮的一盏灯。可能是因为昨天也有相遇之缘吧，在擦肩而过时，我看到她似乎跟我微笑一下。我还没来得及反应，就跑过去了。我忍不住转头看看她，她跑姿很美，步态轻盈而潇洒。是啊，要发现生活中的美，要避开没必要的烦恼。

如前所述，"非中心"的建筑都是不规则地分布在几大块区域里，区域和区域之间有弯弯曲曲的便道相连，楼与楼之间的花圃草坪里，也有更窄的小径互通。商务楼各有姿态，没有一幢相同的，有方的，有圆的，有菱形的，有三角形的，有长方形的，有平行四边形的，还有船形、靴形、球形和橄榄形，真是应有尽有。这些建筑的造型和分布，看似凌乱，实则取的是中国书法的技法，肥瘦得当，乱石铺街，隔行通气。我每天夜跑结束后，会随意地选取穿插在区域内的某一条便道，随心所欲地慢走，平息一下气息，放松一下肌肉。这些弯曲的便道上，路灯和地灯比我跑圈的道路上的路灯和地灯还要稀少，在灯影迷茫、暗香浮动的便道上放松因为奔跑所带来的紧张，既轻松、惬意，又有点抒情。

正行走间，我就看到她了，那个逆时针跑步的马尾巴女孩。她在我的前方，正从一个弯道上走来。她的想法大约和我一样吧，每次夜跑结束，也会以散步的形式来放松身心。她身边的草坪和花圃里，迎春花还没有败，白玉兰在怒放，海棠花开了，桃花也开了，还有各种颜色的大朵牡丹，真是争奇斗艳，香气袭人。她对各种花儿的敏感肯定高过了我，你看她，不是一边走，一边欣赏着路边的花圃吗？她可能是跑热了，外套勒在腰上，看起来有点调皮和可爱，和奔跑时完全是两种不同的情态。我还没有忘记她在跑圈时对我的微微一笑，便想着要不要主动和她说点什么。她还没有看到我。我们相距只有几米了。我正酝酿情绪准备开口时，她突然惊叫一声，是那种过度惊吓而发出的凄惨的尖叫，随即就凌乱而踉跄地狂奔起来，几乎没有任何征兆，一头撞进了我的怀里。而我的胸怀并不是胸怀，更是地狱般的存在，她惊悚得连声音都喊不出来了，从我怀里弹跳到一边。好在她迅速看清是我时，"哇"地哭了。哭声很短促，只一声，或一声半，就惊魂未定地说："你……你……啊，看到了吧？"

"啥？"

"那边，花圃里有……有鬼……"

我乐了，这个世界上哪有鬼？再说就算有鬼，鬼也不会让人看到的。人要是看到鬼，那就出鬼了。我安抚地跟她笑着说："你看到啦？"

她"嗯嗯"着直点头，和我保持着距离。

我便看向那边的花圃，想看看她究竟看到了什么"鬼"。

她跟在我身后，说："一个大黑影子，向那条小道飘走了。"

我看到，隔着一截彩色塑料栅栏，错落着几丛牡丹花，牡丹花丛的后边，分布着五六株海棠，在海棠树中间，有一个地灯，灯光直射树后的建筑。半人高的彩色塑料栅栏把花圃围成一个"C"字形，开口那儿有一条小道，延伸进两幢建筑之间的深处。这儿的景观并不繁复，花是花，树是树，栅栏是栅栏，怎么能藏得住鬼？她可能也看出我的疑惑了，说："可能……可能在看牡丹……被我吓跑了，喽，顺着路……"

"谁？谁跑啦？"

"不知道呀……鬼啊……反正有个大怪影，跑进那黑里了。"

她说的"黑"，是两幢楼之间的一段狭长形花圃，那里没有地灯，中间有一条更窄的小径，只容一人通过。我向那里看去，在黑的远处，有一扇窗户，发着黄色的光，不算亮，或许是有百叶窗帘的遮蔽吧，更显得鬼气十足。

"看那儿……"她又说。

我顺着她手指的方向看去，松了口气，原来在地灯前方，在牡丹花丛之间，有两只蓝花瓷碗，一只碗里是一点猫粮，另一只碗里应该是水了。我笑着告诉她，可能是志愿者或动物保护者在投放猫食。

"怪不得……我看到过猫，还被它吓过一次呢。"她说着，到处望了望，仿佛猫随时都会出来似的。

我也望了望，在四周，在极目所见的范围内，还有几幢建筑里有灯光，层数不定，一扇窗或两扇窗户里，灯光亮度不同，颜色也不同。这是之前没有注意到的。看来，这些白天很忙碌的大公司，晚上也会有个别人在加班。我的目光又越过狭长形花圃，来到黑暗深处的那扇窗户上。那里会有谁？是那个怪异的唤猫女人吗？她会有几个猫粮投放点呢？那里是她的工作室？我要不要去看看？

"你要干吗？"马尾巴感觉到我的心思了，有点疏远地说，"我要回了，再见。"

她快速离去了，是小跑着离去的，折回到她来时的线路上。我不便陪她一起走。我们虽然说了几句话，还没有熟到那个分上。在深夜的、相对陌生的商务区里，大家还是保持距离的好，如果我跟着她，她会紧张的。但她在转过弯道时，再次惊叫一声，一只大黑猫从她面前横穿了过去。

我没有向黑暗深处的亮灯处走去。我也有点怕了。我看了看，马尾巴跑去的方向亮度最大。好吧，我也向那个方向走去吧。那应该是通往东门的方向，我以前似乎走过，前方有个较大的水池，呈葫芦状，在葫芦最细的地方，有一座仿古石桥，两边的台阶各有十五级。过了石桥，是一幢船形建筑。船形建筑的后边是一片桃园。我喜欢桃花，喜欢桃花那一树一树的灿烂。

然而，我迷路了，前方并没有石桥和水池，也没有船形建筑和桃花源。我知道迷路并不可怕，只要顺着某条路，一直走，总会走到我跑圈的道上。我想尽快走到道上，找到我平时进出的、唯一在晚上开放的东门。但是，在一幢圆柱体写字楼的低层，在一处亮着灯光的窗户前，我被吸引住了。我看到窗户里有一个人在工作。我站在小径上，隔着三四米远的花圃，向里看，这是一间宽大的厅，装帧极其简约，白的墙，除了一张较大的工作台，余下的都是白墙了，没有其他摆设。但也不尽然，稍微换一个角度，可看到墙角处，长长地陈列着一排衣服，似乎全是女装，又全是单色，白的，黑的，还有赤橙黄绿青蓝紫，全了。而在工作台上工作的女人，也穿一件亚麻长衣（分不清是裙装还是风衣），在衣服的领口处，也就是左胸，开着一朵玉兰花。她所做的工作，也是在衣服上画花。工作台上，平摊开一件月白色的女装，她很专注，正屏息敛气，拿一支油画笔，在画桃花（也许是梅花），一枝桃花。她很美艳，很干净，皮肤白而丰润。她画得不快，手里端着一个颜料盒，嘴里还嗛着一支笔。我知道了，那排衣服为什么都是单色了。她是个服装设计师吗？

我一直看到她把一枝桃花画完了，才想着夜色已深，该回了。就在我欲离开的时候，我看到了一顶黑色的棒球帽。我心里微微一动，就在约一个小时前，我还看过这顶帽子，它戴在一个唤猫女的头上。没错，正是这顶帽子——在工作台的一端，有一个大竹筐，筐里显然塞满了衣服。棒球帽就在衣服的上方。她莫非就是那个猫粮投放者？从衣服露出的一角看，正是她穿过的夜行服。没错，一定是了。

因为工作原因，我调到位于东三环长虹桥边通广大厦的公司分部待了一段时间，临时住在团结湖的一个公寓里，我的夜跑，就转到团结湖公园了。到了十月，才回到原驻地，才继续到"非中心"完成我的锻炼。

我几乎记不清四月上旬的那几次奇遇了。老实说，那也算不上奇遇。和生活中许多意想不到的怪事相比，真的不算什么。但我在奔跑时，期望能再遇到那个扎着马尾辫的瘦高的女孩，或者遇到一只猫，几只猫都可以，就像以前一样，那都是一种亲切的记忆。春天时，猫很多，现在是秋天了。猫们应该更多了吧？或许还有新的繁殖。有了动物保护主义者的投食，它们应该生活得很好。对，动物保护主义者兼服装设计师（或许还是油画家），她怎么样了呢？她那间大工作室还在吗？跑几圈以后，可以去找找看啊，我想，说不定，会在中途见到她在喂猫呢。

中途没有见到喂猫者，也没有看到猫的踪影，就连那个扎马尾巴辫子的女孩也没有再度出现，甚至，整个"非中心"的跑道上，只有我一个人在夜跑。秋天的夜色，和春天还是不太一样的，落叶开始零落，风中有点凉意，有一种不知名的夜虫抖擞精神在顽强地鸣叫，或远或近的，像是故意在陪伴我。

我没有完成既定的跑圈计划。

你知道，我通常都是跑五圈或六圈的。今天只跑了三圈，小腿就沉重了，意识里就不想跑了。我决定去找找那个工作室，看看那个曾在衣服上画油画的女人在干什么。半年了，她总不能一直给服装画画吧？

没费多少周折，我就找到了那幢圆柱体写字楼，楼底的灯果然还亮着。我在我上次站立的地方向里看去，发现这里成了一个展厅，有一些人在观看展览，人不多，可以一眼数清人数，五人，两个年轻女孩为一组，一对情侣为一组，还有一个落单的女孩。粉白的墙上挂着几件艺术品，不多，正对着我的这一面墙上，只有六七幅。这里正在进行一场画展吗？完全有可能。我看到，每幅画上都是一只猫的头像，或者说是猫脸，没错，都是猫脸。这倒挺有意思了。我心里充满期待地绕过去，找到了展厅的正门，上面果然有一个小小的霓虹灯组成的几个字：现代艺术展。

展厅很安静。我推门进去时，正对着门的，是我上次见到的那个工作台，它被移到过厅里了。正在作画的也正是我上次见到的给衣服画桃花的女人，她酷似那个唤猫女人，半年多了，她似乎没有一点变化，化浓妆，着长衣，看不出她的实际年龄，三十岁到四十岁都有可能。她看到来客，似看非看地逮我一眼，若无其事地继续作画了。奇怪的是，她还是在衣服上画画。那排衣服，就在她身后，上面挂着价目牌，低的一千余元，贵的四五千。有一个穿着很艺术的女孩在挑选。艺术女孩把一件画着白荷的红裙子，拿在身上比画着。我听到唤猫人在说话，她说你的气质适合这件。她是背对着艺术女孩的，怎么知道她在比画衣服？她声音轻柔、温婉，很好听，和当初唤猫的声音一样动人。我没有在她工作区多作停留，就向展厅那边走去了。

进了展厅，才觉得这儿的实际面积，比从窗外看到的要大得多（可能是角度问题）。观看展览的也不止五个人，还有两个人在看一个喜鹊窝。这个喜鹊窝的特别之处是，它不是垒砌在树上，而是垒砌在地上，是一个真实的喜鹊窝，一看就不是人工仿造的那种。这也是艺术品吗？一定了，房顶打下的一圈光，笼罩着喜鹊窝。我朝喜鹊窝里张望，看到窝里有一只小奶猫正在睡觉，那可爱的睡姿让人忍俊不禁。这有什么寓意吗？我想了想，没想明白。墙上的画，除了我在窗外看到的几幅，另三面墙上也分布着几幅，一样大小的白色画框里，嵌着白色的卡纸，阶梯形的三层卡纸，中间就是画——猫脸。我一幅幅地欣赏，应该说，画家的绘画水平很高，猫脸十分的逼真，色彩运用精准，像极了一只真实的猫，而且每幅猫的花色都不一样。让我感到奇怪的是，除了猫的毛发有不同的差异，它们的表情都是一样的，惊恐而绝望，特别是那双眼睛，仿佛受到某种惊吓。为什么都是一样的表情呢？我看一眼挂在画上的纸牌，上面写着画的名称：《看》。都叫《看》，从"之一"，一直续到"之十五"。有趣的是，"之十五"不是猫脸，而是一张像极了猫脸的女人脸，我一眼就认出了这幅画的模特是谁了，没错，你也猜到了，她就是过厅里画画的女人。更为有趣的是，那双眼睛也画成了猫眼。为什么这张脸像极了猫脸，就出在那双眼睛上，那双猫眼比真实的猫眼还像猫眼，我仔细看了看，发现画作并非是单纯的画，实际上是一种综合艺术品，可以称之为装置艺术，因为猫的眼睛不是画上去的，是装置上去的……

　　每一幅画的猫眼都是装置上去的吗？我又回头看一遍。没错，都是。不得不承认，这些艺术品的制作太精妙了，逼真的画工，加上真实的猫眼……真实的猫眼……真实的猫眼……

　　我心里突然抽搐般地战栗一下，一股寒气油然而生，天啦！我想起了什么，情不自禁地仰起脸。反着光的天花板上，我看到一双惊恐的眼睛。那是我的眼睛，还是猫的眼睛？我试图把心中的寒气吐出来，却倒吸了一口凉气，那怪异的、深夜响起的猫叫声，伴随着一阵一阵的血腥味，再次从我的耳畔响起……

　　转眼到了来年春天，我继续在非中心的跑道上夜跑。

现在，不是我一个人在夜跑了，我有一个跑伴了。没错，她就是那个喜欢穿白色运动跑鞋的马尾巴女孩，她叫什么名字我暂时还不知道，但我想我马上就知道了。我们步履轻快、节奏分明，肩并着肩，向前方跑去。几圈下来，我们一边微喘，一边在各种建筑之间的便道上漫步，便道两旁有许多盛开的花，空气里洋溢着花香，女孩的身上也有好闻的气息。春风轻拂，夜色温柔，在一幢圆柱体的小型建筑前，我们不约而同地停住了。建筑里黑灯瞎火，高大的玻璃窗上，反射着远处灯光照射而来的橘黄色光芒。女孩看着窗户，静静地伫立，我能想象出她那肃穆的神情和内心的波澜。过了一会儿，我说："多么漂亮的建筑，可惜空太久了……你在这儿买过一件衣服？"

"是啊，挺漂亮的长衫，手绘的花卉，特精致，简直就是工艺品……"她声音很轻，"真没想到……她那么残忍……我也真钦佩你，要不是你在朋友圈公布那些画，还有你多次跟踪拍摄的照片，揭露她的真实面目，我们都被蒙蔽了。"

她的话音刚落，一道黄色的影子从玻璃上飞蹿出来，女孩吓得一声尖叫，惊惶失措、无处可逃地一头扎进我的怀里，与此同时，花丛里响起一声猫叫。

木工手艺

1

老快是沭阳人，姓梅，叫梅什么呢？没人记得了——可能太不重要了，只知道他叫老快就行了。老快在平岭供销社废品收购站工作了二十多年，是供销社的"老废品"了，同事们都叫他的外号"老快"，听起来亲切；街上几家社办企业的熟人都叫他"梅会计"，算是尊称；而平岭街上的老百姓和附近的村民，不论相熟或不相熟，都一律叫他"梅主任"。梅主任，嘿，这才像一个正式的称呼嘛，他更乐意接受。

老快原先的外号叫"快手"。后来发现他不仅手快，哪里都快，干脆就叫老快了。

"老快"的意思不难理解，做事快，吃饭快，说话也快，凡事都比别人快一拍。叫"快手"，也是指快，但含意比老快窄了些，单指手快和手巧（会木工手艺），即动手做事速度快，不拖拉，做出的东西又精细又好看。比如他会帮人家做个木头饭勺，或打个小板凳，都是这边应承了，第二天就能拿到。另外，还有一层意思，就是打架，他出手又快又准又狠，一招制胜。一个废品收购站的"主任"，怎么会打架呢？他确实不常跟人打架，而且至今只打一次，对方是平岭街上一个二流子，拿一堆鸡毛来卖。老快嫌他的鸡毛都臭了，不收。对方脾气不小，把臭鸡毛往柜台里撒。老快被惹急了，一个踮步，左右手各出一次，对方就从收购站里，躺到大街上了。据旁观者讲，老快先出的右手，打在哪里没看清楚，太快了，再出左手时，看清了，是把手掌伸直，反手砍在对方脖子里，对方后退几个趔趄，四仰八叉就躺到大门外了。旁观者感叹道："梅主任，真快，快手不是白叫的！"

再说所谓主任，里里外外也只有他一个光杆司令。如果不是逢大集，收购站平时的大门都是关着的。大门关着，不一定老快不在，也不一定老快在。有人以为老快在时，就算是他拼命地敲门、喊门，把门撞得轰轰响，门也不开。就算是有人听到屋里有动静，并且大声喊："老快，梅主任，我知道你在屋里，我听到声音了，你在刨木头……开开门老快！"老快还是不开门。但有人以为老快不在屋里时，推推紧闭的大门，嘀咕道："不在啊……"不消一分钟，门开了。这时，门口站着的，多半是秦范大队丁家浜生产队的队长丁德扣。

老快和丁德扣是朋友。

老快关门上闩，只干一件事，做木工。老快有着不错的木工手艺，小时候在家雕过专印"洋钱票"的板子，一块板子能印一万张

"洋钱票"。"洋钱票"是什么呢？就是冥钱，烧给死人用的。老快曾经吹过牛，他的手艺，在四乡八镇最细。工作后，老快闲不住，还喜欢打个板凳，做个相片框，削个擀面杖，刨块切菜板，最厉害的是做过二胡、三弦等乐器。老快最让人称道的是，做什么都有模有样，做张小板凳，是一个村子里最俊的小板凳，刨块切菜板，被拿回家的主妇挂在墙上舍不得用，只有逢年过节做讲究菜时，才会用一回。他做的第一把二胡，是水曲柳的杆，黄杨木的轴，马尾毛穿的弦，黑鱼皮蒙的琴筒，声音特别正，文化站排小戏时，还借去做过伴奏乐器。不过，这把二胡让他送给了唱琴书的段小坠了。段小坠是段墩人，会唱琴书，连说带唱，很好听，每逢大集时，就在街上拉场子唱书。有一集，老快正在废品收购站忙（只有逢集时才忙），听段小坠的琴声不对劲，柴，哑，没有袅袅的余韵和回音。好不容易等到近午，待集要散尽时跑去看看，果然是一把坏琴，琴筒裂了，用铜丝捆了几道，琴托摔掉了半边，琴窗坏个小缺口，琴弓断成两截，用细麻线固定住。老快识货，拿过破二胡看看，说："我有一把新二胡，换给你唱书！"这样，老快花了一冬时间做的二胡，成了段小坠混饭吃的乐器了，而老快只得到一把旧二胡。别看段小坠的这把二胡又破又旧，可是好东西，老快知道，如果不是硬伤，他的一百把新二胡也换不来段小坠这一把旧二胡。老快发挥他手艺细的特点，用了一两个月的时间，熬更打点，把二胡修好了，音色还是那么纯正。老快当成宝贝一样，挂在卧室床里边的墙上，睡前都要取下来，拉一段淮海小曲《秦雪梅吊孝》，然后看看二胡陈旧的色泽，就像出自自己的手工一样，心里美美的，还没闭眼就进入梦乡了。老快因为有这一手木工手艺，让他在平明街上赢得了好名声，公社的民政助理，中学的校长，食品站的会计，木业社的技术员，这些有头有脸的人，都把他当成了朋友，周围村街上的各色人等，也都视老快为好人，常跟他来往，相邀喝顿小酒，冬天送只兔子，夏天送斤活虾。如前所述，来敲门的街坊或朋友，敲开门或敲不开门的，都不跟他记仇——这次敲不开，下次再敲。就算是丁德扣，也不是每次都能敲开的，除非丁德扣手里带着东西。

这次丁德扣肩上就扛着一个蛇皮口袋。

"什么东西？"老快盯着蛇皮口袋问，眼里充满期待。

"木头。"

"哦……"老快眼睛放亮了，让进了丁德扣，反身关上门。

废品收购站的格局，是八间打通的大房子，有一个套间，是老快的宿舍，另外七间是门市，当间有一道笨拙的曲尺形水泥柜台。柜台里面沿墙是一排二十来个膝盖深的水泥隔断，隔断里分门别类堆放着各种破烂，灰汤火色的破烂散发出一股陈年的霉旧气息。丁德扣熟门熟路地走在前边，从柜台的边门穿过，从堆在隔断里的破烂前走过，又从后门走进了后院。后院有一间高大的棚屋，和废品收购站的后门有一条廊厅相通。丁德扣知道老快干活的木工台，就在大棚的一个角落里。

丁德扣扔下肩上的蛇皮口袋，在蛇皮口袋上踢一脚，说："死沉！"

老快已经看到了，敞开的袋口里，露出的尽是参差不齐的新旧木料。没等老快动手，丁德扣就把木料倒了出来。这些木料，长的不到半米，短的还没有筷子长，有锄柄，有大鞭杆，有大桌腿，还有擀面杖，更奇特地是，有一个牛鞍。牛鞍的木纹很暗，油光闪亮的，丁德扣顺手拿起来，说："铁一样，看看！"

老快接过来，掂一掂，说："结实。从前大地主家才会有。"

"还是你梅主任识货，就是唐小红家的，当年她家有五十顷地！"丁德扣说，"这玩意有用？摞在生产队牛屋里，我拾来给你看看。"

"有用，这叫红木，能刻私章，二胡轴都能做。"老快蹲下来，又一根一根地查看别的木料，嘴里发出"啧啧啊啊"的称赞声，还有吸气声，那是被木料惊着了。

"小红想有一个拐线砣，请你给她做一个。"

"这个简单。"老快一口应承了。

"×的，天要冷了，我要做活了，叫熊女人给我拧麻线，拧的几框麻线不能用，又松又软，一拽就断，我气的呀，牙顶都痒痒了，叫我薅过来，打得跟鬼叫一样，哈哈，女人不打不上套，可这回打冤了，不怪熊女人，怪拐线砣。"丁德扣嘴里像含着一口水，话里带着快乐的流水声，"今年什么柳品值钱，梅主任？"

"都值钱，笆斗、水斗、簸匾。"老快说着笆斗、水斗时，心里却想象着唐小红"鬼叫"的声音和"鬼叫"时的样子。唐小红是丁德扣的老婆，来收购站卖过几次笆斗，说话像猫一样细声细气，每说一个字都像受到惊吓一样，眼神也是惶惶恐恐、躲躲闪闪的。老快知道这个畏畏缩缩的唐小红常挨丁德扣的打。丁德扣手重，打老婆不留情。或许丁德扣也是手艺人吧，会打，木匠打老婆——有尺寸，他是柳匠打老婆，巧打。据村里人形容，每次唐小红被打，都像鬼一样叫，却不见身上有伤，可见丁德扣是何等的阴毒。老快虽然没有见过丁德扣打老婆，但听丁德扣的口气，打老婆肯定有不少奇招妙法的。

"要收笆斗啦？那可值钱的……×的，笆斗要用白麻绳。"丁德扣懊恼地说，"家里倒有几匹白麻……这个熊女人，要敢把我白麻糟踢了，我抽了她手筋当麻线！"

老快心里激灵一下，真要用唐小红的手筋当麻线，打出的笸斗、百篮，他能敢收？老快不敢想下去，但见丁德扣脸上依旧笑眯眯的，仿佛抽了老婆的手筋，就跟抽一根麻线一样随意。老快就觉得，他要把这个拐线砣做好，让唐小红拧出好麻线来。

老快重新拿起沉沉的牛鞍，说："做个拐线砣还不是便便的，过两天你来取。"

丁德扣脸上的皱纹里都溢出了笑，讨好地说："生产队窝猪下了一窝小猪崽子，过几天满月了，我逮一头给你，放在后院里散养。"

2

老快本来想用牛鞍改一个拐线砣的，结果，他用了一块牛骨头。

牛骨头也是废品收购站收来的，就堆放在后院的露天草窠里。深秋了，后院里的荒草野蒿大部分已经枯黄，草丛里隐藏着浅浅的水坑，水坑的边沿堆着各色破烂，有锈迹斑斑的铁器，有气味骇人的白骨，有大小不等的玻璃瓶，还有一大堆存放很久的牛角，它们散发出腐烂的怪异味。老快踩着枯黄的杂草，随手抽一根铁棍，在草窠里敲打着——他怕草窠里隐藏着刺猬、水老鼠、黄鼠狼一类讨嫌的动物。在老快的敲打下，草穗和昆虫纷纷跳起，草婆婆也奋力飞到远处的草尖上，久远的酸腐味和陈年的腥臭味在后院里飘荡。老快捂着鼻子，走到那堆白骨边，用铁棍拨弄着骨头。他要找一块适合的骨头，做一个漂亮的拐线砣。老快把一大堆骨头翻了个遍，终于选了一块。这根骨头不错，长度不足一尺，两头带节，非常适合做拐线砣。

老快有一个用来煮粥的酒精炉。他好久没有用酒精炉煮粥了。这回在锅里煮上的，是他选定的那根骨头，还在水里加了点白矾。加白矾煮的骨头，一方面骨膜容易脱落，另一方面也能使骨头变白，还可以软化两端关节部位比较酥松的部分，使其容易剔除。老快在煮骨头之前，已经测量好，在骨头的中间部位，打一个小洞，这是为拐线砣的中轴预留的小洞，通过这个小洞，还可以把骨髓拿出来，使它更干净。

接连几天，老快都在打理这根骨头。碰巧又连着两三天好太阳，这块骨头经过水煮日晒，光滑而洁白。老快看着，心里暗喜，又不怕费事地用牙膏给骨头细磨抛光，最后把削好的一根竹签装配在小洞里，一个完整的拐线砣就做好了。老快没有立即送给秦范大队第七生产队的丁德扣，而是又用两天时间，给骨头罩漆——天然的透明漆。罩过漆的拐线砣，形状虽略显笨拙，细节处却相当精致，像一个十足的工艺品，老快一天要琢磨好几回，怎么看怎么喜欢，他还在骨头较滑的地方，雕刻一只蝴蝶和几朵小花。有好几回，老快把玩着拐线砣，都不想送给丁德扣了。

又是大集了，丁德扣来赶集，这回他没有带来木料，没有带来鱼虾，也没有送来小猪崽，而是带来一团细麻线。不用说，这团麻线是他用来做笆斗用的。丁德扣把麻线搁在水泥柜台上，对老快说："梅主任，你看看，这线能用吗？"

老快看看这团麻线，拧得松，又不匀，还有线头呲出来。用这种麻线打出的柳品，再好的柳，再好的工艺也打不上一等。老快知道丁德扣的意思，他是在要拐线砣的。老快答应过他，而且也做出来了，可没想到那么精美，他是真心舍不得啊。老快想了个借口："拐线砣不难弄，可食品站的那个……那个老余要做个镜框，我这几天忙这个事了。"

"梅主任你忙你的，拐线砣的事不急。"丁德扣欠过身子，嘴上说"不急"，脸上的样子比谁都急，"明天，你到秦范去一趟，我逮头小猪崽给你。"

为了一头小猪崽，老快还是舍得了那个拐线砣。

其实，凭老快的手艺，他完全可以另做一个拐线砣，木头的，两三天就做好了。可他确实要做一个镜框，不是食品站的老余，是木业社的庞会计。庞会计脸大腔也大，要不是脸上有几颗大白麻子，她一定是平岭街上最俊的女人，胸是胸，腰是腰，说话也干脆。她请老快做镜框，老快立即就看一眼她脸上的白麻子。庞会计眉毛一立，说："看什么？我就不能照镜子？"老快脸红了，觉得实在不应该多看一眼，看这一眼，就像做了亏心事，不敢犹豫就答应了。答应了就后悔，想着这个庞会计对自己并不好，夏天时，他给糖果门市部的大螃蟹打一个脸盆架子，一根圆木段子要改成小料，拿到木业社，开电锯的师傅都没吭声，庞会计硬是把老快喊过去，叫他交两毛钱手续费。这事叫老快一直耿耿于怀。几次想去改木料，都怕再次碰上庞会计板着难看的大麻脸叫他交钱，只能自己用锯子改，费时费力费工具。没想到庞会计会找他做镜框。更没想到在他答应后，庞会计会说："下次有木料，尽管去！"有了庞会计这句话，虽然明知道这个庞会计并不好打交道，也要好好做个镜框的，而且越快越好，他也就只好把精美的牛骨拐线砣送给丁德扣了。

老快骑一辆破旧的大国防牌加重自行车，轧轧哗哗地来到了秦范。

第七生产队，其实是一个独立的自然村，叫丁家浜。全村十来户人家，被三条河包围着，只有一条路通到秦范。老快骑着自行车从秦范的村街上经过时，许多人都认识他。

"这不是梅主任嘛！"

"梅主任，来我家吃饭？"

"家里坐坐啊梅主任？"

"梅主任！"

……

老快应承着，没有从车上下来，他从村东直接骑出了村西，骑过一片出了青苗的小麦田，就到第七生产队的打谷场上了。在打谷场边的石桥头，丁德扣正迎在那里。老快以为丁德扣已经把小猪崽捆好，等着他拿了就走。没想到丁德扣只是带他看看猪圈里一群活蹦乱跳的小猪崽，说了句"吃了饭来逮"，然后就带他回家喝酒了。一路上，老快推着自行车，丁德扣跟在自行车一侧。丁德扣又圆又亮的小眼睛不停地在他身上打转，他十分纳闷，老快身上没背包，自行车上也没有装东西的地方，他把拐线砣放在哪里了呢？

到了丁德扣家的院门口，老快还没有支车子，就看到门空里搓麻线的唐小红了。唐小红并没有用什么拐线砣，她是在腿上搓麻线的。唐小红坐在小板凳上，一条腿伸在门空的阳光里，裤子一直卷到膝盖以上，露出圆圆胖胖的小腿肚。她看到老快来了，头一勾，像没看到一样，继续搓麻线。掌里吐一口响唾液，再贴着红了的小腿用力擦动，细麻就快速旋转成一截线了。

"搓麻线啊？"老快对唐小红招呼道，"这样搓啊？不出活嘛。看，你家老丁让我做个拐线砣，我拿来了。"

老快掀起中山装，从裤腰里拔出拐线砣。

原来他把拐线砣藏在裤腰里了，难怪丁德扣一直没看到。

"带来啦？"丁德扣惊喜地抢到手里，"我看看，乖呀，真俊啊……乖乖，乖乖……小红你看看，看看……"

丁德扣说不下去了。

唐小红这才抬头，看到了丁德扣举起来的拐线砣，脸上露出笑容，是惊喜的笑容，拿线头的手还抖了一下，嘴唇跟着嚅动着，像是发出声音，又像什么也没说。

老快早就听说唐小红苦瓜相，这张脸，这表情，这笑，也确实够苦的。

"家里坐！"丁德扣让着老快，抢步走到门口，对着唐小红的腿狠踢一脚，骂道，"踢不死你，蠢猪！梅主任来家了，还搓绳，看看你一天搓这点破绳，还不够上吊用的，让开！"

唐小红就把腿收回去了。

"拿去！"丁德扣又作势要踢。

唐小红双手捧过拐线砣，像捧过易碎的物品。

老快看得清楚，丁德扣踢唐小红的时候，并没有踢到唐小红的腿，用力倒是不小，却踢了个空，严格地说，他只是在地上跺一脚，阳光里腾起的灰尘，闪闪烁烁地淹没了唐小红。唐小红看都没看他一眼，欠起屁股，拢了拢麻线，给门空里腾出可走人的路来。

丁德扣家的院子是土墙，半人多高。正房是四间矮矮的堂屋。东边一溜三间厢房，靠南一间就是丁德扣的柳房。柳房门洞大开，有一扇破木板门当成门档，横着挡在门上。门两边晒着剥了皮的柳条，洁白的柳条分粗细均匀地靠在土墙上，墙上还挂着半成品的水斗和几个新做的小簸匾。院子里有一盘磨，磨边有一个碓臼，碓臼往西靠墙一片是菜园，菜园里的大白菜、萝卜还没有收，过寒菜绿油油的，新种菠菜已经出了小芽儿。老快第一次来丁德扣家，眼睛看一圈就知道他家小院的构造了。他家的菜园让他惊喜，唐小红的受气也让他吃惊，丁德扣那一脚踢下去也够狠的，没有踢在唐小红的腿上，肯定是碍于老快的面子，可见平时丁德扣是何等的霸道。老快觉得他的拐线砣送对了，至少有了拐线砣，唐小红不用腿搓麻线了。有了拐线砣，她就能拧出上等的麻线了。有了上等的麻线，她就少挨丁德扣的打了。丁德扣的柳器也能卖个好价了。何况，吃好饭，丁德扣还要送他一头小猪崽呢。

丁德扣把老快让进了堂屋。堂屋有一张黑乎乎的简易方桌，桌子上摆了两碗菜，一碗腌冬瓜，一碗猪头肉，还有一瓶地瓜烧。

"来，喝酒！"丁德扣示意老快坐。

老快朝外面望一眼。

老快的眼神叫丁德扣看到了，他说："梅主任你莫管，女人不上桌的，坐坐坐。"

老快看到大门口的唐小红，还在低头看拐线砣。拐线砣就放在她腿上，她的侧影看起来很怪异，像是在看，又像是在研究，一动不动，宛若桥头上蹲着的石狮。老快心里有数了，她一定是被上面雕刻的图案吸引住了。这时候的老快，才有一点小小的成就感。

"来！"丁德扣已经给老快倒上了酒，"咱们先喝起来，等会儿叫熊女人添两个热菜！"

让老快感到奇怪的是，热菜不是唐小红炒的，是丁德扣炒的——在他们风卷残云地喝了几杯之后，老快有了酒意，大骂丁德扣重男轻女，应该让女人上桌的，老快的意思，你家女人为你吃这么多苦，上桌吃饭理所应当。可老快朝门口望去时，唐小红不见了。老快以为是地瓜烧冲得他眼睛发花了，再看，只有一只老母鸡，跳在唐小红坐过的板凳上，做单腿独立状。丁德扣也只看到了鸡，没看到唐小红，他骂骂咧咧地对老快说："看到了吧，这种熊女人，找她干活就没了影。梅主任你喝着，我炒个菜去，快的。"

丁德扣果然就钻进厨房了。

老快感觉到奇怪，唐小红不来吃饭就罢了，怎么会眨眼就没了影子？老快一个人喝酒也没劲，便起身，走到院子里。他看到丁德扣一个人在厨房里锅上一把，锅下一把，熟练地忙着，锅里发出"滋滋"声。老快打了个酒嗝，想去帮忙又怕插不上手，听着"滋滋"声此起彼伏，觉得不至于这么夸张吧？细一听，原来柳房里也有"滋滋"声。厨房里的"滋滋"声和柳房里的"滋滋"声居然如出一辙。莫非柳房又炒了一锅？老快到柳房伸头一看，差点把他喝到肚里的酒乐出来，哪有人在炒菜啊，是唐小红在笑。"滋滋"声就是唐小红的笑声。唐小红坐在柳房靠墙的一扇门板上（和做门挡的板门也该是一对），高高地架起两条胳膊，在拧麻线，拐线砣落在她两腿之间，正奋力旋转。唐小红看着眼前又细又匀的麻线，咧着大嘴"滋滋"地笑。柳房突然暗一下时，才看到老快，她的笑也顿时凝固了，大嘴还是咧着，"滋滋"声骤停，只露出两排白森森的牙齿，旋转的拐线砣也不听话地碰到她脚踝上，她下脚意识地夹住了拐线砣。此时，她的表情是惊悚，是恐怖，是紧张，是呆傻，紧接着，就是慌乱，总之，唐小红所表现出的反常之态，吓着了老快。老快赶紧说："吃饭去吧！"老快的话里充满同情。

唐小红没有答话，低下了头。

3

老快骑着自行车回到废品收购站时，天已经上黑影了。

老快的自行车后座上，捆着一头小猪崽。小猪崽太小了，刚满月，连毛带屎不到十斤，这不是一窝里最重最壮的一头。最重最壮的小猪崽，他和丁德扣逮不住。逮不住不是他俩没力气，也不是小猪有多狡猾，是因为二人都喝醉了，猪圈里的小猪崽一个变成三个，在他俩眼前狂蹦疯跳、"吱吱嗷嗷"地叫，在他俩的脚边、腿裆乱窜，比鱼还滑，掐不住，不是掐了空，就是掐了一把猪屎，把猪圈里逮得鸡飞狗跳。有一头小猪崽，长了翅膀一样，从老快的肩头飞了过去；还有一头小猪崽，撞到了老快的脸上，老快和它亲了个嘴。猪圈里的小猪们乱成一团，弄得两人一脸一身的猪屎，最终也没有抓住一头小猪崽，最后还是一头小猪崽误打误撞钻到老快的裆部，被他两腿一夹，跑不了了。丁德扣一看逮住了一头，赶快过来帮忙，用事选准备好的麻线，把小猪崽四条腿捆在了一起。

本来，老快可以带着小猪崽早点回到废品收购站的，未曾想，他把小猪崽捆到自行车后座上，却无法骑车了，刚跳上自行车，龙头把就乱耍，人就要往下栽。他知道酒大了，只好推着车，龙头把乱耍着，趔趄地走在田间土路上。从第七生产队，走到秦范，两三里的路，跌跌撞撞、歪歪拽拽走了一两个小时。更让他意想不到的是，刚走到秦范村头，就被迎面来人打了一拳。

"梅主任！"打他的人大叫道，"这不是梅主任嘛！"

这一拳，基本上把梅主任打醒了，他迷离着双眼，看对方有些面熟，疑惑地问："你……打我？"

"不认识啦？哎呀我个亲妈，喝酒啦？我是段小坠啊！"

"谁？"

"唱书的段小坠！"段小坠帮老快把自行车支起来，扶他坐在废弃的碾坊矮墙上，从肩上取下二胡，拉了几声，"听听，听出来啦？我是谁？"

"狗 × 的，是你呀……剥了皮……蒙鼓……我都听出是你段小坠的皮……"

"哈哈哈，梅主任，你送我的二胡好啊……"

"好吧？"

"好！"

"怎……个好？"

"怎么个啊？哈哈哈，音质好听……好啊，又尖又细，像女人叫，有女人缘……还能苦钱！"段小坠可能也没想到会在这秦范的村头碰到老快吧，亢奋得语无伦次。

老快耳贱，喜欢人夸，也哈哈大笑两声。

老快的笑声，段小坠的二胡声，还有他的大喊大叫，先是引来了村里的几个孩子，接着便有老人和女人围了上来。大家十分惊喜，没想到会在这里碰见两个稀罕人，一个是平岭供销社废品收购站的梅主任，一个是唱书的段小坠，远近都闻名。平时能碰见一个就让他们吃惊了，碰到两个，简直就像看台大戏一样开心。

"段小坠，别走了，在我们这儿唱三天。"有个女人多嘴地说。

"哪能呢，人家要到七队去，七队，知道不？七队有金姐妞，人家要唱书给金姐妞听。"另一个女人更大胆，直接揭了段小坠的底，"不止唱三天吧？"

"不唱三天不收签！"更有女人附和道。

段小坠就给哈哈哈乐着，给大伙作揖，又给老快作揖，兔子一样溜走了——他怕多耽搁一秒钟，就要被秦范人强行留下来唱三天了。

老快还没来得及问问"金姐妞"是谁，段小坠就走到田间的土路上了。段小坠甩着屁股，像草上飞一样，速度很快。

段小坠一走，老快就成了中心，他坐在矮墙上，回答着七嘴八舌的问题。是啊，他怎么会在这里？没错，在丁德扣家喝醉了，怎么抓的小猪崽，怎么走到这里，他全没有记忆了。从丁德扣家出门时，他要找唐小红打招呼，没有找到。丁德扣说了句"死了"。这是在丁德扣家最后的记忆，然后，就在秦范的村头被段小坠打了一拳。中间干了什么，说了什么，他怎么也想不起来了。想不起来也没有人逼他想。他接过一个女人递过来的大半碗开水，一小口一小口慢慢喝着。水还烫嘴，小口啜着，一股热流润在胃里，感觉舒服多了。可老快像不认识水似的，盯着碗看，唐小红惊惊诧诧的脸就在水里晃荡着，临了，她还冲老快一笑。老快一个激灵，笑脸没了。老快一口把水喝见了底。

"吃了晚饭走呀梅主任？"

"再喝一杯！"

"梅主任，你听到金姐妞唱戏啦？"

村里人都很热情，他们的话一句赶一句。梅主任都不用搭理——搭理和不搭理效果是一样的，倒是几个小屁孩，拿茅草去捅小猪崽的鼻孔和屁眼，捅得小猪崽号叫，才提醒他，得赶快回了。

老快骑上自行车，刚骑几步，又刹住车，一条腿支在地上，扭头问："金姐妞是谁？"

人群突然炸起了笑声。孩子们也跟着傻笑。有几个女人都笑弯了腰。老快指望他们回答，看来是没戏了，只好脚一带劲，摇了声铃铛，骑走了。

老快回到收购站，第一件事就是到后院放了小猪崽。

小猪崽到了陌生的环境，有些不适应，打了几个软腿后，哼哼唧唧走回了棚屋里。老快把它往院子里撵，想让它在草丛里跑跑，

213

它死活不去。老快就在大棚里给它做了个简单的窝，用收到的破布条垫在窝里，把它抱了进去。小猪崽可能被捆累了，也可能太害怕了，居然在窝里睡了。老快蹲在它旁边看着，这是一头黑猪崽，身上光滑滑的，尖耳、团嘴，长相不丑。老快伸手摸摸它肉嘟嘟的屁股，拎拎它短短的腿，想着，到了明年这时候，就长成三百斤重的大肥猪了，可以杀了过年。老快还想象着它有腿骨，还可以做一个拐线砣。再做一个拐线砣，谁都不给，自己留着玩。

想到拐线砣，又想到丁德扣的老婆唐小红了。这个女人的眉眼并不丑，嘴是嘴，鼻子是鼻子，细溜溜的眼角往两鬓里伸去很深，虽然有些苦相，却经看，耐琢磨，凭什么要受丁德扣的气？挨丁德扣的打？老快狠狠地瞪了小猪崽一眼，说："再打女人，看我不抽了你的腿骨！"

4

老快跟小猪崽说了会话，又到后院里采了几棵绿色的野菜叶，放在它嘴边，连晚饭都没吃，骑上破旧的自行车，冲进了黑夜——他再次去了秦范。

平岭街离秦范有十六里路，秦范离第七生前队的丁家浜就算两里吧，也不过十八里地。十八里地算远吗？放个屁的距离，腰一弓就到了。老快想，为听段小坠的一场书，连夜跑上十八里路，值！其实，连他自己都不相信是去听书的。段小坠唱书确实好听，二胡拉得像水淌一般，老快还是几年前在街头听过几段，越听越舒服，觉得是他听过的最好的二胡。但跑十八里路听段小坠唱几句书，说出来有人信吗？可他实在想不出比这个更好的借口了，总不能明说是去看唐小红的吧？就算打探也不能说。老快想起白天看到的唐小红，看到唐小红那说不清、道不明的神态和表情，心里极不平静，替唐小红委屈。在废品收购站空旷的大屋或后院的大棚里，老快坐立不宁，浑身都有事，又不知什么事，有时发呆，有时发傻，有时又像平地响起惊雷，头皮一炸一炸的；有时又像水皮上的小波浪，有时又像心里藏着鬼火，忽明忽灭，飘移不定，惊悚不安。最后决定再去丁家浜时，总算明白了为什么心浮气躁。

还好，西天上还有月牙儿，还能隐约看到路影和影影绰绰的树。老快把自行车骑得飞快。在黑夜里骑行，反而比白天还快，说明他心急啊。急什么呢？有什么好急的呢？下午在秦范时，老快问女人们"金姐妞是谁"时，几个女人讳莫如深的大笑，总让他觉得有什么不对，"金姐妞"就像一道符咒，隐藏着秘密，总让他觉得，此事和丁德扣有什么瓜葛，有什么牵连。

从秦范的村东头进，从村西头出，就听到段小坠的琴声了。

海州一带唱书有三种，一种是工鼓锣，俗称说书，以说为主（当然也有唱）；一种是三弦配扬琴，俗称唱戏，以唱为主（偶尔会有表演）；再就是二胡配脚板，俗称唱书，说唱结合。段小坠就是最后一种，唱书，是三种样式中难度最大的一种。因为工鼓锣是一手打鼓，一手敲锣，音乐要求低，技艺含金量不高。三弦配扬琴是男女两个人搭班，一般是男的弹三弦，女的打扬琴，男女轮唱或对唱。而段小坠的唱书，两只手要用在二胡上，板子怎么办呢？好办，脚前有一立柱，板子的一块固定在立柱上，另一块活的，由一根细麻控制在脚上，根据需要踩动，板声忽急忽慢，就拉琴打板两不误了。段小坠唱书，不仅是嗓子好，会唱，琴也拉得好，脚板打得更不用说，最叫绝的是，他肚子里书多，别人说他肚子里有十部大书，每一部都能一口气唱一个月。不过谁都没听过他唱一个月，三天五天倒是唱过。他最拿手的不是《薛仁贵征东》，不是《秦雪梅吊孝》，也不是《穆柯寨招亲》，这些书他都能唱，也出彩，却都比不过《周法乾杀妻》，这是他根据日伪时期，海州一带流传的伪军司令周法乾的故事改编的大书，由于用方言说唱，穿插着淮海戏和地方小调，深受村民欢迎。

段小坠这会儿在唱什么书呢？其实老快一点也不关心。老快只听到隐约的琴声，琴声真的像段小坠说的那样，像女人的哽咽。

老快把自行车藏在了打谷场上的草垛肚里时，惊飞了一群酣睡的麻雀，它们"呼啦啦"地在天空乱撞、盘旋一会儿，才消失不见。老快被麻雀的飞翔绕晕了头，辨别一会儿，听了听胡琴声，还有段小坠沙哑的说唱声，才找到朝村子的方向，向村上跑去。

月牙儿已经被树梢遮住，就要落下去了，树影、草垛、村舍黑乎乎的。老快从这个黑影跳进另一个黑影中，让自己也成了黑的一部分，几个跳跃就到丁德扣家大门口了——段小坠的书场就安在丁德扣家的院子里，这可是老快没有想到的。更让老快没有想到的是，他刚躲到丁德扣家门口的笆帐（篱笆墙）边，书场就散了。老快是先听到人的嘈杂声和杂沓的脚步，才发觉段小坠的琴声停了，说唱声也断了。老快知道他躲藏的这地方正是路道边，藏不住。好在他身旁有一棵树，或者说这棵碗口粗的大榆树是笆帐的一部分，树上缠绕着的丝瓜藤拖拖拉拉地从树枝上挂下来，一直挂到笆帐上，把笆帐挂成了一堵墙。躲不了了，怎么办？如果往树上爬，显然来不及了，会被拥出来的人发现的。撒腿就跑倒是可以，但，在村街上乱跑，也有很大的风险。老快灵机一动，就地趴在笆帐边更黑的黑影里。也不行，万一被人踩上一脚就露馅了。此时蜂拥而来的脚步声已经大了，都闻到抽烟人身上呛鼻子的老烟叶味了。老快情急之下，一头扎进了笆帐里，居然把笆帐扎通。老快迅速爬进笆帐里，头上、身上全是挂下来的丝瓜藤了。不知是激烈的心跳，还是藤叶的窸窸窣窣声，他觉得声音很响，再怎么屏息敛气，声音都停不下来。脚步声也越来越响了，伴随着说话声——

"小书头不孬，怪骚的！"一个男的，喘喘地说。

"不骚鬼听啊？"女人声，口气里充满欢乐。

"段小坠为什么呀？不就是要那一口骚？"另一个男人说。

"哈哈哈……"

"还笑？别乱说啊，"还是那个女人，口气很尖刻，"路边说话，草窠有鬼，叫金姐妞听见，你就死定了！"

"我怕她？"

"丁德扣你怕吧？"

"他敢管我？自己女人都管不了……"男人带着轻蔑的口气道，"×的，这个段小坠，才唱多久？散场太早了，照这样唱，三天也唱不了多少书，看他能拿几个签！搞女人也太明目张胆了吧？"

"还说，"口气很尖的女人说，"你们先走，我要解个手。"

"哈哈，不是想听金姐妞的尖叫吧？"

"断气吧！"女人边说边解裤腰带。

脚步声远去了，消失了。女人面对着笆帐蹲下来，旋即响起"哗哗"声，一股气味浓浊的热尿不偏不斜地浇到老快的屁股上。

老快一动不敢动。

可能是这泡尿憋得太久了，老快的半个屁股被浇了个透，顿时热烘烘的。老快正暗暗叫苦时，女人说话了："啊，你也要痛快啊？"

老快魂都要吓出来了，哪有这样问话的？她是怎么发现的？发现了还尿？这不是欺负人嘛！老快抬起头，刚要破口大骂，一个陌生男人说话了："哧哧哧……叫你说对了。"

这是个粗嗓门的男人，说话声特别下流："别提裤子了，就手来……"

这一切就发生在老快的耳边。老快耳朵听得真真切切。老快的耳朵都听脏了。老快既害怕又激动，其间还偷眼向隔壁瞟一眼，当然什么都没有看见了。好在时间并不长，那对男女匆匆忙忙就跑了。老快再听听动静，四周真的什么动静都没有时，才感觉屁股上冰冰的冷。老快哭笑不得，思忖着，这是干什么呀？大老远跑来，就图这个？当然也不是为了听段小坠唱书。再说了，要知道段小坠把书场就安在丁德扣家，他也不来了，至少是不一定来。他想要得到什么呢？老快揪几片霜打过的丝瓜叶，在湿透的半个屁股上猛擦。他接连揪了好几把丝瓜叶，直到把屁股都擦得冒火星了，还不敢确定这次夜行的目的是来看看唐小红的。现在的这个形势，明摆着是白跑一趟了。书场就在丁德扣家的院子里，说明段小坠也住在丁德扣家。按照老快原来的设想，段小坠唱书时，丁德扣必定要去听书，而一直受气的唐小红不一定去听书，这样，他就能去关心一下唐小红了，不，还可教她拧麻线。老快已经看出来了，唐小红并不会用拐线砣。早先听丁德扣的口气，好像唐小红用过拐线砣。从她用腿搓绳的情形看，丁德扣的话不可信，所以，她第一次用拐线砣时，才会发出油锅里才会发出的"滋滋"声，才会让拐线砣不停地打在脚踝上，才会把两条胳膊架的那么高。唐小红需要人指导一下。老快就是指导唐小红用好拐线砣拧线的最好的老师。

老快站在丁德扣家的自留地里，朝他家的院子里看，黑灯瞎火的，只有糊糊沓沓的一片矮房，什么也看不见。

既然散了书场，丁德扣家去不成了，还惹了一身尿骚。老快十分窝囊。

但是，且慢，从刚才儿个人的对话中，似乎听出了弦外之音。

老快的好奇心又被勾了起来。

老快蹑手蹑脚地来到丁德扣家的院门前。院门大开着（本来就没有门），门上方有草顶的门楼，白天时，唐小红就在门楼下搓麻线。阳光照射在门楼下，唐小红的侧影摇曳多姿，特别是伸长的腿，圆圆胖胖、半边鲜红的腿肚子，在阳光下晃眼。老快就是在那时候脑瓜子里发出眩晕般的声音的。老快走到门楼下，睁圆眼睛看，竖起耳朵听，他眼前的黑暗絮絮叨叨的，耳里的声音也鬼鬼窃窃的。再细看，细听，又什么也看不见什么也听不见了。但，柳房里灯光一闪，还是吓得老快虾下了腰。那一闪的灯光也像鬼火，一闪，没了，像没有划着的火柴，或像抽了一口烟。老板再等灯光再亮时，突然响起一声笑。"滋……滋滋……滋滋滋……滋滋滋滋……"笑声在停顿后，平地响起一声尖叫，接着就是不迭声地叫唤了，尖锐嘹亮的叫声此起彼伏。与此同时，西边的矮墙上，响起几声"扑扑"的笑，和"咚咚"的脚步声，那是和老快一样的偷窥者，他们听到柳房里的动静，笑着跑了，边跑边喊："姐妞姐妞金姐妞……"老快才恍然大悟，原来，金姐妞就是唐小红，就是指唐小红的叫声像金姐妞的叫声一样。

"姐妞"就是知了。知了的叫声尖细、悠长又悦耳，而且不迭声。有一种知了体形比较小，叫声更尖，更细，俗称"金姐妞"。

唐小红的叫声确实像金姐妞，也像金姐妞的叫声一样明目张胆。

老快在金姐妞的叫声中也跑了。

5

这是怎么啦？老快停止了奔跑，在往打谷场走的时候，腿上老是打飘，有几次绊蒜似的差点摔倒。老快先是被吓着了。走着走着，喘气就不顺了，心里就被堵住了。又走着走着，腿就绊蒜了。怎么啦？怎么啦？怎么啦？老快越是自问，越是慌乱，越是气不顺，心里还渐渐生起大面积的悲伤。

老快从草肚里拽出自行车时，眼前已经一片模糊，有一些液体状的东西在脸上横流。

"谁呀？"有人在牛屋门口大声喝问。

老快不敢吭气，一手扶着车，一手抹了把脸。

"过来，过来，过来帮帮我！"

老快知道喊话人一定是第七生产队的牛头了。每个生产队都有牛头，他们不仅要白天喂牛，晚上还要陪牛睡觉，有的牛头，还兼管几头猪。老快不知道对方要他帮什么忙。老快心里有事，正糊涂着，或悲伤着，或愤怒着，总之，老快的心里五味杂陈，他把自行车往草垛上一靠，就朝对方走去了。

"谁啊？"黑暗中一个更黑的黑影又问。

老快在喉咙里咕隆一声。

"老蛋啊？知道你小子最会装神弄鬼。"

老快知道对方搞错了。老快也不想解释，想帮了忙就走，便跟着黑影走。

"我老了，弄不动了，要搁头几年，我能把他扛到牛屋。"牛头一边走一边说，"跟老母猪睡，真他 × 的……"

牛头走到猪圈边，爬进了猪栏。老快也腿一跨，跟了进去。牛头身子一团，几乎是趴到了地上，他且匍匐着爬进猪窝，顺手从猪窝里拽出一头小猪崽。

"猪×的，也醉成这样了。"牛头一连拽出几头小猪崽，拽一头，说一句，"看把你一个个醉得。"

老快果然闻到酒臭味了。

"搭把手啊老蛋……"牛头把一只脚塞给了老快。

老快和牛头一人拖着一只脚，把一个人从老母猪的身边拖了出来。

"德扣……醒醒德扣……我和老蛋扶你到牛屋睡。"

被拖出来的是丁德扣！老快震惊了。丁德扣没在家，他没有听段小坠唱书，他一直在猪圈里睡觉？

丁德扣拖醒了，他"哼哼唧唧"，浑身酒臭味。老快真不知道丁德扣会醉成这样，下午逮小猪崽时，虽然看出醉了，但没想到醉得连老婆都不管了。

6

为了做好庞会计的镜框，老快特意找出了那把刨子。这个刨子特别，是专门为镜框特制的，刨刀上带着锯齿样的缺口，刀刃呈"{"型，一刨推下去，刨花飞溅后，木条上就刨出自然的凹槽了。这把刨子很少用，刨刀都生了锈，如果不是因为做庞会计的镜框，恐怕依然派不上用场。

老快卸下刨刀，在磨刀石上仔细地磨着。这种有特殊形状的刨刀不好磨，不是锵几下就能磨好的，因为刀刃是锯齿形，着力不一样，得一点点打磨才好。所以，天一亮，他就在后院里磨刨刀了。在磨刨刀之前，他先是到后院的大棚里看看昨天刚逮回来的小猪崽，看它还在昏睡，给它的几棵青叶野菜也没有吃，就没理它——磨刨刀、做镜框的事也是急事，他知道刻薄的庞会计庞大麻子并不好惹，何况以后到木业社改木料、顺点小东西，还得靠她关照。但这不是老快要抓紧给她做镜框的首要理由，首要理由是，老快对她突然有了好感。这好感来得太快，比子弹还快，瞬间就击中了他。那还是昨天晚上，几乎是深夜才回到废品收购站宿舍的老快，没洗没涝，就和衣睡下了——身体是躺在床上了，却眼睁睁地望着屋顶发呆，耳朵里迅速灌满了唐小红金姐姐一样的叫声。唐小红的叫声像电锯锯木头，从他耳朵里，钻进心里，而脑子里呈现的，是唐小红惊诧的神情和痴痴的笑。老快希望同样的感觉也能在他面前重现，这个幻象一下就攫住了他，唤醒了他，一个人的面貌出现在他眼前。让他惊讶的是，这个人不是唐小红，居然是庞会计。他仔细看，确实是庞大麻子，和他在木业社见到的真实的庞大麻子一模一样。就是在这时候，那颗子弹急速飞来，击中要害。×的，庞会计也好！麻脸怎么啦，天一黑，什么也看不见。

磨好了刨刀，老快对刨壳不满意了。老快一直认为自己是个细木匠，和木业社那些只会做风箱、打方凳的粗木匠不可同日而语。细木匠的木工家具怎么能这么粗糙呢？这个刨壳子还是几年前做的，木料是普通的面枣树，木纹不好看，做工也不细，不配啊。老快把丁德扣拿来的牛鞍找出来，一眼就相中了。但他还是放了下来。

老快拿着刨刀，到木业社，找到了庞会计，他跟庞会计说明，做镜框，必须先做一个好刨子。老快口气极其认真、极其严肃地说："庞会计，请你帮个小忙，给我找块木头，能做刨壳的就行。"

"什么？求你给我做个镜框，还要我给你做木工家具？"庞会计乐了，"你要是请我吃饭，莫非叫我带棵大白菜？老快你别这样聪明好不好？下午吧，下午我给你送去，不就是一块木头嘛，好讲！"

"要硬的，硬木料，经磨。"

"硬的？经磨？"庞会计看一眼老快的裤子，那儿的纽扣没扣，敞开了门，露出了里面的秋裤。庞会计移开目光，红了脸说，"有多硬？哈哈哈，老快你要笑死啊？还经磨，什么东西经磨啊？哈哈哈……下午我就送块经磨的硬木料给你。"

下午很快就到来了。

在下午到来之前，老快已经开工了，他找了一块水曲柳的木板，改成细条，在细木条上刨了两条半圆形的凹槽，做了一个高二十厘米、宽十五厘米的镜框，他只需再花半天时间，用细砂纸打磨，然后刷上清漆，晾干后，再打磨，再刷漆，反复数次，一个精致、漂亮的镜框就做好了。但他没心情做了，昨天逮回来的那头小猪崽，给他添了不少麻烦，它不吃不喝，站起来还打软腿，像是病了。它怎么就病了呢？是到了生地方？还是因为太小？或者是逮它时，被他两腿夹伤了脑袋？为了这头小猪崽，老快费了不少心思，喂了剩饭不吃，找了野菜给它，也不吃，喂它水也不喝，放它进后院的草地跑跑，它也走不动了。老快觉得它要是再不吃，撑不过明天就会死了。

庞会计来了。

她果然用衣服包了一块木头，是一块方方正正的木段子。老快一眼就认出这是一块东北松，白色的，木质粗软，不能做刨壳。老快拿过这块东北松木，装模作样地看看，心里头却嘣嘣地狂跳——他根本就没想她拿来的木头能做刨壳。他不过是拿这个做借口，把庞会计引来罢了。机会说来就来了，庞会计就在眼前，老快却心虚起来，拿木头的手有些战栗。

"能用吧？够硬吧？"庞会计说。

"啊？"老快的眼睛不看木头了，他看庞会计的胸。庞会计穿双排扣的列宁装，花线尼子的，干干净净的衣服里，藏着活蹦乱跳的乳房。老快不敢看庞会计的眼睛，他盯着庞会计的胸时，把手里的木段子扔了（差点砸着了小猪崽）。老快像逮小猪那样，双手就掐了上去。

庞会计猝不及防，大惊失色，下意识地一转身，肥硕的屁股就把老快撞了个歪拽。老快没预备庞会计的屁股有这么大的威力，也没想到庞会计会不让他动手，脚下不稳，又一脚踩到木头段子上，人就趴下了，屁股撅上了天。

"想吃老娘的小糖饼，瞎，瞎……"庞会计脸红脖子粗，嘴里发出的"瞎瞎"声，不知是哭，还是气，抑或是笑，冷笑。她没等老快爬起来，操起地上的那段木头，狠狠砸到老快的屁股上，又顺势踢了一脚，哈哈大笑着，骂道，"瞎了狗眼……哈哈哈，你他×……就像这条狗一样，不知好歹！"

她把小猪崽当成小狗了。

庞会计还不甘心，又抱起地上的木段子，再次砸到老快的屁股上。

庞会计一边骂一边往外走了。

老快只听到大门撞上的声音。老快坐在地上，忍着屁股的疼痛，那疼一跳一跳的，消停不下来。明天就是大集了，废品收购站会特别忙，他怕屁股疼得不能站起来了。

7

老快没想到到了晚上又来到了秦范。老快知道，他这次来，自己给自己找不到任何借口了，就是因为唐小红。更让老快没想到的是，段小坠转场了，不在丁家浜唱了。不是说好大唱三天的吗？莫非明天的大集他要唱书？那也不影响今晚再唱一回啊。早知道段小坠不唱书，何必要等到天黑来？下午就来，还能在丁德扣家喝酒吃晚饭，还能亲手教教唐小红拧线，还能……老快想到了唐小红金姐姐一样的叫声，心里像猫抓狗舔一样难受。

此时的老快没有躲在丁德扣家门口的笆帐里，也没有爬在树上，他像昨天晚上的偷窥者那样，趴在西边的矮墙上。老快半蹲下身子，只露出眼睛。院子里一片黑——丁德扣家和丁家浜所有人家一样，没有特殊情况，晚上是不点灯的。老快什么也没看到。丁德扣干什么呢？唐小红又在干什么？老快真好奇啊。老快看了一会儿，适应了院子里的光线，能看到柳房的门黑洞洞的，能听到柳房里发出的细微的声音。老快能听出来，这是拐线砣拧线的声音。唐小红在拧线！而且用的是他做的拐线砣！老快立即兴奋起来，血管里流动的声音都能感受到了，同时他也莫名其妙地紧张起来。更让他紧张的是，黑暗中响起了歌声。一个男人的歌唱，仄着嗓子，似乎不是在唱歌，似乎要把嗓子里的什么东西吐出来。老快马上听出来，这是丁德扣在唱。想躲起来的老快不用躲了，因为丁德扣已经从门楼下走进了院子。丁德扣的歌声并没有停，他对着柳房把嗓音降低些，唱了一句，嬉皮笑脸的，像是什么淫词小曲。老快没听清，却听到一声惨叫。随着惨叫声，丁德扣突然矮了下去，变小了——他是抱着肚子蹲下了。丁德扣嘴里发出的，不是歌声了，而是吸气声——他被砸疼了。

"进来！"柳屋里传出唐小红的声音。唐小红的声音不大，却厉声厉气，短促有力。

丁德扣便消失了——他是蹲着走进柳屋的。

"鬼号啊！"唐小红不紧不慢地说，"我叫你号，我叫你号……"

几声脆脆的击打声之后，就是丁德扣的笑声了。丁德扣先是"咔"地笑，接着就是"咔"地哭，声音也一声声变细，变尖，像是唐小红的叫声了。如果不是亲耳听到丁德扣从唱到笑到叫到哭的过程，老快都不能相信这是丁德扣在尖啸，他一定以为是唐小红的尖啸。这是演的哪一出戏呢？

尖啸声紧密起来，因为抽打声也紧密起来……

唐小红的说话声在尖细的哭叫声中消失了，替代唐小红说话的，就是一声一声有节奏的抽打。她在打谁？打丁德扣？她是用什么抽打的呢？柳条？拐线砣？她抽打丁德扣哪里呢？屁股？抽打声和尖啸声互相交错，此起彼伏。

8

老快最忙的时候就是五天一次的大集了。平岭街的大集是逢一、六，今天正是初六，一大早街上就人声鼎沸了。老快被街上传来的声音吵死了，在后院里给小猪崽喂食，就听到噪声越过废品收购站的屋顶，降落到后院的草丛里，仿佛草丛就是大集市似的。黑色的小猪崽已经适应这片草地了，它也起了个大早，把各个角落视察了一遍，尖尖的嘴还到处拱，草丛中，湿地里，总能找到吃食，嘴巴一直不停地动，吃了什么老快都不知道，反正再喂它吃点正餐，它是什么都吃不进去了。老快丢下小猪崽，任它自由活动，自己在大棚里做木工活，他想把庞会计的镜框再用砂纸打磨一遍，可街上的噪声实在噪得他心烦。老快心一烦，做事就没劲了。老快从前不怕街上的噪音，多大的噪音他都不怕，都不会影响他的注意力，可今天不行，心烦就像躲在他心里似的，时时提醒着他。也许那不仅是心烦，应该是心事，是关于唐小红的心事。更让他丢下手里的活胡思乱想的是，在噪声中，响起了胡琴声。老快一听这琴音，这节奏，就是段小坠在拉，就是他交换给段小侍的二胡，甚至，老快还感觉到二胡出了点屁漏，对，一准是胡筒裂了，声音喑哑地传出来。胡筒怎么会裂了呢？受了潮？还是摔啦？不至于啊。段小侍的琴弓仿佛不是拉在琴弦上，仿佛是锯在他的心上，更让他坐立不安了。这吱吱呀呀的胡琴声，像极了唐小红的叫。唐小红的叫有两种，一种是在柳房里，和段小坠有关，叫声是激越的，欢快的，嘹亮的，期间夹杂疼痛和悲愤；另一种叫也是在柳房里，和丁德扣有关——也可以说这不是叫，是哭喊，是求饶。老快的脑袋里充斥着这些声音，伴随着声音的，还有模糊的印象，映象中的主角正是唐小红。老快想把唐小红从脑子里抠除掉，可怎么也抠不去，而且越抠，唐小红的影像就越多，就重叠着出现，哭的喊的，泪流满面的。老快没办法，他只好早点去开门了。

开门时还不到八点，这可是他破例头一回，以前都过了八点，他才懒懒地打开收购站的门。

大门一开，排在第一个的，居然是唐小红。

老快差点跌坐到地上。

没等老快要说什么，人已经拥进来了。他们卖什么的都有，有卖狗皮的，有卖黄鼠狼皮的，有卖几件废旧铁器的，有卖几个瓶子的，只有唐小红卖笆斗、水斗，而且她这次只卖一只笆斗和一只水斗。他们没有按照秩序排队，而是一溜趴伏在水泥柜台上。老快看到，唐小红贴着柜台的瘦小的身影，一不小心就要被挤扁似的。老快就大声喊："别挤，一个一个来。"但不知唐小红故意的，还是她实在挤不过其他人，一直挨到最后一个，空旷的柜台外边只剩她一个人了。

"就这两件？"

"就两件。"唐小红声音很小，细若蚊蝇，"我没钱赶集了。"

"老丁没来？"

"没来，没空呀，在家打笆斗了。"

老快一笑，低头开票据，心里却紧张起来，手还有点抽搐，这可是从来没有过的。隔着柜台，唐小红嘴里呼出的细微的喘息声似乎渐渐响亮起来，渐渐变成那天晚上的喊叫……

"梅主任……"唐小红说，眼睛胆怯地望着老快，看着老快一个愣神，又一笑。

"啊？"老快忘了要干什么了，手里拿着圆珠笔。

"开票……"唐小红提醒道。

老快更紧张了，觉得心事全叫唐小红看了去。唐小红可不是凡人，别被她表面的样子糊弄了，她能和段小坠忘我地搞到一起，几乎是明目张胆，几乎是不顾一切，还能暴打丁德扣，甚至叫丁德扣装成她的声音哭叫，叫丁德扣到处宣传他打老婆的壮举。老快觉得这个不起眼的小女人太厉害了，太刺激了，太让他喜欢了。老快觉得他要是段小坠，他也会半夜里去丁家浜的。老快心里突然涌起一阵怨恨，不知是怨恨唐小红，还是怨恨段小坠，或者是怨恨丁德扣。

怨恨突如其来，来势汹汹，让老快心里坚硬起来，他自语道："一个水斗，一等品，一块三毛五；一个笆斗，一等品，两块三毛五，一共三块七毛钱。跟老丁讲，我都给他一等品。"

"晓得，梅主任你是照顾我家德扣啊。"唐小红朝老快一笑。这个笑，和刚才的笑不一样，刚才的笑没有露齿，是礼节性的。这次笑，露出了一嘴白白的牙齿，是开心的，也是真实的。她接过老快开给她的小单据，再感激地一笑，往外走了。

老快看着她小屁股一扭一扭的，觉得这么个瘦弱的、苦相的女人，怎么有本事把男人打成那样呢，丁德扣人高马大的，难道打不过她？关键还装神弄鬼，不知道的人还以为是丁德扣打的她。更让老快不能理解的是，丁德扣愿意装神弄鬼，原意学女人的哭。

"那个……"老快想问她，丁德扣是不是又打她了，话到嘴边，觉得不能这么问。可她已经转过头了。

"啥？"她眼睛闪一下，等着老快说话。

"那个……那个那个……拐线砣……好用吗？"

"拐线砣呀？好用，好用啊，还要谢谢你呢，德扣要不是在家打笆斗，他就要给你送狗肉冻子来了，村里有人偷了条狗。"

"我不吃狗肉冻子——"老快咽口口水，还是说了，"麻线好了，丁德扣笆斗打得也漂亮，他狗 × 的不敢打你了吧？"

"打！"

唐小红声音很低，像一股气流，或许只有她自己才能听到，老快也只能从她嘴形上能"听"出来。老快眨了眨眼睛，觉得心计不够用了，一向自诩聪明的老快，在唐小红面前突然变得愚不可及，不知要说什么。他看到唐小红迟疑着，明显是想听他说什么的。老快情急之下，说："狗 × 的丁德扣再打你……我替你报仇。"

老快说过就后悔了，你报什么仇啊？一竿子打不着啊。即使要报仇，也轮不到你老快呀，也是段小坠啊。

唐小红突然"咯咯"笑了，她没有接老快的话，而是顺着自己的话说道："你不吃狗肉？"

"不吃。"

"下次你去丁家浜喝酒，我给你杀一只鸡，给你和德扣下酒。"唐小红说完，头一勾，走了。

这就走啦？老快心里空落落的，想从柜台里追出来。追出来也没有什么目的，就想再看看唐小红，再听听她说话，虽然他明知道唐小红瘦小的身影，一入拥挤的集市中，就被淹没了，但仍觉得望一眼，也许就会减弱些后悔。

老快刚要从柜台上翻身出去，又有人进来。老快只好继续忙于工作。在忙于工作中，老快都要下意识地向门口望一眼。

中午越来越近了，街上的人也越来越少，段小坠的唱书声越来越清晰。让老快不能接受的，就是他的琴声。好好的一把二胡，怎么就坏了呢？怎么就拉出这种又哑又破的声音呢。这种又哑又破的声音，即使是你段小坠拉出来的，也不应该是我的二胡啊。可段小坠正在拉的二胡，确实就是老快做的那把二胡。老快在这把二胡上花费了巨大的心血啊。你段小坠一定要糟蹋我的二胡是不是？你他×糟蹋了唐小红还不过瘾吗？你他×让唐小红发出二胡一样的尖叫声，你他×是人吗？老快内心的愤怒再次喷涌而出，而且这股愤怒迅速变成一股滚滚洪流，不可遏制、碾压一切、铺天盖地。×的，得告诉段小坠，把二胡送过来，老子要把二胡修好！

真是愿从心头想，老快刚没听到琴声，段小坠就来了。段小坠背着二胡，手里提着一只包，走进了废品收购站。段小坠不是第一次来，他也来卖过杂七杂八的东西，和老快算得上朋友，还在一起喝过酒，最让他们交情更进一步的，当然就是这把二胡了。

"梅主任！"段小坠欢快地说。

"散场啦？"

"散啦！"段小坠把帆布包朝柜台上一放，"关门下班，我请你喝杯小酒！"

"街上还有人。"老快看一眼桌子上的小闹钟，刚到十一点半，离十二点下班还有半个钟头。但老快的下班不是以时间为准的，是以街上有没有人为准的。

"没人了，你看看。"段小坠指着门说，"说没就没了。"

老快望出去，果然，刚刚还来来往往的人，转脸就稀稀拉拉没有几个了。老快从柜台上翻身出去，走到大街上，两边望望，踌躇着。他在门口踌躇着，犹疑着，有两个目的，一个是把刚才陡然升起的对段小坠的怒火熄熄，二是想想跟不跟他喝一杯，三是确保离中午近一些，街上的人就走光了。

当老快重新走进收购站关上大门时，发现段小坠变戏法一样地从包里掏出一包水晶花生米，一包五香酱鸡心，一包猪耳朵和两根猪尾巴，还有一瓶桃林大曲。酒是好酒，菜也是下酒的好菜。

"梅主任，就借你这柜台，好好喝点，一人半斤，不许推孬啊梅主任，你去找两个碗来！"

老快看到好酒，心里就快活了，立即去套间宿舍，拿出两只碗来，还顺手把喝剩下的半瓶地瓜烧也拿了出来。

段小坠把背着的二胡拿下来，也放在柜台上。

老快看到了，二胡筒上确实裂了缝，这回不是用铜丝捆绑的，是用麻线捆绑的。这种麻线，只有唐小红家有。

9

三天后，老快的镜框做好了。

他不知道木业社的庞会计多会儿来拿镜框。如果庞会计今天不来拿，他就把镜框带到丁家浜，送给丁德扣。送给丁德扣，就相当于送给唐小红。老快已经从收购来的一堆碎玻璃里找到一块破镜片，用玻璃刀划好，装到镜框里了。严格地说，现在不应该叫镜框，应该叫镜子了，或者叫化妆镜，是老快亲手做的一面镜子。这面镜子比穿衣镜略小，却比商店卖的小方镜小圆镜略大。关键是，这面镜子的镜框特别精致，镜框上有凹槽，还有花纹，清漆油了几遍，看起来闪闪发光。

老快在后院的玻璃堆上翻找镜片的时候，又顺手去另一边找骨头。那堆骨头，已经叫小猪崽拱得四散在草丛里了。老快捡了几块，放在大棚里的木工案上，他准备有时间，做几个小玩件，另外，他还想把那把二胡轴上也镶一圈骨头。老快是个做事精细的人，段小坠让他修二胡，他还喝了段小坠的桃林大曲酒，总不能喝酒不做事吧？二胡倒是修好了，回过头看看这把花费他很多心血的二胡，觉得要是在二胡轴上镶块白色的骨头，肯定会提升二胡的品质。

老快准备小睡个午觉，下午有精神去丁家浜。

老快没有睡午觉的习惯，他睁着眼，躺在床上，看着墙上的二胡。

墙上并排挂着两把二胡，一把是段小坠换给他的，老旧的二胡，深栗色的，泛着陈年的光泽；一把是他自己的工艺，亲手做的，清漆簇新，换给了段小坠。现在，两把二胡都挂在墙上了。墙是粉墙，两把二胡在粉墙的映衬下，熠熠生辉。按照约定，今天早上段小坠就来取二胡了。可老快知道，段小坠不可能来了，二胡也永远取不走了。

木业社的庞会计没有来取镜子，老快决定带着镜子去丁家浜。临走时，他不放心后院里的小猪崽，便去看它一眼。这一看，吓了他一跳，小猪崽正在草丛里拱土。那是一块新土，略微有些隆起，上面散乱地堆着烂绳头、破布条等破烂了，小猪崽不知道是对这些破烂感兴趣，还是对新土感兴趣，正拼命地拱，把地上拱了一个新坑。老快大惊失色，对着小猪崽就是一脚，把小猪崽踢飞了几步远。小猪崽嗷嗷叫着跑了。老快不放心，抓住了小猪崽，捆到自行车上——他决定把它送给丁德扣家。

吴小丽一周的情感波澜

周一

吴小丽一夜没睡好，满脑子都是古一玄，翻身、侧身、蒙头、盖脸，都是古一玄猥琐的面孔和鬼鬼祟祟的笑容。古一玄就像她吃到胃里的变质食品，发酵了，却吐不出、排不出，想起来还恶心。这种折磨，比变质食物憋在肠胃里还难受，再加上古一玄而引起的其他乱七八糟的连锁事件也一齐涌上心头，平时睡眠就不好的吴小丽怎么能睡安稳呢？失眠就在所难免了，早上一起来，眼皮水涩肿胀，像有千斤重，头也沉沉的，仿佛醉酒一样——事实上她昨晚真的醉了。

吴小丽不能喝酒，沾酒就脸红，可第一次醉酒居然就和古一玄有关——是古一玄给她倒的小半杯葡萄酒。本来吴小丽只是端杯时看看葡萄酒的颜色，把那种迷人的黑红色当成艺术品，偶尔也会瞟一眼醒酒器里的液体，想象着它的芬芳和甘醇。可古一玄一定要她喝一口，理由也让她无法拒绝——她刚刚参加国展的那幅小楷作品上钤的几方大大小小的印，就是出自古一玄之手。而且这套印，是古一玄白送她的。按照书法界的常识（潜规则），吴小丽应该投桃报李送一幅字给他。吴小丽也想到了这一点，可整日忙忙碌碌，便忙忘了。古一玄在酒桌上把这事提出来，吴小丽只好抿了一口葡萄酒，以示歉意。古一玄倒是大肚，有粉就为白嘛，湿湿嘴唇就算喝了。可其他人饶不过吴小丽，纷纷起哄，一定要她干一杯。她经不住桌子上几个画家、书法家、篆刻家的死缠烂打，杯中的葡萄酒也不多，再加上吴一玄的印章确实提升了整幅作品的亮度，给作品增加了几分成色，就尝试着喝干了杯中酒。不消说只一小会儿，吴小丽脸上就火突突的，头也晕了，目也旋了，眼前的景物都在晃动，硬撑着坐到酒宴结束，又硬撑着才回了家。

因为有了那次的喝酒经历，昨天晚上在政协书画委员会的聚餐会上，古一玄便"出卖"了她。没办法，她又喝了，这次不是小半杯，而是大半杯。劝酒的如果是别人，她怎么也不会喝的。劝酒的是新任政协主席，大家都叫他袁主席。袁主席说："小吴，能喝就喝吧，现在是晚上，也没有课。再说了，葡萄酒也不是酒，就算是酒，文人怎么能离得开酒呢？当年书圣王羲之玩曲水流觞，如果没有酒，再会玩也写不出《兰亭序》来，所以文人和酒是不分家的。就这半杯，干了你就自由喝了，茶、饮料，随你便。"吴小丽不能拂领导的面子，也不便扫大家的兴，硬着头皮喝了。喝了就醉了，立竿见影。这次不仅是脸红，不仅是头晕，直接就坐不住了，头一沉，趴到了桌子上，还碰翻了一只碗。她只听袁主席说："呀……看来小吴老师真不能喝啊。一玄，你这情报不准……你们是不是不太熟啊？快送小吴老师回家吧，你亲自送，免得出事。"古一玄答应了袁主席，又对吴小丽说："小吴，小吴，回家可以吧？"吴小丽听得清楚，下意识地哼道："可……""以"字没有说出来，被她吃了。在大家哄笑声中，吴小丽歪歪拽拽地走出了酒店，上了古一玄的车。车子怎么行驶的，向哪行驶的，她都不知道了。不知过了多久，迷迷糊糊中，感觉有人在跟她说话。她不想说话，也不想听别人说话。又感觉有人摸她的肩，摸肩的手往下游走，从她腋下钻过，在她胸部划动、抚弄。她想躲开那只手，却没有力气，也动弹不得，想怒斥对方，却看不见对方的脸。她无可奈何，不知不觉中又睡着了。最后，有人推她肩膀，才听到古一玄说："小吴，小吴，到了，这是洋浦小学门口了，下边的路怎么走啊？"

吴小丽突然清醒了。从市区到洋浦小学，近一个小时的时间过去啦？上车就睡了，这可是实实在在的一觉啊。吴小丽晃晃脑袋，向车窗外打量一眼，门灯照亮下的大门，确实是她乡下就职的这所小学。可这里并不是她的家。她的家在哪里呢？在洋浦的老街上，要走过一截小马路，再穿过一条巷子，拐过一座石板桥，才能到，离这儿还有小一里的路程呢，吴小丽不想让古一玄送了，说："我下车。"

"别呀，"古一玄说，"我送你到家吧，天都黑了。"

五月的天，夜短昼长，虽然已经快八点了，才刚上黑影，远处天边还留下黄昏暗红色的尾巴。吴小丽不想让古一玄知道她乡下的家。这也出于一点自我保护的意识，毕竟她现在和丈夫陈大华分居，两人之间的矛盾还没有调和，尽量谨慎些，免得家丑外扬。再说，走在自己童年、少年就走惯的村街上，也便于清醒。就在吴小丽准备下车时，古一玄突然伸出手拉住她胳膊了。吴小丽一惊，下意识地震一下胳膊。古一玄也还知趣，那只拿刻刀的大手夸张地弹开了。古一玄紧张地嗫嚅道："……不是……那个这个袁主席……你知道吧？他也喜欢写字，榜书很见功力的，提过不少招牌字……"

吴小丽不傻，古一玄拉她的胳膊，并不是要说这个话。他这样说，无非是一个心怀不轨的男人灵机一动的掩饰而已，而他脸上的笑，更是十足的淫荡。吴小丽脸色阴郁地脱口回一句脏话："关我屁事！"

吴小丽在说话的同时已经下车了。吴小丽不知哪来的力气，她甩动车门的幅度很大，发出"嘭"的一声巨响。那只在她胸部划动、搓揉的手重回她的记忆，她不知道是梦境还是真实存在。现在确认了，那并不是梦，那就是古一玄的手。

走在熟悉的街巷里，吴小丽心里委屈，骂这个古一玄真不是好东西，真是个乘人之危的流氓，怪不得给她送印，怪不得要灌她酒，怪不得常开车送她。这家伙一直心怀鬼胎啊，一直在等着适合的机会啊。古一玄在市纪委工作，是黄新的朋友，一年多之前，黄新这个曾经的区文广新局局长兼区书协主席在没有被双规（据说现在被判了十五年有期徒刑）之前，曾是吴小丽书法和篆刻的老师，她常出入他的办公室，送印章、书法，请黄老师点评。如果创作大作品了，还会在钤印上请黄新指教。大多数时候都是黄新一边讲一边亲自帮她盖章。不懂书法的人，以为钤印盖章不过是书法技艺中的小事，其实，一部作品的成功，印章的大小、布局、数量，印的形状和内容，都十分关键，有些失败的作品，就出在印上。所以吴小丽一直都很谨慎。黄新被双规以后，吴小丽一度很紧张，怕自己被牵连进去。还好，有关部门并没有找她谈话。她庆幸自己这些年洁身自爱把握得好，和黄新在经济上没有牵连，情感上更是清白（不是没有机会）。但是，最初透露黄新被双规的消息，正是这个古一玄，是他最先透露给瑞雅轩的周师傅的。而且在透露之前，更是一反常态地专程跑到吴小丽所在的洋浦小学，以崇拜者的身份，送一套他精心制作的书法专用印章给吴小丽。后来在瑞雅轩，他又故意透露一条更重要的信息，说在黄新的办公室和他家书房里，看过吴小丽的小楷书法作品，而且是办公室和书房里悬挂的唯一作品，很漂亮。当黄新被双规时，吴小丽才猛然意识到古一玄一连串动作的潜台词，他是在婉转地提醒吴小丽，黄新书房和办公室悬挂的字，并非好事——他是在暗中帮助吴小丽啊。但，这样的帮助，一方面让吴小丽感谢他，另一面也让吴小丽不能释怀——是不是艺术圈里都在流传她和黄新的闲话呢？完全有可能，试想，一个漂亮而年轻的女书法家，和她有权有势的老师之间，怎么会太平无事呢？这让吴小丽如鲠在喉，如坐针毡，惶惶不可终日。好在黄新的案子终于尘埃落定。正如人们预料的那样，黄新一是经济问题，在市博物馆和图书馆的建造上，贪污受贿了巨款，二是和某越剧团的女团长长期有不正当两性关系。黄新案结案之后，吴小丽才得以解脱。一年多来，这个貌不惊人的古一玄，明处或暗处，都在说吴小丽的好话，处处表现出对吴小丽的友善和关心，原来这一切都是有预谋的。

古一玄的原形毕露，让吴小丽觉得受了莫大的污辱，回家后，连女儿的作业都没有检查，就一头扑到床上了。

整整一夜，吴小丽都不能入睡。特别是到了下半夜，吴小丽觉得再不睡，就影响明天工作了。可越是想睡，越没有睡意。不仅是古一玄，被她捉奸在家的陈大华和郭蓓蓓又开始折磨她了。从前年的九月，到今年五月，隔了两个年头了，满打满算也一年零十个月了，她和陈大华一直分居。她带着女儿住在乡下的父母家，陈大华一人住在市区的家里，独占那么大的房子，会干什么鬼勾当呢？她一点也不知道。她平时太忙，除了上班教书，每天晚上还要教女儿学书法，自己也要搞创作，星期六上午还要带女儿进城去学二胡。人一忙，会忘了许多烦恼——尽管烦恼也会偶尔找上门来，因为事情太多，再烦的烦恼瞬间也就忘了。只是女儿每天都要和爸爸通电话，和陈大华嘀嘀咕咕小半天。女儿也聪明，知道爸爸妈妈之间发生了不愉快，知道爸爸和妈妈已经不好了，电话都是背着她打的。其实吴小丽喜欢女儿和陈大华交流，毕竟是她爸爸嘛。因为古一玄的原因，让她想起了家庭的冷战。这场冷战持续时间太久了。再延续下去……会怎么样？吴小丽做了多次设想，一是离婚，二是和好。和好她是不甘的。离婚她更不甘。凭什么啊？谁是受害者啊？本来就是陈大华的错，离婚了不是遂了他的愿？她见得太多这样的家庭了，离婚后，没多久，男方就大操大办了二婚的婚礼，把比原配更年轻的新娘娶回了家，而女方只好辛苦地带着孩子，过着暗无天日、度日如年的日子。可不离婚，也太便宜陈大华了，就白白让他偷腥成功？当初选择分居感觉是最好的选择。现在看来，也未必，当断不断中毒更深啊，要么快刀斩乱麻，心一横，离了算，长痛不如短痛。要么关起门来，和陈大华大吵大闹一番，逼他认错道歉写保证书，把眼泪流在自己肚子里，苦药抹在自己的伤口上，小日子继续过，至少在外人看来，这个小家庭还是美美满满的。可偏偏吴小丽选择了最棘手的分居。分居就是冷战。而世界上最难处理的就是冷战，最没有胜负的也是冷战。

吴小丽就在这样纠结中，起床了。起床时刚刚五点钟，正是最难起床的时间段，比往日提早了整整一个半小时。她看一眼身边的女儿，小家伙正甜甜地吧唧嘴呢。她也想像女儿那样睡，可她却起来了。这也是没有办法，实在是睡不着啊，把眼睛都闭疼，把心都熬碎了。正巧听到楼下有动静，厨房里也响起淘米声，知道母亲已经起来煮早饭了。母亲每天都起得早，都是在她和女儿一起来，洗漱完毕，可口的早餐就在桌子上摆好了。家有一老，赛有一宝，就是这样的。可今天她来到厨房了，想帮母亲做早饭。母亲惊了一下，说："你起来干吗？快回去睡，做好饭叫你！"

吴小丽被母亲赶回床上，打开手机，看到一条微信，古一玄的。古一玄的微信内容倒也正派："昨天袁主席请客，是要大家交作品的，海湾市和新沂市政协要在'七一'期间搞一个书画联展，每人要交一幅八尺整张的条幅大作品，你的任务是你最拿手的小楷。"吴小丽看着微信，气不打一处来。姓古的倒是淡定，给她安排工作来了，只字不提他的流氓行径。以为自己是什么东西啊？爱理你！吴小丽又到朋友圈看看。可能是时间太早吧，朋友圈里也没有什么值得一看的内容。吴小丽的朋友圈本来就不大，除了几个要好的同事，就是书友画友了。周师傅热心，把中国书协网上入选国展的名单晒了一下，还附上标题：我市女书法家吴小丽再次入选国展。点赞的不少。吴小丽昨天已经看到了，回复感谢时，附了个害羞的表情。现在她又看了看那条消息。这条消息让吴小丽心里亮堂了些，也愉悦了些。

女儿翻了个身，把腿搭在了吴小丽的肚子上。

吃完早饭，吴小丽骑着电瓶车，照例和女儿一起来到学校。女儿四年级了，过了暑假，就五年级了，时间真快啊，女儿已经成了小人精，学会猜度妈妈的心了。在校园里，吴小丽把脸送到女儿眼前，问："乖，妈有没有什么变化？"

女儿这次没能理解她的心思，草草了事地说："妈漂亮，妈是大美女。妈妈再见！"

看着女儿快乐地跑进教室后，她轻抚一下自己松松垮垮的脸，后悔早上忘了照镜子，气色一定很差，至少可以涂点口红，人工弥补一下的。但吴小丽来不及多想，长吁一口气，在海棠树下支好车，提提精气神，赶快去了办公室。

平时都是吴小丽先到办公室的，今天例外了，她对面的小朱老师已经把地都拖好了，桌子也抹过了。吴小丽和小朱老师打过招呼，问："今天这么早啊？"

"睡不着！"小朱老师脸色难看，青灰色中透出倦容，话也有些冲，还隐约有些委屈。

"怎么啦？"

吴小丽这一问，小朱老师眼泪"唰"地涌出，"哇"地号啕起来。

吴小丽不知出了什么事，赶快过去搂住她，说："别呀……"

小朱老师可能知道这是办公室吧，不是大哭的场所，忍着悲伤，把号啕声憋了回去，抱住吴小丽的胳膊，抽泣一声："没什么……狗吃的……不爱我了……"

"狗吃的"是小朱老师对丈夫的昵称，有时候也会在"狗吃的"前边加个"小"。小朱老师常在办公室里秀她和丈夫的趣事或糗事，小狗吃这个，小狗吃那个，满脸的幸福和满足。现在突然冒出这句话，让吴小丽心里一紧，"不爱我了"，什么意思？这么一对恩爱宝贝也情感危机啦？吴小丽试图推开小朱老师问个究竟。可小朱老师反而把她搂得更紧了。吴小丽明显感到小朱老师身体的抽搐和战栗，也明显感到她双手的冰凉，看来不像是矫情，真出事了。吴小丽像受到传染一样，内心最敏感、最柔弱的地方被猛然触动，鼻子一酸，泪水也喷涌而出。吴小丽拍着小朱老师的肩，哽咽着说："别……别呀，小猪猪……没什么大不了的……一会儿来人了，空了跟我说啊……"

小朱老师"哼"一声，松开吴小丽，跑回自己办公桌上，扯出抽纸胡乱地揩泪，把眼睛都揉红了。

吴小丽心里也不好受。她不想把自己的情绪暴露在小朱老师面前，也不想被陆续上班的其他老师看到，只叮嘱小朱老师一句"好好的呀"，便赶快去教室了。她有早读。周一的早读课她一直很重视，这是新一周的第一节课，一周的调子，要在学生们面前定下来——老师的教学态度，直接影响到孩子的学习态度。所以吴小丽周一的早读课都很严厉，无论教室里有几个孩子，她都早早来到教室，督促孩子们拿出课本预习。等孩子们陆续走进教室、坐满教室时，她还会亲自领读。小学生的早读，主要是语文和英语。而今天的早读课，吴小丽的心情格外复杂，读语文时，却拿起了英语课本，调课本的时候，又拿倒了书。但在孩子们清纯、稚嫩的朗读声中，吴小丽的心情渐渐恢复。

早读课结束，紧接着就是她的语文课。课间的十分钟，吴小丽也没回办公室——她不想看到小朱老师。倒不是小朱老师跟她有什么仇，相反，她和小朱老师是相处最好的姐妹。她躲在教室，是怕小朱老师的情绪太影响她了。如果小朱老师和她的"小狗吃的"仅仅是生活中的小别扭还好说，万一跟她一样，情感出现了大危机，怎么办？其实，现在，小朱老师的情绪已经影响到她了，再加上昨天晚上的遭遇，还有一夜的未眠，头脑昏昏沉沉的她，已经有些心力憔悴、体力不支了。

还好，总算把早读课和第一节语文课撑下来了，效果不错。

吴小丽刚回到办公室门口，就听自己的手机响了。吴小丽平时上课都是带着手机的。今天忘了。忘了也没觉得少了什么。吴小丽急走几步，冲到办公桌前，拿起手机一看，是大朱老师的，赶快接通。还没等吴小丽说话，对方就大声训斥了："怎么才接电话？"

大朱老师从前也是洋浦小学的同事，和小朱老师一起，她们三人要好的不得了，被称为"洋浦三姐妹"。大朱老师自从调到市教育局教研室后，地位身份的差异，使"三姐妹"名存实亡，她们不仅见面的机会少了，就是偶尔打个电话，也是隔着一层。但毕竟曾经是姐妹，相互还是知根知底的。大朱老师知道这会儿正是课间时间，所以才怪罪吴小丽怎么这么迟才接电话。吴小丽实话实说："没带手机呀，从教室才回来，朱主任请息怒呀！"

吴小丽上周托大朱打听个事，就是关于城区的学区房。她曾听其他老师冒过一句，说市重点中学的招生计划要调整，第一实验中学的学区范围可能要扩展到云台大道。说者无心听者有意。女儿很快就要上中学了，按现在的学区范围，女儿只能读普通中学。如果情况属实，赶在调整之前在云台大道附近卖套房子（二手也行），会便宜很多。一旦大家都知道了，房价就起来了，甚至会翻番，再卖就吃力了。大朱老师和教育局孔局长关系好，从她那儿打听消息，肯定没错。这会儿的电话，肯定是关于这个事的。

"说什么啊？谁是朱主任啊？啊？不许这样说啊，还叫大猪猪啊，多亲，嘻嘻，你这小淘气鬼，气死我了……跟你说啊，"大朱老师在电话里的声音突然小了，"你提供的情报属实，赶快动手。"

"真的？"

"什么叫真的啊，我的话你敢怀疑？"

"不敢不敢……"吴小丽声音也变小了，"太好啦大猪猪！"

"怎么感谢我？需要借钱，咳嗽一声啊。"大朱老师仗义地说，"赶快办，二手最好，最好本周内，钱不是问题，你大猪姐多没有，十万八万也要支你一把的！"

吴小丽感动得只能"哼哼"了。她挂了手机，望着刚进来的小朱老师出神。说真话，在这片刻，她完全忘记小朱老师一个小时前伤心欲绝的样子了。买套二手房可不是小事，选房看房，各种手续，要花时间和精力的。她立即想到陈大华。在事关女儿的关键时刻，她只能求援于陈大华了——也不是求援，吴小丽觉得自己用词不当，既然没有离婚，就是一家人，一家人不说两家话，为了女儿，那点破面子值几个钱啊——应该是商量、合计。好吧，她打算启用他们固定的交流方式——QQ留言。QQ留言是他们讨论家庭事务的最好渠道，只要不涉及感情，具体说，只要不涉及郭蓓蓓那个小妖精，吴小丽还是心平气和的。就算放下珍贵的架子，为了女儿，也是在所不惜的，不是有句很鸡汤的话吗？昨天，删去；今天，留着；明天，争取。现在是争取明天的时候，其他的……去他 × 其他的！

上午时间还充足，第二节、第三节她都没课，得理理思绪，看怎么和陈大华商量。这当儿，她先看看手机，有三条未读短信，一条是工商银行的收费通知，扣缴短信提醒费2元。另一条是瑞雅轩周师傅的，周师傅再次祝贺她第二次入选全国展，并告诉她，她的一张《心经》刚卖，加上上次的钱，共一千五百元，请她空了去拿一下，再请她写几幅《心经》带到店里。周师傅最后说："吴老师马上就是中国书协会员了，《心经》价格提到八百元一幅。"周师傅这条信息很是时候，就要用钱了，一分钱也是好的呀，何况从五百提高到八百呢。第三条短信也不错，是她的书法启蒙老师陈桐兴的。陈老师在祝贺她再次入选国展后，约她空了到工作室坐坐。坐坐，就是说说话、吃吃饭。吴小丽这才想起来，自从和陈大华分居后，她到陈老师书法工作室的次数太少了。陈老师的话有些语重心长啊，他毕竟快八十岁了，这个年纪最恋旧也最重情。吴小丽决定明天就去城里。

看完短信又看微信。第一条消息就让她添堵，是古一玄的。古一玄对昨天晚上的微信又补充一句："参加两市'七一'书展的作品，务必于六月二十日前送到市政协。"因为这个书展的通知是古一玄发的，吴小丽从内心里反感，加上离交稿日期还有一个多月，便决定按兵不动。第二条微信是中心校的校长办发来的，是一张图片。吴小丽放大看，原来是加入民进的表格。还嘱咐吴小丽，空了去中心校拿一下。中心校在镇上，去城里也不顺路，吴小丽平时不去，只在周三早上辅导教师粉笔书写时去示范一节早读课，便给校长办主任回了微信："谢谢啊，不急吧？我周三去取可以吗？"

周二

吴小丽上午只有一节课，是在临近中午的第三节，早上的时间都空着了。而下午最后一节课也是她的。从上午第三节到下午最后一节，时间足够漫长了。所以，周二的课虽然少，也最不好，把时间都打碎了。因此，吴小丽要是进城办什么事，都会协调在周二。今天就是这样，她跟数学老师调了课，把今天的两节课都放在早上了。

吴小丽头天晚上已经把需要进城带的东西都带到了学校，对女儿也做了交代，如果万一下午回来迟了，让女儿自己回家。跟母亲也讲好了，说晚上有可能回来晚（怕有书友请吃饭）。只是昨天她忽略了一件事，觉得今天非要弥补不可了，就是安抚下小朱老师。小朱老师和她一样，一有坏心情便拼命工作。似乎只有工作了，才能把坏心情驱逐出自己的身体。要不怎么她们是好姐妹呢？昨天下午在办公室，她有几次看一眼对面的小朱老师，看她青着脸，含着泪，在埋头批作业，反复抄教案，便把要说的话忍住了。加上她在给陈大华写QQ留言，心情也好不到哪里去，办公室其他老师耳朵也都竖着。这种时候，显然不是说私密话的最佳时机。

出人意料的是，吴小丽上完课，回到办公室时，见到小朱老师的打扮跟中学生一样，满脸更是幸福而又单纯的笑容。吴小丽感到奇怪，以为出大事了——人在想不开的时候，会表现出与心里完全不符的表情或行为。恰好办公室没人，吴小丽警惕地问她："为啥这样开心？"

"小狗吃的向我道歉了，嘻嘻……"小朱老师脸上出现两团红晕，"他敢背叛我？那个女的不是小三也不是小四，是一个韩国大明星，小狗吃的太花心了，直接把她好几张靓照下载在他的微信相册里，吓死我了。"

吴小丽听懂了。但她也怀疑了。吴小丽知道小朱老师不是韩剧迷，她对韩国那些整容明星一概不知，"小狗吃的"就是糊弄她，把小三小四说成是韩国明星，她也不知道的。但吴小丽不能把自己的想法告诉小朱老师，只是挖她一眼道："你这头小猪猪，吓人啊？知道你就会大惊小怪，以后不许自己吓自己啦！"

小朱老师伸一下舌头，说："你要上市里吧？"

"是啊，需要姐给你带什么，说。"

"等你回来的吧。"小朱老师的话是嗫嚅的，表情也是嗫嚅的。

"什么事？"吴小丽有些不依不饶的意思，猜想她可能有事要托办。

"小狗吃的知道我们是姐妹，想跟你要幅字。"

"这不是便便的吗？说，什么内容？"

"随你写，小楷就行。"

"哈，你家小狗吃的内行啊，知道我小楷最拿手。好，没问题。"

吴小丽肩上挎着平时用的大挎包，手里拎一个布袋，去校门口公交车站了。一路上心里无缘由地惬意和欢喜，再过一个多小时，她就到市区了，去瑞雅轩拿到钱了。吴小丽的包里装了十幅小楷书法，形式有圆的，有方的，内容都是《心经》。她书写的《心经》在周师傅的店里挺热销的，这几年每年都要走十来幅。或许正如周师傅说的那样，她马上就加入中国书协了（申请已经报了上去），成为本市首屈一指的名家了，价格肯定会上涨（周师傅的收购价已经升到八百了），也会有更多的人认可。这不，连小猪猪家的"小狗吃的"都跟她要字了。吴小丽心情惬意的另一个原因是，她和陈老师通过电话了，要去看他。老人家很开心，中午要招待她吃饭，说是祝贺她再次入展。对于老人家的热情，她不好意思拒绝。她也知道陈老师希望她好，希望她成名成家。现在，她在成名家的路上走出了关键的一步，或迈过一道关键的坎，陈老师为她祝贺是真诚的，是从内心里高兴的。吴小丽惬意的心怀，还有一个更为重要的原因，陈大华在QQ里给她回复了，完全赞成她购买学区房的意见。陈大华再怎么坏，也是女儿的爸爸，在事关女儿前途的事情上，他要是不出力，也太没有人味了。至少说明，这个家目前虽然心散、神散，形式上还没散。还好还好，吴小丽听到心里的安慰声。购房的节点在首付款上。吴小丽有公积金（陈大华也有，没有她多）。但是二手房有一个问题，就是公积金不好用。陈大华在回复中，说他有个老乡，在公积金中心任要职，可以想办法把公积金套现。这一条太关键，在首付款上会减轻不小压力。吴小丽知道陈大华手里没有钱，他的工资卡在她手里，目前的房贷还在还。但是吴小丽知道他还有一张单位发奖金的银行卡，以前每月有个一千五至两千的收入，如果没有大用场，自己零花是够了。吴小丽没有把这张卡收回来，也是不能把事情做绝。她知道陈大华傍上郭蓓蓓这个美女富婆，在经济上是不用他来负担的。郭蓓蓓是公司副总，又是大老板的情人，拿大情人的钱养个自己中意的小情人，那还不是小菜一碟？这种女人既下贱又浪骚，还不要脸。吴小丽的脑海里再次浮现当初被她捉奸的画面，郭蓓蓓从她身边理直气壮走过时那不屑的一笑，似乎不是她内疚，而是吴小丽理亏。

本来挺不错的心情，顺着陈大华的思路往下想，就变质了，变味了。吴小丽再次陷入以往的情感波动中，心里开始隐隐作痛，只好怨怪公交车来得太晚。

等车的人渐渐多起来，有进城的阿婆阿公跟吴小丽打招呼。吴小丽不认识对方。但吴小丽知道他们肯定是她从前教过的某个学生的奶奶或爷爷。吴小丽也强装笑脸，向对方点头回应，眼睛不断地向马路的远方张望。

城乡公交车和市区的公交车不一样，市区的公交车五分钟或十分钟来一班，而城乡客运公交要半个小时。这也是没办法的事。吴小丽只好让自己更耐心些。

五月的太阳已经有了些热度，吴小丽今天也穿得格外漂亮，那件去年入冬时买的打折的茶红色连衣裙让她修长的身型更显得亭亭玉立。周围那些认识或不认识她的人都在看她。她能感觉到他们眼里羡慕的目光。吴小丽知道他们都是洋浦的老街坊，手里都拎着挺大的菜篮子，篮子里的新鲜蔬菜不是拿去卖的，是送给住在城里的子女家的。吴小丽想，自己没有能力调进市区的学校，虽然在城里买了房，现在却把家弄得不三不四，就更不要说把父母接进城里享几年清福了。而事实上，已经六十多岁的父母，还在附近的工厂里打工，还在帮衬她。真是天下父母心啊。

公交车终于来了。

吴小丽跟着人流上车。刷卡的声音持续不断：老年卡，老年卡，老年优惠卡。吴小丽也刷了卡。吴小丽的卡什么声音都没有发出。

"吴老师，坐这里。"有人喊。

每次上车，吴小丽都有座位。不是别人让她的，就是先上车的人给她占的。吴小丽有时候坐，有时候不坐，因为身边都是老人，她不好意思坐。但，不坐显然是不行的，他们太热情了，如果吴小丽不坐，就像自己犯了错一样。这时候的吴小丽，才有种被尊重的感觉，才觉得，乡下教书虽然清苦些，乡谊乡情还是很浓郁的。

一个多小时以后。吴小丽坐上一辆黄鱼车，真奔古玩市场。古玩市场在红旗桥那边，要沿着一条盐河边的瀛洲路，再从人民广场拐上苍梧路，不消几分钟就到了。这条路线吴小丽很熟，坐黄鱼车比公交车要快，甚至不比打的慢多少，省钱，方便。

瑞雅轩的周师傅真热情，请她先坐下喝口热茶，又从一张仿古写字台的抽屉里取出一个信封，放在吴小丽的包上，说："辛苦吴老师了，这是一千五。"

吴小丽也没客气，说了声"谢谢"就收起了钱，从布袋里拿出一个纸卷，交给了周师傅。

周师傅看吴小丽拿出纸卷时，笑容就灿烂了。他是商人，虽然也能画几笔水墨，花鸟虫鱼也还有型有致，但毕竟没有入流。没有入流就没有价格，靠开个书画店维持生计，遇到吴小丽这样的财神娘娘，他当然欣喜了，见到吴小丽就等于见到了钱嘛。谁见钱不笑呢？周师傅赶快伸出双手，捧过纸卷，轻轻放到桌子上，又转身，去墙角的洗脸池里洗手了。周师傅做事讲究，也懂规矩，他每次都很在意吴小丽的作品（或许是因为《心经》吧），都要在打开作品前，净手，上香。

吴小丽饶有兴致地看着周师傅，不由得也庄重起来，起身站到桌边，等着周师傅打开纸卷，一起欣赏。

吴小丽居然也怀有了期待的心情。

周师傅终于站到桌子前了，把桌子再抹一遍，谨慎地解开捆扎的一根黄绫，把一张张作品平放在桌子上，用各种镇纸压平。十幅《心经》排开来，气场真是恢宏，吴小丽心里的成就感也油然而生。

"太漂亮啦！太美啦！太厉害啦！"周师傅都不知道如何表达了，"吴老师，这样的，上周有人来订了两幅，我告诉他们说涨价了，他们二话没说，眼都没眨，就留下了订金。吴老师真要谢谢你啊，你是我的贵人啊，水涨船高，你的价格也要上涨……因为……因为……先八百，看看年底能不能涨到一千。"

"周师傅你看着办好了，咱们合作也不是一年两年了。"吴小丽的话听起来蛮大度，其实也是话里有话。

"好啊好啊！"周师傅一激动，说，"这十幅作品，我先按八百给你，一共八千块钱，我先给你两千用用——吴老师，先拿两千，真是委屈你啦！"

吴小丽本想拒绝（行规是卖了才给钱），一想马上就要张罗学区房了，正是用钱的关键时候，又把嘴边的话咽了回去，腼腆一笑，说："周师傅，你真客气，谢谢啊。"

"要谢你才对啊。"他又从抽屉里取钱了。

这当儿，踱进一个人来，一张熟悉的面孔。吴小丽思想上没有准备，突然见到这个獐头鼠目的家伙推门而入，脑子迟钝一下才反应过来，古一玄？真是冤家路窄，会在这里遇见他！吴小丽心里慌一下，莫名其妙的，感觉不是好兆头，就像见到一张假币，立即警惕起来，与此同时，坏心情接踵而至。

古一玄突然撞见吴小丽，也稍感吃惊。一看桌子上摆开的书法作品，知道吴小丽是送作品来的，便面露笑容，一副讨好的口气说："吴老师你好，这么巧！"

吴小丽只"哼"一声，心里的不痛快立即就浮现到了脸上。

周师傅不知道他们之间的隔阂，热情招呼古一玄，让他过来欣赏吴小丽的大作，把两千块钱数给了吴小丽。

吴小丽当着古一玄的面，也不好客套，收了钱，就说："周师傅你忙啊，我走啦！"

"别呀，茶还没喝呢。"

"下次吧。我还有事。"吴小丽腰肢很有劲道地一扭，走了，明显带着情绪。

周师傅可能也看出吴小丽不悦的表情和夸张的身体语言了，送她到门口，又陪她走几步，小声说："我不知道古老师要来——他在纪委清闲——就他一人闲，纪委那种地方，哪会有闲人啊——他是彻底废掉了，在单位没人理睬，没事到处乱跑，对了，他刚离了婚……听说在外面胡搞，被老婆踢出家门，净身出户……这家伙情绪不大对头，我也讨厌的……吴老师你慢走！"

其实吴小丽不关心古一玄的事。但周师傅一说他刚离了婚，吴小丽不仅对他更加厌恶，还觉得他是个危险分子。是不是这家伙知道她和陈大华分居的事？否则，他怎么可能不知廉耻地动手动脚呢？不可能，她对谁都没说，就是对最亲的好姐妹大朱老师和小朱老师都守口如瓶，知道他们情感不和的人也局限于她的父母。父母决不会宣扬女儿的家庭不幸。那么……吴小丽心头一颤，莫非是陈大华故意放出风？或是郭蓓蓓这个不要脸的妖精要什么心计？吴小丽害怕了，连跟周师傅道声再见的话都忘了说。

吴小丽上了一辆黄鱼车。

"去哪？"车夫问。

吴小丽脑子一闷，想不起来要去哪了。

车夫回头望她一眼，说："解放桥？"

解放桥是城乡客运总站，开往洋浦的222路公交车就是从那儿发车的，如果吴小丽急于回洋浦小学上课，去解放桥是没错的。可吴小丽知道还有事没办完，又一时想不起来还有什么事，自然就回答不出了。是啊，去哪里呢？吴小丽的思路努力往回找，却回到了上周日晚上发生在古一玄轿车里的事，想起迷迷沌沌中古一玄那只手，那只在她胸部游走揉动、抓抓拿拿的手，那手就像一条龌龊的毒蛇，渗透进她的肌肤中了，渗透进她血液中了，时时刻刻会咬她一口。

"那就解放桥啦？"车夫是个固执的中年男人，他还是不放心地问一句。

吴小丽嘴里咕噜一声，不知是说"是"还是说"不是"。总之她脑子里已经成一团浆糊了，全乱了。

幸亏一条短信，是陈老师发来的，问她到哪啦？

吴小丽这才恍然地跟车夫说："去朝阳路……五十八号。"

"那要走回头路了，一共十块钱。"

吴小丽又"嗯"一声，突然感到心疼。吴小丽不是心疼这十块钱，她是心疼自己，真的这么脆弱吗？想想当时把陈大华和郭蓓蓓捉奸在家里时，也没有这样难过啊。有什么大不了的事啊？陈大华和郭蓓蓓就算放出风来，就算故意把他们（陈大华和郭蓓蓓）的偷情公开化或把他们（自己和陈大华）的分居公开化，无非是想给相熟的人一个既成事实的概念，说白了，也无非是要离婚吗？离就离，没什么大不了的！

吴小丽心一横，浑身燃起愤怒的火苗，觉得无所畏惧了。

陈桐兴老师的书画工作室是本市最有名的工作室，因为规模大，艺术界的朋友也会称作书画院。这不仅是陈老师书法造诣高，他的人品也好，社会各界关系都不错，而且桃李满天下。他的书画工作室足有二百平方米，就像一个大展厅，四壁悬挂的全部都是书法作品，当然，只有三五幅他的早期作品，其他大大小小百余幅作品，全是他的学生的。把学生的作品精装裱，挂在自己的工作室，向各界来宾人士介绍，是他最引以为豪的一件事。这不，吴小丽进来时，老师正在向几个客人介绍墙上的书法作品。吴小丽看老师忙，没有招呼老师，而是默默地站在几个客人身后，听老师介绍墙上一幅镶了镜框的小行草。这幅字确实有特点，笔墨枯淡适中，法度舒展自如，有自己的个性和特色。吴小丽也不觉眼睛一亮，看落款，"来燕榭主人书于云台"。打一枚名章、一枚闲章，名章曰："麦榕"，闲章有意思，叫果果真人。吴小丽不认识"来燕榭主人"麦榕，果果真人应该是别号，"书于云台"，应该是本地人。那么，是新人吗？或是陈老师新收的学生也未可知。老师也看到吴小丽了，正好讲解也临近结束。他微笑着手一指，自豪地说："刚来的这位，是我另一位女学生、刚刚入选全国书法展的吴小丽，她的小楷可是一绝啊！"

吴小丽立即向客人微笑点头。

"吴小丽？哈哈，我们见过！"那个矮胖的中年男人两手叉在腰间的游泳圈上，一看就是这行人中的主角。

吴小丽觉得对方也面熟，但一时又无从记忆，愣神间，突然想起来，他就是政协袁主席。

"这是袁主席。"陈老师立即圆场道，"我们袁主席也是书法家。"

"知道啊，榜书很有名。"吴小丽立即弥补了自己的过失。

袁主席哈哈大笑了，脸上油光光的肉堆成几堆，说："想起来了吧？哈哈哈，好你个吴小丽，请你吃饭，还没动筷子，就装醉走了，把我们一桌人晾在那里，哈哈哈，开个玩笑开个玩笑……陈老，你的学生都是美女加才女啊，什么时候跟小吴交换一张作品啊？"

"没问题。"陈老师代学生做了回答。

"好，你们师徒好好叙叙，我们回啦！下午还有会。"

袁主席没有忘记吴小丽醉酒的事，调侃的话也恰如其分。但刚一见面，就要走，还是让吴小丽感到突然。但吴小丽也见过世面，感觉这个姓袁的虽然是大官，似乎并没有架子，跟普通人一样也要交换作品，这未尝不是一件好事。

陈老师对袁主席这种做派似乎也见怪不怪了，大声说："好，袁主席公务忙，要走我也不留，最后再欣赏下这幅字，来来来，这幅，这幅就是小吴的小楷精品。"

陈老师做人做事真是一流，滴水不漏，他听袁主席要交换作品的话，立即走到吴小丽的作品边上，指着一幅六尺幅的立轴给袁主席看。这幅作品书写的是《千字文》，字多，尺幅大，装裱也考究、大方，白绫衬底，红木悬轴，漂亮嗨了。

袁主席面露夸张之色，频频点头，嘴里不住地说："好，好，好……好啊，好啊！"

送走了袁主席一行，陈老师小声说："什么人都要应付，这种人得罪不得的，他要跟你交换字，你就跟他交换好了。"

"老师的话，我肯定听。"吴小丽说，"我都好久没来看老师啦，真是不应该。老师精神挺好啊，今天中午我请老师吃饭！"

"嗨，怎么说呢，你从乡下大老远跑来看老师，怎么会让你招待？我请我请，老师比你有钱！我这儿还有学生送来的好酒呢。"

"我不喝酒的，老师。"

"我喝呀……对了，感觉你对袁主席不太熟啊？"

"这些当官的我哪敢熟呀？就前天晚上，碰巧在一个桌子上吃饭见过一面。"

"这样啊……"陈老师疑惑地说，"不对呀，你应该认识啊，去年还是前年，你要抄的那个《海湾赋》，捐赠给图书馆和博物馆，就是姓袁的原作呀，姓袁的那时候还是常务副市长……哦，后来那个黄新出事了，《海湾赋》没抄是不是？难怪难怪……哎呀小吴，你都多久没来看老师啦？好，不说这个了，走，吃饭去！"

老头子劲头十足，一席话说得吴小丽难为情，也让吴小丽心头再次一动，原来袁主席就是当年要抄而最后没抄的《海湾赋》的作者，就是当年分管文化的袁市长。吴小丽有种感觉，觉得上次的饭局和这次的巧遇，绝不是偶然。

吴小丽心情再次复杂起来。

师徒俩吃饭，气氛融洽，除了交流书法上的事，少不了说些家长里短。更让吴小丽吃惊的是，老师的言谈中，似乎知道她和陈大华的情感危机了，又似乎不是十分清楚。可能只是有耳闻而不知内情吧。既然这样，吴小丽也跟老师打起了太极，语气轻松，微笑自然，尽量让老师感觉到她家庭还和睦，举家过日子，有些磕磕绊绊也正常，都尽在掌握之中啦。至于有些小误会或外边的流言蜚语，都是一些各怀叵测的人故意诋毁而已。另外呢，吴小丽不想多说的原因，和造成她现在家庭危机另一位女主角郭蓓蓓有关，姓郭的正是老师的另一位得意女弟子啊。甚至，吴小丽这些天不来拜见老师，也是因为郭蓓蓓。当然，她也知道，郭蓓蓓不会主动把自己不道德的行为告诉老师的，不知廉耻也不至于到这种程度吧。吴小丽不来，是怕在这里和郭蓓蓓不期而遇，造成尴尬。

临近结束时，陈桐兴老师从包里拿出一个信封，拿出几张材料纸，对吴小丽说："湖北一家 5A 级风景区要搞一个碑林，跟我要字，还让我再推荐两个书法家。我推荐谁啊，你写最合适。另一个我推荐了麦榕。这里是他们提供的内容，你选一首，抄好了给我，我一起寄给他们。"

这可以有名又有利的好事啊。吴小丽再次感谢了老师的关心和厚爱。

饭局中，陈桐兴又问吴小丽周六忙不忙。如不忙，周六下午来工作室参加一个小型聚会。吴小丽当然愿意来了，便一口应承。

周三

吴小丽把女儿送到学校后，没进办公室，直接去镇上的中心校了。中心校离洋浦还有小十里路啊。

吴小丽要赶在早读课之前到中心校，在综合大教室给全体老师示范粉笔板书。

吴小丽的粉笔板书，在全省比赛中拿过第一名，全市得过特等奖。中心校领导充分利用吴小丽的这一特长，让她给全体老师示范。老师跟着她书写，听她讲解，每人一块小黑板，在黑板上抄一首唐诗或宋词，尽量做到内容不重复字也不重复。这样，老师不但能掌握书写的间架结构，提高板书能力，还能学到古典诗词知识，提高教师修养和教学能力。这一年坚持下来，全体老师的板书水平提高了很多，多次在区、市级比赛中包揽前几名，成了学校的一大特色，也成为全市乡镇中心校的模范，经常有相邻的中心校组织老师来观摩学习。吴小丽也觉得很有成就感，每周三都按时骑二十多分钟电瓶车，来到中心校。

板书示范课结束后，吴小丽匆匆跑到校办，跟主任要表格。吴小丽不知道这个表格是什么东西，她每年都要填太多的表格了，已经麻木了。但这张表格有些特别，她不知道民进市委会是个什么机构，为什么要让她填这个表格。

校办主任是个精明的女老师，她对吴小丽说："吴老师你真不懂啊？你现在是社会名人啦，民进的全称是中国民主促进会，是民主党派，你要加入民主党派，成民主人士啦！填好表格交上去，你以后就是中国民主促进会海湾市委员会的会员啦！"

这是吴小丽没有想到的。民主党派吴小丽听说过，但自己从没有想过要加入，她收到这样的表格，也没人跟她打招呼，一时拿不定主意，便问主任："一定要参加吗？"

"你说呢？多少人想疯了都加入不了，你还犹豫。人家可是指定给你的呀，不然早被人抢了。"主任说，"表格上有电话号码，你哪儿有疑问，打电话咨询，别错过好机会哦。"

"那……你是会员吗？"吴小丽问出口才觉得自己傻了，傻透了。

主任哈哈一笑，说："我倒是想啊，可我没资格啦！"

吴小丽果然傻了，主任都没资格——她可是副校长候选人啊，自己算哪棵葱呢。吴小丽不敢多问了，谢过主任，赶快走了。

返回洋浦小学的路上，还纠结这张表格的事。民主促进会的人怎么会知道她？难道真的像校办主任说的那样，成为名人啦？吴小丽对名不名人概念不强，生活舒心就好。可这一年来她过的是什么日子啊，还舒心，不虐心就好了，名人？名人顶屁用，日子好好的，比什么都好。

一到洋浦，她就给大朱老师打电话，跟大朱老师说了加入民主促进会的事。还问大朱，加了有什么用啊？

大朱听了很兴奋，告诉她，没有直接用处，但至少说明你是出类拔萃的人才。

"要是不加呢？"

"什么意思啊？天上掉下好事你还不要？加，凭什么不加！"大朱老师说，"这是好兆、吉兆，懂吗？"

"好吧。"吴小丽很勉强。

"对了，学区房考察的怎么样啊？"到底还是姐妹，知道最关心的是什么。

"我让大华跑啦，他昨天晚上说看了一家二手房，感觉地段太差了，进出不方便，这两天再跑跑。"吴小丽说的是实情，昨天晚上陈大华的 QQ 留言就这么说的。

"什么呀？什么进出不方便？你还真指望在那儿住啊？"大朱老师有些急了，"就是买个地段而已，什么房子都行的……对呀，想起来了，你家大华不是华富房地产公司的高管吗？正好他们开发的秀逸水苑也属于实验中学的学区房，一期都开始销售了，你们可以买一套啊，小乖上学时正好赶得上，大华要是能弄个内部优惠价的，将来出手还可狠赚一笔。"

这可是新情况。吴小丽心头不由一惊。吴小丽对陈大华所在的华富地产以前不关心，后来更不关心了。如果大朱老师所言属实，那么陈大华怎么没说？是不是他和郭蓓蓓有什么约定？是不是他们准备（或已经）在那里悄悄安了小窝？这是完全有可能的。她知道郭蓓蓓的能量，华富的大老板都被她玩得团团转，虽然是个副总，却是事实上的当家人，呼风唤雨，统掌全盘，玩弄一个陈大华还不是家常便饭啊。但是也未必，因为准备扩大学区房的预案，只在教育局几个领导之间通气酝酿，大朱老师是从孔局长那儿才得到确认的，没有几个人知道，就连那些能力通天的房地产公司老板都还蒙在鼓里，大华当然不知道他们开发的住宅区已经要变成学区房了，否则，房价还不翻一翻啊。

"喂，怎么不说话？"大朱老师在电话里急了。

"……说了啊……我不指望大华了，明天课少，我自己去看看——这么大的事，我也不能全指望大华啊。"

"我看行。还是那句话啊，需要我，咳嗽一声。"

挂了电话，吴小丽总觉得哪里不对劲，如果说以前不知道，至少现在陈大华已经知道新扩学区房的范围了，如果他们公司真的开发了秀逸水苑，怎么没在 QQ 留言里提一句？肯定有隐情，肯定和那个小骚货有关。吴小丽真不准备指望陈大华了。自从陈大华被郭蓓蓓这个小骚货迷住后，他就变了，变成了另一个人。至少他不再是她原来的那个丈夫了，他多了个身份，是另一个女人的情人了。

男人只有一颗心，这颗心不可能同时分给两个女人的。何况另一个女人又年轻又漂亮又风骚又有钱，又是她的顶头上司呢？吴小丽不过是一个瘦弱又脆弱的教书匠。

郁闷中的吴小丽还是听从大朱老师的话，把表先填了。同时也在心里决定，明天下午去市里，亲自去看房。她知道二手房交易市场在哪里。

吴小丽在上课时，接到中心校唐校长的电话。听话听音，唐校长比平时突然变得谦恭起来，先是问她怎么样啊，问她的课多不多啊，甚至还关心她的身体。吴小丽有一句没一句地应着校长，估计校长又要安排她参加什么比赛了。但校长最后是请她立即回一趟中心校。校长还善意地抱怨她："板书示范课结束后，怎么不打个招呼就走啦？"

"我要上课啊唐校，所以赶快回来了。"

"好吧，你先继续上课，我开车去接你。"唐校长口气很坚定。

"有事吗唐校？"

"有重要工作要和你协商一下。"

什么重要工作会和她协商？听口气，可能真有事，否则，堂堂大校长不会亲自开车接她的。吴小丽以为是民主促进会的事，真会这么重要？太麻烦就不入了。这是吴小丽的真实想法，所以也就没上心。

上完课，回到办公室，中心校唐校长，还有洋浦分校的史校长已经在办公室等她了。

唐校长说："抓紧上车吧，有重大事情要研究。"

吴小丽纳闷着上了校长的车，对也上了车的史校长说："史校，你们研究什么啊，非拉上我？我都忙死了。"

"知道你忙啊，你成果大，是我们学校的名片，都惊动市领导啦！"开车的唐校长接话说，"吴老师，后天，也就是周五，市政协袁主席要带队来我们中心校考察，重点是到洋浦分校，还点名要看你，考察你的成果，教育局领导也很重视，所以我和史校才把你请来，一起商量商量，看如何接待市领导。"

吴小丽被校长的话吓了一跳，这个政协袁主席，她并不认识，却在短短的时间里两次见面，而且马上就要有第三次了。吴小丽从唐校长的话里能听出来，这个姓袁的并不是要来考察，事实上就是借机来看她（成果）的。吴小丽没经历过这些事，不知道是祸是福，她唯一能做的，就是先保持沉默。一来，她不知道内情，不知道怎么说。二来，她似乎说什么也不对，谦虚吗？似乎还没到那个份上，拒绝吗？她也没那个能力。总之，用一个字来形容吴小丽此时的心情比较合适：闷。

到了学校，中心校其他几位领导都在小会议室等着了。校办主任也在，她意味深长地看吴小丽一眼，还让吴小丽坐到她身边。吴小丽坐过去了。她知道那一眼的意思，刚接到加入民主促进会的通知，领导又专程来看望，不简单啊。吴小丽沉静着脸，心里却沉静不下来。她知道他们的真实想法，因为他们私下里也曾议论过当初大朱老师调到市教研室的事。比教育局长更大的领导都来关心，小小的洋浦小学能待得久吗？

所谓开会，其实就是唐校长一个人拿主意。唐校长开场白就很直白地表示，能引起市领导的重视，是学校这些年锐意进取、积极推进教学质量提高所取得的重要成果，学校要高度重视市领导的这次视察，全体师生要行动起来，做好迎接工作。然后进行了分工，谁谁谁负责校园环境，谁谁谁负责大门口迎接，谁谁谁负责会议室茶水，谁谁谁负责各种图板的摆放和讲解。史校长主体负责洋浦分校，校门口要插彩旗，各种图板要摆在走廊里。吴小丽听下来，似乎和自己没有什么事。但是，在散会后，唐校长还是单独对吴小丽说："吴老师，我怕接待工作还有所疏漏，你再提提看法。"

唐校长的话更是让吴小丽大惊失色了。

"你再补充补充啊吴老师。"唐校长恭敬的神情和口气，让吴小丽真不知说什么好。

吴小丽还是压住心头的不快，不咸不淡地说："学校的事，你唐校说了算。"

"那好，这次我做主了。"唐校长似乎一咬牙，一副豁出去的样子商量道，"吴老师，你看这样行不行，你把你这些年取得的成果，无论是教学方面的，还是书法方面的，获得的奖状、奖杯、证书、牌匾、国家级的、省部级的、市级的、区级的，都拿出来，周五早上务必带到学校。"

"那么麻烦啊。"

"不用你麻烦，你直接交给史校长就行，他负责摆放在接待室。另外，你有装裱好的书法作品，长卷啊，立轴啊，横幅啊，册页啊，方便带的，也带几幅到学校——袁主席也是大书法家哦，他有可能要欣赏你的作品啊。此外，学校已经在会议室摆好了案子，准备请袁主席留下墨宝，到时候你也写几笔，我怕冷场啊。吴老师，总之，周五接待市领导考察的事，你要多费心啊！"

这都什么对什么啊。吴小丽感到滑稽，感到被人利用了。谁利用了她都不知道，学校？还是袁主席？还是背后另有什么人？真是吊诡得很。但唐校长安排的事似乎又不能不做。她也找不到不做的理由啊。

下午放学回到家里，吴小丽开始找自己的那些证书。其实也不需要找，现成的，放在两个地方，最近几年的都放在城里的家里，早先的都在洋浦的家里。吴小丽从旧柜子里搬出了这些老古董，一本本证书大小不一，颜色不一，吴小丽选了一些重要的。但获两次全国书法展的入选证书在城里的家里了，还有几个获省板书比赛一等奖和教学论文一等奖的几个重要奖项的奖杯、奖状都在城里。吴小丽想着，明天下午进城看完房，要回家取一下。

摆了一桌一地的证书、奖状、奖杯，吸引了女儿的好奇，小家伙写几笔作业，就跑过来看看，还夸妈妈太厉害了，太酷了，太美了，太帅了，简直帅呆了。吴小丽不失时机地教育女儿，这可不是随便得来的，都是一滴血一滴汗一分辛苦换来的。

吴小丽的话感染了女儿，写好作业后，主动要拉二胡了。以往，吴小丽都要再三催促，女儿才鼓着小腮帮，拉起来，有时候还要有个过程才能进入状态。今天主动请战，上手就找到感觉了，拉了一曲又拉一曲，优美而动听，无论是弓法、指法，都流畅自如。照这样练下去，暑假期间的九级考核，就不用愁啦！

女儿的乖同时又感染了吴小丽。吴小丽手头也有不少事，本来她每天都要临帖的，现在接了陈老师要她书写碑林的新任务，还有政协要的联展的作品——吴小丽本不想参加这个展的，想一拖了之，她讨厌古一玄的安排，还指定她抄写《千字文》，他算什么东西呢？现在看来，不参加是不可能了，袁主席亲自抓的海湾、新沂两地书法联展，要是不参加，袁主席会怎么想呢？但是，吴小丽展开纸，书写她写过无数遍的《千字文》时，老是找不到感觉，感觉手指特别僵硬，下笔不是重了就是轻了。吴小丽看着面前的纸，发起了呆。而女儿却歪过头来说："老妈，你都好久没练琴啦。"

吴小丽看着女儿，心想，确实，真是好久没碰古琴了——自从和陈大华分居后，她就没碰过，是啊，哪有心情练琴啊。

"是吗？"

"当然。"

"走，上楼，练琴去。"吴小丽灵机一动，既然写字不在状态——心中无字，手上也无字，那么换换心境，换换指法也许不错。

"老妈真乖！"女儿说着，快乐地跑上了楼梯，把楼梯踩得"咚咚"响。

吴小丽在后边跟着，也把楼梯踩得很响，可声音不是快乐的。

周四

周四这天，吴小丽事情很多。早读课和挨在一起的两节课连着上，感觉有些累，可能又是夜里失眠的原因吧——昨天晚上弹了会儿古琴，因心事重，弹得不好。哄女儿睡了后，又下楼写了会字，虽然还不是最佳状态，感觉还是比先前好多了，索性把陈老师安排的碑刻也写了，有现成的内容，又是行楷，比小楷好把握些。她一口气写了五六幅，最后选了两幅，叠好装进包里，准备进城时，先送给老师，再去消消停停地看房。本以为忙了一会儿，会睡个好觉的，未曾想，脑子里全是白天的事，唐校长谦恭的口吻，校办主任意味深长的眼神，史校长一副冷眼旁观的态度，都长时间定格在她心中。由此上溯到这三四天的境遇，似乎都不是偶然事件。如果再朝远看，她先是莫名其妙地成了市政协的特邀委员，接着参加书画委员会的晚宴，再接着就是在陈老师画室巧遇袁主席和今天收到的民进表格——其实表格是几天前就收到了。如果仅仅是这些事，也倒罢了，牵连地又想起了古一玄，想起古一玄的离婚，想起更遥远的时候丈夫陈大华和他女上司郭蓓蓓的偷情，想起自己和陈大华的长期分居，还有眼下当务之急的学区房。这些看是不相干的琐屑碎片，居然都能黏粘在一起，成为剪不断理还乱的一锅大杂烩，无论吴小丽爱不爱吃，只有这一锅汤等着她。吴小丽的脑袋里实在装不下这些东西，不仅折磨她的脑细胞和脑神经，还折磨她的身体——未能入眠的她，连续上了几节课，感觉腰酸背痛，头晕眼花。

累就累吧。学校的事情照例是按部就班又一成不变，上课，批作业，在调皮的孩子身上多费些口舌，时间很快就过去了。

学校食堂供应的午饭她都没来得及吃，早早就坐上了进城的公交车。车上的人照例还是很多。吴小丽眼睛盯着窗外，那些一闪而过的树木、村舍、池塘，还有池塘里鲜嫩而碧绿的荷叶、茭白、鸡头米，本是她非常熟悉的乡村景象。不知为什么，这些熟悉的景物，让她深感陌生，无从回忆，不知身处何方。

到了城里已经过了十二点。吴小丽在路边的鸭血粉丝店吃了一碗鸭血粉丝，感觉身上有了些力气，这才往陈老师的工作室赶——她怕陈老师正在吃午饭，就没打电话，而是乘上公交车，晃晃悠悠，刚巧在下午一点时到了。

毫无预兆的，在陈老师的工作室里，碰到了郭蓓蓓——不是冤家不聚头啊。郭蓓蓓和陈老师刚刚吃完饭回来，茶还没沏好，吴小丽就到了。吴小丽看出来，郭蓓蓓也是大吃一惊的。但是，当着老师的面，这对冤家又都把各自的真实情绪藏了起来，和两年前一样，这对师姐师妹又是打招呼，又是说笑——当然只是郭蓓蓓笑了。吴小丽笑不出来，话也少，或根本就没有话。

"不用我介绍了吧？哈哈，你们二位啊，真是好久不见了，这么亲。"陈老师脸上露出慈祥的笑容。

　　老人家是眼神有问题吗？还是故意的？怎么就看出她们的亲啦？

　　"我还得介绍些新情况啊，这位是吴小丽——别看人没变，小楷立轴刚入选全国书展；这位是来燕榭主人果果真人麦榕——对，她叫麦榕，小吴，你这位师妹已经改名字啦，不叫郭蓓蓓了，叫麦榕了，别号果果真人，听听，听听听听，修炼成仙了吧？书斋也改叫来燕榭了。麦子——我不叫她麦榕，我都叫她麦子，说说来燕榭的典故来！"

　　"不敢不敢，"郭蓓蓓——不，她叫麦子了。麦子隐藏着脸上的笑容，巧笑着说，"妹妹哪敢在师姐面前卖弄啊。妹妹不过是觉得过去的名字太土、太俗，也不吉利，就想换个新鲜，也算是……是对过去的告别吧……面朝大海，春暖花开嘛。师姐，你越来越漂亮啦！是不是老师？"

　　"那是，"陈老师可能真不知道她们之间水火不容的关系吧，真不知道郭蓓蓓和陈大华之间的奸情吧，否则就是和稀泥——老师似乎不是这样的人——他看着吴小丽，说，"小吴是逆生长，十年长八岁，越长越苗条，哈哈哈……你麦子白白胖胖更活成少女啦！"

　　陈老师真成老妖怪了，这么大岁数了，还左右逢源，谁都不得罪。不过还是说漏了嘴，现在的时尚女孩，不喜欢别人说她胖的。

　　"老师，人家都减肥了你还没看出。"麦子果然娇嗔地说，"减了五斤哦，不过后天不能减，老师请客，我要放开肚皮大吃一顿！"

　　这是麦子（当年的郭蓓蓓）被吴小丽捉奸在家后，二人第一次见面，没想到是在老师的书画工作室里。吴小丽看眼前的麦子，确实比以前略胖了些，也更白嫩、丰润、妖娆了，华贵的黑色短衫，白色的修身长裤，外罩一件亚麻灰休闲长外套，别致而又新潮，略烫的长发随意地绾成一束，搭在半露的美人肩上。更显不拘一格的是赤脚穿一双平跟尖头的浅栗色皮鞋，鞋脸很短，脚丫半隐半露的，倒是比袒胸露乳还有风情。相比下来，吴小丽的穿着就太平常了，果绿色长裙，素面朝天的脸，更土气的是套一双长筒丝袜的脚穿在半高跟的黑色凉鞋里，这身打扮，就算在校园里，也是过于庄重而稍显刻板了。就更不用说随身所带的包包了。吴小丽虽不知道麦子的包包是什么牌子的，只需看看成色，就知道品质了。二人同时出现在书香萦绕的工作室里，在同一个空间、同一个维度里，高下立现。用一个最简单的词送给她俩，就是一个洋气，一个乡气。更让吴小丽难以接受的是她那一副做派。一个抢了别人男人的女人，怎么说也该有点内疚或难为情吧，却显得趾高气扬，理直气壮。吴小丽感到热血上涌，真想和她打一架，踢她一脚，抽她一耳光，就是把她撕碎了也不过分。可这是在老师的书画工作室啊，不是她撒野的地方。

吴小丽努力平静自己的情绪，从布袋里取出两幅字，一边展开一边说："老师，您安排的碑刻我写好啦。"

吴小丽虽然装得轻松，可她的手不听使唤，暴露她内心的情感了——不停地战栗。吴小丽想控制都控制不住。

好在陈老师立即接过去看了。

麦子也起身站到老师身边，欣赏起吴小丽的字了。

"看看，看看看看！"陈老师对站在他身边的麦子说，"你天天光顾赚钱了，看看人家小吴的书法，已经进步到什么程度啦，已经超过老师啦！小吴，你虽然这么长时间没来看我，没向我汇报，但我知道你肯定在练，肯定在进步，肯定能加入中国书协。怎么样？

对吧？你现在是我女弟子中第一个加入中书协的，我也骄傲啊。这两幅字都好，我留一幅，另一幅寄给云台山风景区让他们刻碑去。"

吴小丽听出来，老师虽然是在表扬她，话里却有抱怨和批评的意思。是啊，这么长时间不来看老师，也难怪老师说两句了。

吴小丽不愿久留，一来她要去看房，二来也不想继续被麦子的气场比下去。

临走时，陈老师又叮嘱她一句："周六下午的聚会，一定要来啊。"

可能是看到吴小丽犹豫了吧，麦子说："丽姐，周六是老师的八十虚度，会很热闹哦。"

"啊？"吴小丽惊讶了，她并不理会麦子，而是问陈老师，"这么大的事啊！老师，学生一定要来的！"

"那是！别带东西啊，老师什么都不缺，来凑个热闹就行……其实，才七十九，算是70后啊。"陈老师满脸带笑地指一下麦子，说，"她们80后帮我搞的，说是过九不过十啊，呵呵……小吴能来我开心啊，人本来就没多叫，小范围，就两桌……说好不收礼金的……不过小吴你书法好，送一幅小楷老师也不反对的，哈哈……麦子，你送送小吴，空了也多跟她聊聊……这个这个……这个小吴可能有些私人问题，有点小不顺……具体我不知道啊。其实没什么大不了的，小吴，跟师妹多走动走动，什么事聊开了就都顺啦！"

吴小丽对陈老师最后的关照有些哭笑不得，但透露的一个明确信息是，老师虽然有所耳闻她的"小不顺"，却不知道造成"小不顺"的另一个主角也正是他的得意门生，更不知道这个得意门生是个风骚不要脸的臭小三！一个外面光鲜肚里生蛆的恶心虫！

吴小丽找不到更恶心的话来咒骂了。

　　吴小丽走在大街上，四周是灿烂的阳光，许多人也都是阳光灿烂的。吴小丽脸上也被阳光照亮，心里却一片雾霾，涌动的雾霾，弥漫的雾霾，喘不开气的雾霾。吴小丽抬头看看蓝天，蓝天也特别的蓝。她还看到了白云，白云也特别的白。她还看到一群飞翔的鸟。多么好的天啊，干净、透彻。吴小丽努力让自己阳光起来，努力让笑容浮到脸上。凭什么姓郭的风光无限？凭什么别人要做受气的小寡妇？我呸！

　　但是吴小丽一下子想不起来二手房交易市场是在哪条路上了。

　　吴小丽最后只好拦一辆出租车。

　　直到这时候，她的思路才被理顺，才觉得一套学区房比什么都重要，女儿的前程比什么都重要，才觉得，晴朗的阳光才是真实的阳光，蓝色的天空才是真实的天空，现实生活才是真实的生活。吴小丽在二手房市场快速走一圈，找一家顺眼的柜台登记了自己的信息。未曾想，女老板善意地告诉她，这两天，那一带的房价突飞猛进，已经升到每平方米一万三千块了。吴小丽吃惊地问："为什么？"

　　对方笑一下，反问道："你说呢？"

　　吴小丽知道一万三的概念是什么，这可是海景别墅的价位啊。原来只说六七千的，看来大家都听到风吹草动了。

　　先登记再说吧。

　　吴小丽从房地产交易市场出来，直接去苍梧路上的同科花园了。她要回家取那些获奖的证书。另外，也要想想，一万三千块钱每平方米的二手房，还值得吗？她要找陈大华再商量一下，真如大朱老师所说的那样，他们公司开发的楼盘秀逸水乡，也是可以考虑的。这个时候，也只有陈大华能跟她想到一起了——都是为了女儿啊。在分居一年多的时间里，她和陈大华见面很少，有限的几次，也是因为交接女儿。女儿每周六进城学二胡，学完会跟陈大华回同科家里住一晚，周日下午再把女儿送回洋浦。但是春节以后，到现在三四个月了，他们还一次没见过。

想起陈大华，她现在都有些陌生了。当初他在电话里或 QQ 里不断向她道歉的时候，她觉得他很可恨、很厌恶。他承认自己错了，要改。可能改得了吗？猫走千里偷腥，狗走千里吃屎。她也相信他真心认错了，相信他和郭蓓蓓（现在叫麦榕）偷情在萌芽时期就知道错了，就像杀人犯，难道他故意杀人不知道后果吗？知道后果还犯，这就是本性，坏的本性，恶的本性，恶心的本性。这对狗男女又在一个单位，姓郭的又是他上司，还是老牌小三（老板的情人），一旦缠绵到一块儿，那么容易分开？男女偷欢就像吸毒，惹上了就再也戒不掉了。但，这么长时间了，也该到了了结的时候了——她也实在受不了郭蓓蓓盛气凌人的样子了，受不了她满不在乎的样子了，受不了她自我享乐的样子了，这都是因为陈大华。快刀斩乱麻，离！吴小丽最后给自己下了结论，快刀斩乱麻，离！她听到这句话的回声在自己的心里荡漾，穿肠撞壁，百转千回，回声响了很久很久……

还好，家里的门被她打开了。吴小丽在上电梯的瞬间，还担心门锁被陈大华换了。也难怪她患得患失，几个月没回来了，什么事都有可能发生啊。

在推开门的一瞬间，一股扑面的怪味直撞而来。

吴小丽向后踉跄一步，差点退回到电梯口。

一点没夸张，吴小丽真以为走错了家，进错了门——这种怪味是陌生的，不是家里特有的，像她童年记忆里的猪食缸散发出的酸臭，不不不，不仅是酸臭，是现代化工原料排放池里特有的气味，说不清，道不明，熏得人睁不开眼，喘不开气。吴小丽坚持站稳后，屏息敛气看一眼屋里的摆设，没错，是她家。那个曾经熟悉、温馨的家，那个每到周末就一心向往的家，基本的摆设原封未动，客厅里有一张大案，那是她用来写字的，案几上铺的毡子还在，还有一瓶一得阁墨水，一个调色盘，一方端砚，一方笔洗，连笔筒摆放都原封没动。墙壁上悬挂的是她老师陈桐兴当年送给他们结婚的喜联：文鸾对舞合欢树，俊鸟双栖连李枝。联虽平常，却透出老师的喜爱和祝福。还有她自己的一幅小楷，也原样挂在书案的上方。只是沙发上，堆放些乱七八糟的衣物，还有地板似乎也好久没拖了，墙边的踢脚线上，更是生了绒绒的白毛。

吴小丽试着往客厅挪几步，重新呼吸。臭味弱了些，依然还是臭。吴小丽放下包和手里的提袋，环顾四周，试图发现臭味来自何方。四周的环境是吴小丽熟悉又陌生的。熟悉是主体布局一点没变，陌生是感觉什么都不是原来的样子了，陈旧是一方面，更主要的，还是感觉。吴小丽谨慎地走到书案前，用手指轻轻拭一下，发现白色的毡布上有一个手指印，那是灰尘留下的，就像一枚印章。吴小丽在这个毡子上写过无数幅作品，也钤过无数个印章，没想到这个手印的名章让她如此的灰心。

吴小丽本想把包放在案几上的，她放弃了。

吴小丽只好背着包，走进了卫生间，又走进了厨房，走进了储藏间。这三个地方最容易发出臭味了。吴小丽想找出臭味的发源地。可惜她失望了。这三个地方依然臭，依然不是臭的发源地。吴小丽最后小心地推开卧室的门。卧室里的臭味和其他空间一样。于是吴小丽知道了，是这个家整体的臭了，并不是哪里死个老鼠，或暗藏一堆垃圾。

吴小丽把包放到了床上。

已经是五月末了，她在洋浦的家里已经换了垫被了，可陈大华还铺着褥子。

吴小丽坐在床沿上，发了会儿呆。

吴小丽呆坐了一会儿，只是一小会儿，决定给陈大华打电话，告诉他，在家里了。

陈大华被吴小丽的电话吓得语无伦次地说："你在家……哪个家……同科吗？好好好，我立即回……你别走啊小丽……"

吴小丽不想走。吴小丽要见陈大华，商量一下学区房的事。

吴小丽动了想给家里清扫一下的念头。但这个念头只是一闪就消失了。她把所有的窗户都打开了。屋里有了空气的流动，再加上适应了一会儿，感觉屋里的臭味不那么臭了。但依然不是她熟悉的气味。吴小丽心情沉重——对，是沉重，没有恨，没有怨，也没有苦，只是格外的沉重……

她把家弄丢了。

各种各样的证书从书橱里找了出来，堆在案几上。吴小丽一本一本地翻着，记忆的闸门渐渐打开，一些幸福的时光和过往的足迹从证书里走了出来。吴小丽一边回忆，一边选择性地往袋子里装。在拿到第一次入选国展的证书时，她脸上呈现出难得的一笑。但吴小丽的思维似乎混乱了，她在数着陈大华的脚步。她知道陈大华所在的公司大致的位置，就在方塔街一带。方塔街到家也不过二十分钟的路程，可都快四十分钟了，怎么还没来？又过了十几分钟，还是没有影子。一个小时了，吴小丽生气了。

吴小丽给陈大华发一条微信："躲吧！我回洋浦了！"

吴小丽立即就收到陈大华的微信回复："不是躲，我在看一户二手房，正要跟你说。"

"二手房？你知道多少钱一平吗？"吴小丽回道。

"不知道……"

"不知道看个屁啊！"吴小丽气不打一处来，回微信的手指都颤抖了，"你看看家里，狗窝、还是猪圈啊？"

陈大华不回复了。

吴小丽等着他回复，等着他说他们公司开发的秀逸水乡。可陈大华却再也砸不出屁来了。

吴小丽越想越生气，拎起包走了，心里想，你继续作吧，作吧，过好日子吧！

吴小丽哭着走进了电梯。

周五

洋浦小学像过节一样，大门口彩旗列成两排，正迎风招展。

中心校唐校长，洋浦分校史校长，还有吴小丽，陆续走到校门口。吴小丽是在教室上课时被史校长叫出来的。吴小丽知道市领导就要到了，虽然不情愿，也是没有办法——校领导的话必须听啊。

吴小丽刚到门口站定，就看到三辆黑色奥迪车开过来了。

唐校长立即上前一步，像交警一样，指挥轿车鱼贯开进校园。

还是一早刚到校时，吴小丽就发现了不同，不仅门口多了数面彩旗，教学楼门厅前的小广场上，还把周三她指导老师写的粉笔板书的小黑板展了出来，几个特制的巨型铁架子上，整齐地排着几十块大小统一的小黑板，每块小黑板上，都是同一首唐诗——蓬头稚子学垂纶，侧坐莓苔草映身。路人借问遥招手，怕得鱼惊不应人。

吴小丽示范的那块排在头一排第一个，虽然没有署名，虽然是粉笔板书，吴小丽从内心里是开心的。吴小丽想想真是奇怪得很，国展都参加两次了，各种省展市展更是不计其数，对于这种小小的校园活动，还是那么爱虚荣。更让吴小丽虚荣心得到小小满足的是，在走廊两侧，新增了数十块图板，有反映学校集体活动和集体成就的，也有许多老师多年来取得的个人荣誉。在这些图板上，吴小丽的照片也是数次出现，而且有的照片她也是头一次看到，可能是参加学校活动时，办公室老师拍的工作照吧。在老师取得的个人成就部分，吴小丽又是排名第一，不仅是书法方面的，还有她参加的全市讲课比赛的一等奖，多次教师论文比赛的一等奖、二等奖，教师节演讲比赛的一等奖等等。吴小丽第一次觉得当校长真不容易，这些图片、图板，可都是连夜搞出来的啊。同时也觉得市领导的力量真是巨大，把校长的能量全部调动出来了。史校长更是在她刚进办公室时，就来取走她带来的各种荣誉证书了。史校长在会议室的会议桌上摆好证书后，还叫吴小丽去看看，跟吴小丽说，市领导可能要问你一些情况，唐校长让我关照你，该说不该说的，要心里有数哦。吴小丽知道，唐校长怕她在市领导面前说些对学校、对他不利的话，或发几句牢骚什么的。吴小丽也善解人意地保证，一定尽挑好的说。

可见，这次领导的视察，校方是多么的重视了。

难道不是吗？吴小丽看到，唐校长紧紧跟着第一辆奥迪车，在轿车徐徐停下后，拉开车门，做了请的手势。

从车里下来的果然是袁主席。

袁主席笑容很得体地和唐校长握一下手。

而后边第二辆车里下来的一个精干的中年男人，快步走到袁主席身边，说："这位就是中心校唐校长。"

吴小丽认识这个中年人，他就是市教育局孔局长，全市教育系统各种会议上都少不了他的身影，也多次听过他的讲话。

孔局长的适时介入，使气氛更显庄重。

孔局长又用眼睛看到稍远一点的史校长，抬手一指，说："这位是洋浦分校的史校长。"

史校长在孔局长抬手时，就反应迅捷地跑过来，虾腰向前抱住了袁主席肥嘟嘟的手。

袁主席和两位校长握手后，眼睛在校园里扫一眼，他看到了彩旗，还看到"热烈欢迎市领导莅临视察"的横幅。

但他还在寻找。他在寻找什么呢？

吴小丽！他看到了吴小丽。

而吴小丽在袁主席和两位校长握手的当儿，一眼发现从第三辆车里下来的一行随行人员中，那个高挑而出眼的大朱老师了。吴小丽惊喜得差点叫出来，快步走向大朱老师。

按说，两个好朋友又是前同事应该很热情地握手或拥抱。但大朱老师仿佛不认识她似的望着她，打着正经的官腔说："领导在找你。"

"吴老师！"袁主席朝吴小丽快步走来了。

吴小丽不懂这些礼仪，领导视察，有局长有校长，轮不到她这个小老师什么事的。没想到袁主席叫她了，向她走来了，还老远就伸出了手。

吴小丽有些拘谨，微笑也极不自然。但她还是把手伸了出去——而不是去迎接袁主席的手。

袁主席握住吴小丽的手，转头对孔局长说："孔局长，你们教育系统出人才啊，吴老师可是一颗明珠哦！为洋浦，为教育界，也为全市争得了荣誉啊。哈哈哈，不得了……不得了不得了啊小吴。"

吴小丽被表扬得不好意思，只顾笑着，也不知怎么回应。

"孔局长，人才有了，如何培养就看你们啦。"

孔局长说："请袁主席放心，我们一定好好落实领导指示。"

吴小丽的笑渐渐僵硬了——她的手在袁主席的手里抽不出来。

袁主席又开始勉励吴小丽了："吴老师，你这么年轻，就是中书协会员了，了不起啊！不了起了不起……对了，你现在是政协特邀委员，可要为政协多做些工作啊。"

袁主席还没有放手的意思。

吴小丽有些尴尬了，嘴里"哼哼"着点头，脸色更红了。

孔局长提醒道："吴老师，你要感谢领导的关心啊。"

"谢谢主席……"

"哈哈哈不用不用……政协书画委员会成立时间不长，就靠你们这些人才啦，我准备把古一玄调到政协，在文史委挂个名——他这种艺术家不适合纪委那边工作，我们要因才施用，以后书画委的活动都交给他啦。"

怪不得"海湾、新沂两市政协委员书画联展"的作品都是古一玄在催，原来这样。吴小丽思想一走神，没听清袁主席下边说了什么话，只看到孔局长频频点头地应着什么。最后是孔局长伸手示意道："袁主席请！"

袁主席这才松开吴小丽的手，昂首阔步向教学楼走去。

吴小丽的手虽然得到解放，还感到油腻腻的，感觉很脏，轻甩甩手，转头找大朱老师。发现大朱老师看到她甩手的动作了，正转头在偷笑。吴小丽心里想，笑话都叫你看到了，等着瞧，你这头大猪猪！

一行人走到教学楼前，袁主席显然被小黑板的阵容给震住了。

孔局长不愧是教育局一把手，他非常熟悉洋浦学校的教学特色，关键时刻决不会失去表现机会的，他介绍道："规范板书是我们这个学校的一大特色，虽然是乡村分校，搞得非常有成效，在全市领先，我经常让别的学校组织老师来观摩学习。对了，学科带头人也是吴小丽吴老师。"

孔局长的精明，从这件事上可以得到充分体现。原先唐校长史校长做的许多预案，这会儿都不起作用了，风头全叫孔局长一个人抢了去，似乎跟唐史二校长没有一点关系似的。吴小丽有些可惜两位校领导了。

在接下来的所有讲解中，孔局长都大包大揽，胸有成竹，头头是道。大到全校的概况，小到某一个老师的特长，都是如数家珍。对孔局长精细的介绍，袁主席很满意，频频点头，做一两句适当的无关疼痒的指示。孔局长的表现，也让两位校长和政协、教育局的随行人员大为吃惊，觉得这个局长真是对下面的情况了如指掌啊。他们哪里知道，孔局长在得知袁主席的考察目的地之后，也是连夜做了准备的。其实袁主席的关注点并不在这些方面，但这种过场也必须得走走，而且要走得很像回事。

最后高潮，是在看起来可有可无的书画展示中，这才是袁主席这次考察的重中之重。

袁主席似乎早已技痒了，看到墨宝摆好了，挑一支最大的笔，在一张六尺宣纸上就挥舞了起来，四个"宁静致远"大字一气呵成。在大家热烈掌声中，袁主席又拿一支略小的笔提了款，接着又是一片叫好。袁主席一连写了几幅，因为孔局长、两位校长还有其他随行人员，都纷纷跟他要字。袁主席也大方，有求必应，都是四个字，什么"心静如水""大公无私"等等。

就在袁主席挥毫泼墨中，吴小丽和大朱老师在一边悄悄地说话。

吴小丽说："吓死我啦！"

大朱老师说："我看你比谁都乐，还吓死，切！"

吴小丽用胳膊抵一下大朱老师。

"丽，不得了啊！"大朱老师夸道，"都认识袁主席啊。"

"什么不得了啊？别乱想啊。"

"谁乱想啊？你傻呀？"大朱老师瞟一眼那边的热闹，热烈的掌声，说明袁主席又完成一幅大作了。大朱老师声音更小地说，"丽，你不用买学区房啦！"

吴小丽用疑惑的眼睛看着她。

"有这么好的关系不用，真傻啊？"大朱老师做出恶狠狠的样子，恨铁不成刚地瞪了吴小丽一眼，"上什么样的学校还不是袁主席一句话的事。"

吴小丽愣住了。她没想到大朱老师会这样想。但这样想也没错啊，确实是这样啊。自己怎么不这样想呢？

"你们俩嘀咕什么呢？"孔局长喊道，"过来看看，吴老师也来表演一张。"

"是啊，小吴，过来，表演你的行楷。"袁主席也喊了，"我也写一张送你！"

大朱老师拉一下吴小丽，两人一起过来了。吴小丽不喜欢在公开场合这种带有表演性质的写字，再加上刚刚听了大朱老师的话，觉得很不是滋味，心里还在消化大朱老师的话，就更不愿意写了。大朱老师的话其实很容易消化，又很不容易消化。再说，现在还不是消化的时候。一时两时也消化不了。领导既然叫她写字，又怎么好拒绝呢？拒绝了，不仅不给袁主席的面子，连孔局长都会不好看的。

"大字我写不好的。"吴小丽实话实说，"我也不习惯用新笔，袁主席的字我肯定也要收藏一幅啊，下次我还是送幅小楷吧。"

吴小丽只是试着拒绝一下，没想到袁主席放下笔，端起茶喝一口，对大家说："小楷是小吴的强项，那可不是一般的漂亮，在整个海湾市无人能比的。但写小楷和写大字不一样。小楷嘛，得坐下来，静下心，全情投入，才能做到笔到意到，是不是小吴？"

吴小丽不断点头，心里暗喜，知道袁主席要搁笔了，自己可以不献丑了。

"正好，小吴老师，你要是送我一张小楷，内容最好是我自己的文章。我有一篇《海湾赋》，一千二百字，是我几年前做常务副市长时创作的，我一直想找人抄一幅，一直没有合适的人选。怎么样小吴老师，我办公室就差你的一幅金粉《海湾赋》啦！"

吴小丽还没有回答，孔局长就代为回答了："没问题，吴老师写好了给您送去！"

送走了领导，唐校长还专门返回来，感谢吴小丽给学校带来的巨大荣誉，还叮嘱吴小丽，袁主席的《海湾赋》要抓紧书写，下周一定要搞好，装裱费用由学校出。另外，让吴小丽再开一张两千块钱以内的纸墨发票，也由学校报销，算是学校对吴小丽辛苦的一点小小补偿。

到了这时候，吴小丽已经心知肚明了，她当政协特邀委员啊，参加政协举办的书画展啊，加入民主党派啊，还有袁主席的这次视察啊，最终目的只有一个，一张手书小楷《海湾赋》，而且是金粉的。还好，袁主席没提捐赠图书馆和博物馆的事，也就没提黄新——他肯定知道黄新曾经许诺的事情。

吴小丽无端当中又多了一个事情——其实，作为一个有成就的书法家，有人索字是正常的，有领导索字也不意外。但是，这里夹杂一个讨厌的古一玄，还有大朱老师那夸张的口气和表情，就连唐校长，也一下子对她友好起来，吴小丽心里还是不痛快。唐校长以前可是挺严肃的，轻易不帮别人忙的，就是外出学习，报销车票，找他签字时，也是审查来审查去，一分钱都算计到骨子里，仿佛学校的公用经费是他自家的一样。现在也大方了，要她开纸墨发票了。更能说明问题的是孔局长。孔局长是什么人？教育局一把手啊，到各个学校视察，把谁看在眼里啊？可他明显高看了吴小丽一眼，也特别尊重吴小丽，还那么卖力地介绍学校各种情况。为什么？还不是因为袁主席？袁主席专门来看吴小丽，专门请吴小丽为他抄写《海湾赋》，这能是一般关系吗？

这个在别人看来是风风光光的事，对于吴小丽来说，却多了一份心事。如果这时候再和陈大华离婚，别人会怎么议论呢？但她和陈大华的感情，确实已经走进了死胡同。

整个一下午，吴小丽都懒得走动，她怕遇见别的老师跟她打招呼，也不想和别人打招呼，非要去教室时，还要从窗户向外望望，看看路上有没有人。她觉得自己一下子变得鬼鬼祟祟起来，变成一个心术不正的人，总觉得别人在用怪异的眼光看她、想她、猜度她、鄙视她。就连好朋友小朱老师，这个平时爱说蠢话的小猪猪，也变得目光呆滞、神情紧张了。但如果小猪猪真要开口，那可是货真价实的心里话啊。因此吴小丽又希望小朱老师跟她说些什么。

小朱老师真是善解人意啊，她趁办公室没有别人时，赶快绕到吴小丽身边，俯下身，趴在吴小丽肩膀上，小声说："丽姐……"

"小猪猪……"不知为什么，吴小丽心里一软，似乎最柔弱、最敏感的部分被触碰到了。

"我……离了……"

"什么？"吴小丽愣一下之后，惊讶地说，"什么？"

"小狗吃的……姓胡的正式提出跟我离婚……我同意了，下周一去办手续。"小朱老师尽力让自己平静下来，脸上还露出轻松的或解脱之后的笑容。

吴小丽站起来了，她注视着眼前的小朱老师，好一会儿，才轻声说："小猪猪……"

吴小丽哽咽着，没说下去。

"离就离，姑奶奶不怕……"小朱老师的眼泪突然涌出眼眶，一头扎进吴小丽的怀里，哽声抽泣起来。

两个要好的姐妹在办公室里抱头痛哭。

周六

又是奔忙的周六了。吴小丽早上六点就起床，比她每天上班还早。没办法，女儿的二胡课是早班，七点至九点。学完二胡，还要去学美术。本来女儿没有美术，跟她学书法。因为学校有规定，在职教师不允许在家带收费学生了，而且教育局下了正式文件，校领导找她谈了话。她只好在去年就把家里的班停了。而女儿也改变了志向，自己提出来还想学画。吴小丽觉得也好，女儿的书法基础已经打得很扎实了，自古书画不分家，有了书法的线条和笔力，学起画来也不难的。

女儿的二胡老师是个年近七十的老先生，姓陆，原先是上海某音乐学校的老教授，二胡演奏家，退休后到女儿家定居，闲得无聊，被人请去教二胡。由于不是太缺钱，教了几年就不教了。吴小丽只好把女儿送到别的老师那里，但女儿学不好，水平不升反降。吴小丽思来想去，打听到陆教授的住址，给他送幅书法作品，加上一些土特产，求他给女儿开小课，费用随便收。陆教授觉得这孩子天分高，又聪明肯学，就收下了。时间卡得很死，只在每周六早上教两小时。教室就在他家的客厅。

在女儿学二胡的过程中，吴小丽望着窗外，下雨了。早上天就阴得很厚，手机上的天气预报也说有中到大雨，这会儿果真下了，雨势真的不小。吴小丽虽然带了雨具，冒雨出门也会湿了衣服的。何况女儿还要背着二胡，她也带着不少东西，布袋子里有她当作寿礼写给陈老师的一幅字，送给瑞雅轩周师傅的五张扇面——这是周三那天周师傅给他发微信托她写的。她答应周六一定带来。这些东西可都怕雨啊。本来就愁中午陈老师的寿宴——会在寿宴上见到她不想见的麦榕——就是以前的郭蓓蓓，说不定还会见到古一玄，现在又来了场突然而至的大雨，吴小丽真的想打退堂鼓了。但老师对她好，这么重要的寿宴又怎么能不去呢？她还给老师包了两千块钱的红包呢。老师也可能不收她的红包，但她不能不送啊。

以下雨天为借口不去参加老师的寿宴显然不充分，不想见麦榕和古一玄又不能说。

吴小丽纠结了，犯难了。

女儿的二胡拉得很好听。老师的教学也很认真。老师拉一支整首的曲子，吴小丽听出来是名曲《听松》，吴小丽以为是女儿拉的。女儿拉时，又以为是老师拉的。吴小丽的思维全乱了，感觉头晕乎乎的，身上发冷，眼皮也重，有发烧的迹象。如果不去参加陈老师的寿宴，生病是最好的借口。吴小丽晃晃脑袋又试了试脑袋，真病了。都怪这几天想得事太多，工作也太辛苦。吴小丽心里突然出现大面积的悲苦，觉得日子怎么这么艰难啦？

吴小丽手机突然振动起来——来电话了。

女儿要拉二胡，她赶快出门到门厅里接听。

是周师傅打来的。

"周师傅你好。"

"你好吴老师，你在哪啊？"

"我在……我在海景别墅这边……女儿在学二胡啊。"

"我一猜就是。"周师傅说，"我到海景别墅大门口了，你在几号楼？我开车来接你们的，下大雨了。"

吴小丽心里感激周师傅，告诉所在的几区几号别墅，便在门厅里等他了。

一会儿，周师傅的轿车就开过来了。

周师傅打开车门，撑着伞跑进了门厅。

"这个雨，真大啊。"周师傅跺着脚，收起伞，从口袋里掏出一个信封说，"字卖了一幅，加上今天的五张扇面，先结一部分。账我都给你记着了。你也记一下，到时候对对，错不了。"

吴小丽相信周师傅，也从来没有记账，都是周师傅说什么就什么。自己在这个小城市，能卖字挣钱，已经很不简单了，不想去斤斤计较。

吴小丽把包里的扇面取给周师傅。

周师傅欲言又止地说："吴老师，陈桐兴老师的八十寿宴，你要去吧？"

哦，原来陈老师也请了周师傅，吴小丽一时没有想到。经他一提醒，心里突然有种云开雾散的感觉，对呀，请周师傅把礼金和礼品带过去，就说自己病了——事实上也病了。吴小丽苦着脸说："要去啊……可我病了……发烧，去了也难受……"

"那就不去吧，我帮你跟陈老师说。"周师傅看着吴小丽的脸色，说，"看你脸色不好看嘛，灰白灰白的，身体要紧啊吴老师——没什么事吧？"

"我怕去了也给老师添堵……可能感冒了，来势凶猛的感冒……"吴小丽说的是实情。

"陈老师会体谅理解的，你礼到意到就行了，改天再去向他问好。"周师傅说，"他喜欢热闹，学生又多——本来说请两三桌，后来扩展到四五桌，许多人听说后，都说要去——他本来也没请我么，可我能不去？"

吴小丽已经把送给陈老师的书法作品拿出来了，还特意用红纸扎起来。又取出一个红包，说："周师傅，你和陈老师好好说啊，我怕他怪我……"

"放心，我知道怎么说。"周师傅说，"对了，你几点结束？要不要我送你去车站？"

"快结束了。"吴小丽说，"去不了车站啊，还要去科苑路那边，女儿学画，我还要送她去学画。"

"我送你们吧，雨还在下呢……哦，小些了，科苑路也不远，我拐一下就到。"周师傅说，"陈老师的活动我迟些不要紧的，前边都是笔会，我吃饭时赶到都行。"

"真不好意思，多次麻烦你。"吴小丽的话是真心感谢的。

九点时，女儿的二胡课结束了，雨也小了很多。

美术课是十点到十二点，中间有一个小时的时间。以往，吴小丽和女儿都是坐公交车去的，也就三十来分钟就到了，有了周师傅专车接送，会更快些。于是吴小丽决定在郁洲路苍梧绿园对面的人民大药房买点感冒冲剂。吴小丽有经验，感冒刚有了苗头时，喝两包感冒冲剂就好了。就在周师傅轿车减速时，吴小丽突然看到隔着马路的苍梧绿园东门口，站着的人很熟悉——郭蓓蓓？不不不，她现在叫麦榕了，多么难听的名字，麦榕的穿着很别具一格，出挑，惹眼，她正在和她面前一个男人挥着手讲什么。雨已经停了，她对面的那个人还打着伞，即便是黑色的雨伞遮住了男人的半个头，吴小丽也一眼认出了他，陈大华！天啦！吴小丽心忽地悬起来，这对狗男女果然还在勾搭啊！

吴小丽怕女儿看到他们，更怕自己留不住火，跑过去煽他们的耳光，赶快对周师傅说："不买了……"

"买吧，吃药好得快。"

"不了，快走！"吴小丽大叫道。

周师傅不知道发生了什么事，对吴小丽突然变腔大叫有些不理解，但他还是带下油门，加快车速，迅速向前开了。

女儿也奇怪地看着妈妈，叫道："妈……"

吴小丽搂住女儿说："没事，乖，没事，妈不想吃药了……周师傅，对不起啊。"

周师傅笑笑，替吴小丽圆场地说："大声说话可以驱逐感冒的，没事，啊呵呵呵……"

到了科苑路女儿学画的国画教室，吴小丽还觉得自己太失常了、太夸张了，肯定给周师傅留下了不好印象。但也没有办法解释啊，怎么解释呢？吴小丽只是能多说两声谢谢的话。其实这多说的谢谢，同样让周师傅投来狐疑的目光。

好在这一切都过去了。

吴小丽把女儿送进教室，原打算去不远处的银行转账的，现在也完全没了心思。同科花园的房贷是每月二十五日还款，今天是二十三日了，明天二十四日是周日，虽然还有一天机动时间，吴小丽不想把自己搞得太紧张。所以每月都是在临近还款日期的周六，利用女儿学画的这段时间，去银行办了手续。手续也很简单，就是从陈大华工商银行的工资卡里，转三千五百块钱，存到建设银行房贷专用卡里，让建行直接代扣就行了。

吴小丽心情抑郁，看着窗外，雨虽然停了，还是很阴暗，满天都藏着雨水一样，似乎随时还会下。书画教室里孩子多，不像学二胡时就女儿一个人。吴小丽没有地方待，还有吵吵声也让她烦，觉得还是去一趟银行吧，把房贷存一下，免得明天还有大雨，或自己突然有事耽误，就来不及了。

吴小丽看一眼女儿。正在调颜色的女儿也望她了。吴小丽跟她挥挥手，向外指指。女儿也跟她挥挥手——以往吴小丽和女儿也是这样打着手语的。吴小丽又跟女儿竖竖大拇指，这是给女儿加油的意思。

吴小丽到了工商银行，办转款手续时，发现陈大华的工资卡里没有钱。吴小丽心里"咯噔"一下。陈大华发工资的时间是二十号，今天都二十三号了，工资怎么还没到账？以前从未出现这种情况啊？且慢，也不是没出现过，上个月的工资到账似乎也有些不正常，好像也迟了一两天。吴小丽当时是在二十三号进城办事顺便转款时，查一下银行记录的，似乎是当天刚到的账。当时吴小丽也没有上心，这次干脆就没有钱了。搞什么鬼啊？吴小丽脑子嗡嗡的，第一感觉是不是陈大华重办了工资卡？是不是陈大华不想还同科花园的房贷啦？怪不得学区房的事陈大华也不太积极，不想还房贷的目的是什么？不想买学区房的目的是什么？那就铁定要离了。吴小丽终于觉得陈大华要摊牌了，加之刚才在路上看到在苍梧绿园东门口的陈大华和郭蓓蓓在商量事情（也许就是郭蓓蓓擅自决定替掉陈大华的工资卡的，陈大华在跟她交涉呢）。吴小丽想，终于要结束了。郭蓓蓓就算再有钱，她也不愿意情人（说不定会成为丈夫）替别人还房贷啊。不行，不能就这么被人欺负。吴小丽拿出手机，她要给陈大华打电话。但是，她拨打电话的手中途停住了，电话里怎么说？责问他一顿吗？还是跟他大发雷霆？还是恶骂他几句解解气？无论哪一种又有什么意义呢？事情到了这一步，表现得也要有骨气一些啊，或者至少不能让他们瞧不起啊。小朱老师和小狗吃的感情那么好，不是也离了吗？吴小丽在自动取款机前踟蹰一会儿，看到有人排到她后边时，才抽身走了。

雨又下了。

变成了牛毛细雨，不紧不慢，唰唰唰的细雨朦胧了吴小丽的视野。吴小丽下意识地撑开伞，机械地走在科苑路边的人行道上，茂密的绿化树在雨中格外鲜嫩，青枝绿叶十分养眼。这段路不长，四五百米的样子，属于新扩建的城区，路宽，店铺不多，加上雨天，路上几乎没有行人，吴小丽因而就显得格外孤单。但吴小丽尽量让自己平静下来。平静，平静，平静。吴小丽想，遇到事情要解决事情，什么样的事情都要解决，不是吗？不能跟事情急，越急越解决不了，越急越是对自己过不去。吴小丽心态一放松，脑子也轻松了些，感冒的症状似乎减轻了。

很快就到女儿学画的画室地段了。现在还早，离女儿放学还有一个小时，去书画教室显然是不妥的，在门口淋雨也不是个事。好在小区门口有一家小超市，吴小丽就躲了进去，决定给女儿买些小零食。平时她很少给女儿买零食。她不知从哪里得到的经验，认为女孩子吃零食会长胖。她不想女儿成为小胖子，所以严格控制零食。但今天她想让女儿痛痛快快吃一次，让女儿高兴高兴。

快十二点时，吴小丽拎着一大袋零食来到女儿的书画教室门口。奇怪的是，女儿背着画板和二胡，已经在门口等着了。

女儿迎着吴小丽大声说："老师说下雨了，提前十分钟下课。"

"好啊，"吴小丽说，"咱们回家。"

女儿已经看到她手里的大袋子了，开心地说："老妈，你手里拎的什么呀？"

"好吃的啊，"吴小丽看女儿笑颜如花，觉得自己的决定真是英明正确，快乐地说，"都是你爱吃的。"

女儿跑过来抢过大袋子："啊，这么多，好沉啊。"

"路上别吃东西，女孩子……"

"知道，老妈，回家我要尽情享受，嘻嘻嘻，老妈我爱你！"

到了路边，一辆轿车徐徐停在了她们身边。

吴小丽看到，从车里出来的是古一玄。

怎么是他？吴小丽反应迟钝地停了下来，姓古的不是也参加陈老师的寿宴了吗？怎么会到这里？一定是周师傅说她在这儿的。这周师傅嘴巴太长了吧？不会，周师傅跟他说这个干吗？有可能是他问周师傅的。吴小丽对古一玄没有好印象，不，是印象极坏。但是堵头对脸的，也不能就这么绕开啊，何况古一玄一下车就向她微笑，明显不是巧合的路遇，而是蓄意的安排。

"吴老师，下雨了，我送你们回吧。"古一玄微笑着说，"你家小乖跟江老师学画的吧？江老师是我好朋友，他画得好啊，教得也好，江老师常说起……"

"不用。"吴小丽坚决地说，从他身边就走过去了。

古一玄跟着走两步，说："瞧这天，还下呢，送送吧，方便的。"

说话间，雨还真的急了些，而且似乎起风了。吴小丽打个寒战，虽是五月下旬了，凄风苦雨的还是略有凉意。

"前边就有公交车。"吴小丽说，拉了女儿，快步走了。

古一玄不再坚持，停下来。但很快就跑回去开车了。古一玄又跟上了吴小丽，从打开的车窗里说："上来吧，正好有事跟你说。"

吴小丽此时已经有些动摇。吴小丽动摇不是因为雨天，也不是因为女儿不解的眼神。而是觉得这个古一玄什么都懂了。什么都懂的古一玄，离了婚的古一玄，三番五次在她面前表现的古一玄，让她觉得太决绝了不礼貌，便停下脚步，问女儿："咱们要不要让叔叔送回家？"

女儿点点头。

吴小丽和女儿上了古一玄的车。

古一玄很会讨好地说："小朋友，江老师是我朋友哦，他教得好不好？"

"好！"

"江老师教得好，怎么奖励他？让他请你吃肯德基！"

女儿开心地笑了："教得好还要惩罚啊？"

"不是惩罚，是奖励！"

女儿天真地说："妈，有这么奖励的吗？江老师教得好，应该老妈来请江老师啊，是不是妈？"

"古叔叔跟你开玩笑的。"吴小丽觉得这个古一玄还蛮会哄孩子的，心情好了些，转头问他道，"你说有事，什么事啊？"

其实吴小丽估计到可能是陈老师寿宴上的事。因为寿宴不仅是中午吃个饭，还有之前举行的笔会。陈老师那么多学生，那么热闹的一个聚会，肯定有许多有趣的事。

但古一玄却结巴地说："也没什么事……这个，这个这个……吴老师你有事尽管吩咐。"

古一玄又暴露他的本色了，没有事非说有事，心术不正的人，什么事都要拐弯儿。吴小丽便沉默了，心想，古一玄也是煞费苦心，目的不仅是请吴小丽坐他的车，或许还有更深、更多的索求。吴小丽不愿多想，人家有什么想法也是人家的自由。而别人的想法，也许并不完全是下作，并不完全是自私，再说，下作、自私和美德、高尚，分界线也并没那么清晰。吴小丽反过来有些理解古一玄了。

吴小丽回到家已经一点多了。

吴小丽感到累，感冒来势凶猛，还流了鼻涕。因为没买到感冒冲剂，到家找了包板蓝根冲剂喝了。然后上楼躺到了床上。母亲看出她病了，问她哪里不舒服，吴小丽说没事。吴小丽不想让母亲为自己操心，说睡一觉就好了。可吴小丽睡不着，浑身上下都酸疼，不愿意想一天来的事情，特别不愿意想在苍梧绿园东门口遇到的陈大华和郭蓓蓓。但房贷没存确实是个事，明天最后一天了，不存肯定不行了。看样子还得跑一趟市里，还要跟陈大华谈一次，对，确实到认真谈谈的时候了。她挺敬佩小朱老师的爽快，自己怎么就这样优柔寡断呢？另外常备的感冒冲剂还得买点。

母亲悄悄坐到吴小丽床边。

"妈，我没事……"

"知道你没事。"母亲说，"我来问你个事，那个……例假，你是不是好久没来啦？"

吴小丽没想到母亲突然问了这么个问题。吴小丽想想，确实很久了，母亲真是细心，没有两个月也差不多快两个月了吧？是啊，怎么回事呢？

"是啊，哎呀……"

吴小丽从床上爬起来，疑惑地看着母亲，而母亲也正盯着她看。

"妈，你别这样看我，明天我去医院看看……有可能绝经了吧？"

"瞎说，你才多大？三十多岁的人……你自己有数啊，别拿自己不当回事。"母亲的话有一语双关的意思，还盯着她肚子看一眼，"明天去医院查查，弄弄清楚。"

"放心，没怀孕。"吴小丽白了眼母亲，又躺下了。

吴小丽又多了层心事——是啊，自己才多大啊？怎么会绝经？不会的，不会不会……

周日

事情有些突然，吴小丽也没有想到，自己的身体突然出问题了。

吴小丽是一大早来医院排队挂号的，检查结果连她自己都不相信，真的绝经了。身体长期疲倦，加上心理压力大，造成内分泌紊乱，致使月经失调直至绝经。医生说也没有好办法，主要是工作不能太辛苦，不能熬夜，自己调节，饮食上注意保健，生活稳定，感情稳定，健康快乐，也许会自然恢复。医生最后建议她看看中医。

吴小丽没有急着去看中医，她先要就近找家银行，把房贷存了。

快到银行门口时，一辆正在卸货的小型卡车停在人行道上，几个人抬着巨型的三合板，差点碰到她，如果不是她躲闪得快，真就碰上了——干活人太冒失了，动作幅度太大。虽然没碰着她，由于躲闪过猛，自己也打个软腿，"哎哟"一声，差点摔倒。

吴小丽听到三合板后边有人问："碰到人啦大刘？"

"没有老板。"前边一个抬板的工人说，"走起来啊，老板！"

"好，走起来！"

吴小丽听"老板"的声音有些熟，不，是太熟了，回头看一眼，巨型三合板是立起来的，看不见另一边的人，也就没再想，赶快去银行了。

银行什么时候都要排队，从前只是柜台取号会排很久，现在连自动存取款机前也都排起长队了。排就排吧。吴小丽想，存好钱，得打电话约一下陈大华，该谈开来了，他要提出离婚，她也绝不犹豫了。就算他不主动提出来（大约是怕在财产分割上吃亏吧，他是乡下人，思维跟常人不一样的），她也会提出来的。再这样拖下去，会彻底被拖垮的，人生短暂，该放手就放手吧，生活不能只有陈大华，情感里也不能只有一个人，跟郭蓓蓓较什么劲啊，她要重新开始生活，她要落实医生的话，生活稳定，感情稳定，才能发展事业，才能健健康康快乐生活。

终于存好了钱。

吴小丽从银行玻璃门里慢慢走出时，差点和急闯进来的一个人撞到一起。吴小丽下意识地躲避，却看到一张熟悉的脸——陈大华！

确实是陈大华。这是春节后吴小丽第一次见到陈大华。

陈大华也愣住了，他先是紧张地看一眼吴小丽，然后就露出了笑，笑得有些胆怯，又有些巴结，说："来……来啦？"

废话! 吴小丽心想, 什么叫来啦? 这又不是你办公室, 也不是你家!

但吴小丽惊呆了。眼前的陈大华, 似乎不是她记忆里的陈大华了。她记忆里的陈大华瘦高, 笔直, 一张干净的脸, 整洁的分头一丝不乱, 干净而合适的衣服一尘不染。现在的陈大华, 又矮又黑, 像没洗脸一样, 头发贴在脑门上, 板结了, 衣服倒是不旧, 一件黑色 T 恤, 一条牛仔裤, 却不那么合身了。吴小丽不习惯这样的陈大华。她习惯的陈大华是白色短袖衬衫和蓝色西裤、黑色皮鞋的装扮。不知为什么, 陈大华给吴小丽的感觉是落魄, 是萎缩, 是脏乱, 是……是什么都可以, 就不是记忆里的陈大华了。

吴小丽心突然软了下, 问:"你怎么……"

"我来存钱……我给工商行的卡里存点钱……让你转……要交房贷了……"陈大华像面对陌生人一样不知所措起来。

"存钱? "吴小丽一时没理解, 怎么不是发工资?

"是啊……对了, 我那朋友说……说……说公积金可以套现……"

"什么公积金? "吴小丽思路突然乱了, "你说什么啊? "

"学区房啊……我在打听二手的学区房……"

这时候, 那个抬三合板的工人突然跑过来, 小声而急促地说:"老板, 快, 城管来了! "

陈大华丢下吴小丽就跑。没跑几步又跑回来, 把一沓钱塞到吴小丽怀里, 然后跑向停在路边那辆拉三合板的小货车, 飞身钻进了驾驶室里。

吴小丽看到, 三辆漆着"城管"字样的执法车, 已经前后堵住了小货车, 十几个身穿制服的城管人员正从车上跳下来。但, 小货车正不顾一切地突围, 辗过马路牙子, 再压倒绿化带, 像醉酒一样,左右摇晃，忽快忽慢，冲开快速躲闪的城管，飞驰而去。

吴小丽呆呆看着眼前发生的事，像局外人一样，完全迷惘了。

这个周日本来就是不正常的周日，毫无预兆的，她绝经了，毫无预兆的，陈大华的工资卡出现了异常，又毫无预兆地，在这里碰见了陈大华……而且，他真的不是以前那个陈大华了。他是谁呢？吴小丽木然地看着车水马龙的街道——其实她什么都没看到，泪水朦胧了她的双眼。

编后记

这些年北京、海州两地往返，很少遇到下雪的时候。北京和海州相比，偏北，按说雪更多些，这几年也不太给面子，传说中的雪一直不肯光顾。海州的雪天本来就不密集，这几年也难遇到。不过今年运气真好，东胜神洲傲来国的雪，我遇到了四次！前两次是在夜间，从机场一出航站楼，被眼前的雪惊到了，那雪正下得急，迷住了眼。因急于找车、搭车，加之是深夜，虽心里喜悦着，并未好好领略。

春节前那场雪，也是没有心理准备，那个早上，觉得天比往常亮得早，往楼下一看，下雪了，一片白。谁的内心都有白的一块。和雪相映，有些白，便不算白了。下雪了，总能唤醒一些记忆、一些愉悦，总想对谁说一声，分享一下——无论是怎样的情怀。

今天在朋友家吃午饭，饭后出门，雪又不期而至，便拍了几幅照片。和朋友聊微信，免不了会告诉对方，下雪了。又欣喜地告诉北京的同事，咱们这儿下雪了，还把照片发给对方看。照片上的雪景，很有些规模，是像样子的一场雪。我还在小区水榭边的太湖石上，以雪为纸，写上了自己的名字。太湖石上的雪，落了一层，不算厚，也不算薄，能清晰地看到两个大字。太湖石的下边是一池碧水，背景就是带美人靠的水榭和无栏的麻石曲桥。照片上的景致本来都是静物，可太湖石顶端的斜面上，因为就着雪景写出来的两个字，静物便活了，不仅有了记忆，有了语言，还有了生命。记得在小区里拍雪时，雪后晴空很高，很透，也很蓝，世界也显得明净而清爽，随后阳光灿烂起来，难得的一种冬日的好阳光。再随后，雪开始融化，路上的积雪下面有水了，有脚印和车辙的地方，已经露出了草坪和路面。但我还是喜欢走在阳光照射的雪地里，因为它会发出一种奇妙的声音，细碎而响亮，有一种过程感，每一步都不一样，像一个人在你身边喋喋不休地说话，很喜欢听的那种话——只有自己走着，才能听得出特别的意思来。

　　这是2019年春天的雪，雪下在我家小区的院子里，心意却有些特别，既可抵达已知的远方，也可抵达未知的世界。过年了，雪下得急，阳光也来得快，我心情也不错。想想再过几天，我就要去北京公干了。听朋友说，北京的雪还没有来，我或许能赶上，或许赶不上，我也不去多想了。现在，要紧的是，我在雪后晴天的书房里，整理去年以来写作的作品。这是一个中短篇小说的集子，除了《吴小丽一周的情感波澜》，集中的大部分作品都写于去年。去年是我集中创作中短篇小说的年份，分别在《中国作家》《雨花》《小说月报·原创版》《青年文学》《广州文艺》《山花》《山东文学》等杂志上发表，我把这些作品选编了两个集子，前一个叫《三里屯的下午》，被中国文史出版社的全秋生先生要去了。这个集子也以其中的一篇《天边外》来命名。关于《天边外》，也有几句话要讲，严格地说，并不算新作，是写于多年前的旧作了，这篇小说发表后，被《小说月报》选载，在读者中引起较大的反响，甚至有"驴友"按照小说中的路线去藏北探险。不久前，一本关于"原生态文学"的文学选本要选这篇小说，我又在发表本的基础上进行了较大的改写，而且这篇小说也没有正式编进过集子里，所以也当作新作论了。

写小说的过程，有点像我拍的雪的照片，平常的雪景，当然也是美丽的，但毕竟是单调的雪，只有点缀得当，雪景才能活起来，有了灵动之气。这样说来，我喜欢有灵动之气的小说，喜欢"活"的小说。我的小说是不是这样呢？

2019 年 2 月 10 日下午急就于东胜神洲

傲来国花果山下秀逸苏杭